20 1st Mission, 20任务
沌太熵挚

王子依 著

中国科学技术出版社
·北京·

图书在版编目（CIP）数据

20任务·沌太熵辇 / 王子依著 . -- 北京：中国科学技术出版社, 2024. 11. -- ISBN 978-7-5236-1012-1

Ⅰ．I247.5

中国国家版本馆 CIP 数据核字第 2024NK4257 号

策划编辑	王卫英
责任编辑	王卫英
封面绘图	王子依
封面设计	王子依　中文天地
正文设计	中文天地
责任校对	邓雪梅
责任印制	徐　飞

出　　版	中国科学技术出版社
发　　行	中国科学技术出版社有限公司
地　　址	北京市海淀区中关村南大街 16 号
邮　　编	100081
发行电话	010-62173865
传　　真	010-62173081
网　　址	http://www.cspbooks.com.cn

开　　本	720mm×1000mm　1/16
字　　数	282 千字
印　　张	20.5
版　　次	2024 年 11 月第 1 版
印　　次	2024 年 11 月第 1 次印刷
印　　刷	北京长宁印刷有限公司
书　　号	ISBN 978-7-5236-1012-1 / Ⅰ·94
定　　价	69.80 元

（凡购买本社图书，如有缺页、倒页、脱页者，本社销售中心负责调换）

有物混成，先天地生。寂兮寥兮，独立不改，周行而不殆，可以为天下母。

吾不知其名，字之曰"道"，强为之名曰"大"。

——节选自老子《道德经》第二十五章

目 录
Contents

物理认知

第一章 "我们终于发现了物理世界里意识形成的机制,并能还原运作过程。" / 002

第二章 "何军岳,你打人是因为幻觉?" / 009

第三章 "这是感官知觉开发和意义限制。" / 018

第四章 "默认初级 3.25 感官模式,屏蔽历史性叠加,屏蔽可能性叠加,暗物质展示 25%。" / 027

第五章 "到时候,人类可以认识到的物理世界会全面升维。" / 035

第六章 "物质作用于时空,告诉它如何弯曲;时空作用于物质,告诉它如何移动。" / 047

第七章 "有 6 个执行黑洞任务的人,意识没回来,现在还在隔壁那楼躺着呢!" / 055

第八章 "PL!呼叫 20 中心!呼叫 20 中心!" / 063

第九章 "自打 20 项目组成立到现在,就没出现过这种情况,这可是唯一的机会了!" / 073

意识机制

第 十 章 "我们不允许再有研究学者体会兹威基当年的悲愤！" / 086

第十一章 "做好沌太分析，黑洞内看似'无毛'的信息都找得回来。" / 094

第十二章 "我们已经知道 MH369 是你们的沌太意识监狱了，那还有什么不能说的？" / 102

第十三章 "这个世界欠瓦西里太多了，现在该还了。" / 114

第十四章 "哥们儿，对不起了，这么多年交情了，你别怪我们俩！" / 122

第十五章 "现在的我就是沌太，就是万物，我也是你。" / 130

第十六章 "我们一定要专心致志地让自己分神！" / 139

第十七章 "在这样没有任何希望的境地中，我无法估计 20 项目最后的结果。" / 147

第十八章 "我可以去搞接入，去面对风险，去和瓦西里谈判！" / 156

第十九章 "格什鲁生命体将首次尝试化体，展现出类似人类的像，这将是历史性的时刻。" / 165

因果执念

第 二 十 章 "被侵略的生命会在毫无察觉的情况下变成意识俘虏,一直生存在假象里。" / 174

第二十一章 "这位罗大师用一碗葱花面和一个炸鸡腿,就打开了欲望世界的潘多拉魔盒!" / 184

第二十二章 "如果这条规律变成'德不匹位,原地爆炸',这个世界早就大同了!" / 200

第二十三章 "既然他已经知道那两个人的所有因果债都清了,为什么要主动把这因果续上呢?" / 209

第二十四章 "各位注意!请快速撤出造像时空!时间节点要来了!" / 225

第二十五章 "那接下来,就请你在意识中放弃符号,体会那'本来无一物,何处惹尘埃。'" / 236

文明跃迁

第二十六章 "斯雷登下台!重启卜算子!" / 250

第二十七章 "这下,我们终于能名正言顺地观测到了……" / 259

第二十八章 "要么长出新的感官,让信息维度跨阶增长,要么找到另一种合适的文明做同伴,二者沌太耦合,共同实现文明跃迁!" / 269

第二十九章　"当初用在我们身上的因果武器，用同样的逻辑打到了地球上。" / 278

第 三 十 章　"在与人类沌太耦合后，他们实现了利用人类意识形态造物？" / 286

第三十一章　"我期待已久的'隐藏关'开启了！" / 294

第三十二章　"因为……我们毕竟都是凡人哪……" / 310

物理认知

第一章

"我们终于发现了物理世界里意识形成的机制,并能还原运作过程。"

📍 2026 年 5 月 17 日,欧洲量子研究中心会议大厅,日内瓦,瑞士

"快快快,不说了!挂了啊!来不及了!我这儿忙着呢!"

洪伯贤教授皱着眉头挂断了视频电话,把手机画面切换到了会议通知。

"这次怎么来这个地方开会?搞这么大阵仗!"他自言自语地抱怨着,拎着公文包和保温杯一路小跑。

"嘿!行,总算在会议开始前赶到了!"他继续叨叨着,通过了今天的第三次安检和生物识别,上交了手机和所有电子设备,领到了同声传译智能设备,走进了已经坐了几百人的会议大厅。

随后,洪伯贤身后会议大厅的门被紧紧地锁上了。

他弯着腰穿过已经分区就座的各国专家,来到了自己的位置上。

"你搞啥子哟!这么重要的会议你这么晚才到!"他旁边国科院物理研究所的张敏院长带着浓重的四川口音小声说道。

"睡晕了!这几天事情实在太多了,我给三台手机都设置了闹钟,全部开到最大音量放在我耳边,可我依旧起晚了。"洪伯贤打开了他的保温杯,

喝了一口冰水，冰得他五官拧到了一起，他一边嚼着掉到嘴里的冰块一边说，"还得这！一口就醒……你来点儿吗？"

"我可不要！"张敏皱起眉头笑着摆了摆手，向坐在他另一边的人小声介绍道："这位就是首都大学量子物理研究院的洪伯贤教授！北京人儿，不拘小节，人很好！"

"不是行业内的国际会议吗？今天怎么这么多人……"洪伯贤指着坐在他们前几排的一群中国人问道，"他们干吗的？以前没见过！"

"小道消息……"张敏低头凑到洪伯贤身边小声耳语，"你不要看会议通知说的是啥子国际行业会议，我来得早，刚刚问了，前面这几个咱们国家的人是搞心理的，右边那堆人是搞通信还有啥子智能的，北邮南邮威望最高的教授都来了，另外那些还没来得及搭上话……他们都以为是行业内会议，到了这里才发现事情根本没有那么简单！我感觉今天与你之前发生的事有关系……你再看大厅周围！那一票人据说是联合国安全部的，腰上还别着枪，吓人巴煞，哪个晓得今天啥子情况嘛！"

"同声传译已上线！"没等张敏说完，大家的耳机里传来翻译后的语音，"欢迎各国专家来到今天的会议，在会议正式开始之前，我们要进行一项调查，题目分行业展示，请大家关注自己面前的调查问卷，如实反馈实际情况……"

随之，他们面前的平板电脑展示出了被译成中文的调查问卷。

"老张！老张！你快看这第二道题！'在您最近 6 个月的工作和生活中是否遇到躯体感官异常引发认知不协调现象？请简要描述具体情况。'"洪伯贤激动地一拍桌子，引得坐在附近的几个国家的代表侧目，"这不就是我身上发生的那件事吗？"

"还有下面这几道题！第四题'你的视角下是否发生一些特殊现象改变了你对物理世界的认识？如有，请简要描述你的经历。'"洪伯贤越来越激动,拿着平板电脑比比画画,"还有这个第五题!'你认为感官开发能力会对社会造成怎样的影响,请简要描述。'"

随着问卷的继续进行,各国的坐席都开始叽叽喳喳地小声讨论。当洪伯贤和张敏答完问卷缓过神来,发现台下各国专家已是沸反盈天,乱作一团。俄罗斯的专家代表甚至已经搬着椅子凑到了隔壁加拿大那桌进行交流。

"静一静!问卷已完成回收。"会议主持人斯雷登终于打断了喧闹的人声,"是的,正如大家所见,我们的世界似乎出现了一些问题。前期调查研究显示……"会议中心的大屏幕开始展示数据,"尽管数量极少,但是全球各地都有案例显示部分人群发生了'感官意识觉醒'。一开始,这些情况被怀疑为精神疾病引发的幻视幻听,可后来,我们发现,毫无关联的案例口中所谓的'幻觉世界'高度趋同,这让我们不得不对此进行深度调查研究……"

"这事儿终于有人信了是吗?要不是因为我憋住了没敢和外人说,早被那帮人逮进精神病院了!"洪伯贤愤愤地自言自语道。

斯雷登继续说:"我们把现存案例分为两大类人群,第一类人群仅有躯体感官异常,其中的视觉异常可表现为颜色异常和图像异常,比如案例可以看到空间中多出来的颜色、生命体周围的颜色,看到空间中产生旋涡,天空中多出星球和无法形容的物质等。第二类人群同时伴有时空感知异常,即可根据意志协调机体感受时间的快慢,协调对宏观、微观事物的感知力,甚至可以靠意志获取某个位置坐标的历史事实,并在核实后发现完全正确;同时,该类人群判断事物关联性的能力有较为明显的提升……"

洪伯贤转头对张敏说:"我遇见的那个除我以外的唯一案例是隔壁兄弟学校搞天体物理的小伙子,小伙子非说天上那颜色是暗物质,还说自己知道量子为啥纠缠了,不是因为超距作用,就是因为他以前感觉不到那些!小伙子跟他们学院院长聊了,院长觉得他可能搞研究搞疯了,有一次在跟我聊天的时候调侃这事,可我说……我觉得小伙子说得对!给那个院长气得够呛。"

斯雷登继续讲着:"……其他案例的具体情况各位可以详细观看同步在平板电脑上的资料。本次事件离奇,且案例数量在不断增加,为避免事件继续扩散,造成全球人民恐慌,调研结果在 6 个月前低调上报了联合国,联合国高度重视,立即发起名为'20'的专项秘密项目,即 20 开头的年份中全球最大的人类发展项目。

"在率先集结的各部分专家的技术攻坚下,我们用最快的速度把目前最先进的量子意识、仿生生物感官、机器意识、人机交互、量子物理、精神心理学、神经科学等诸多相关领域的最前沿应用性研究融会贯通,在哈威大学、维尔康辛大学、卡斯林研究所为核心组成的专项小组的研究支持下,输出了第一版感官拓展 PL[①] 设备,而在 PL 设备输出的过程中,一些痛点技术竟然'玄学'般地实现了。

"设备输出后,通过分阶段试验验证,我们发现大部分参与样本在接入 PL 设备后都能稳定、统一地获取某一时空坐标下的'历史性叠加'与'未来可能性叠加'。也就是说,接入 PL 的人群不仅可以获得超越普通人类的感官能力,还可以身临其境地探究到某一时空节点的历史发生事实,更可以根据概率推算时空的未来发展走向。"

此刻大会坐席上一片哗然,来自各个领域最顶尖的专家学者震惊地交头接耳。

洪伯贤抱着双臂靠在椅背上,他旁边的张敏已经说不出一句话,更准确地说是不知道该说什么。张敏放在桌上的两条胳膊分明在控制不住地发抖,他缓缓转过头,脸色煞白地看着同样表情的洪伯贤。

此刻坐在他们前面的两个男人也在低声交流:"全球的学术体系都算上……当然尤其是咱们这类人,研究一门学科,旁的全不懂,只会闭门造

[①] PL,全称 payload,原指卫星或航天器携带仪器设备的有效载荷,本文指感官拓展设备名称。

车！这下好了，人家早就开始搞大事情了！"

"你说得没错，不能单一地扎进某个学科做研究！但还有的人对其他学科稍有理解就变得盲目自信起来！尤其是搞微观物理的，忙不迭地往人家意识层面、心理学、神经科学上面靠，甚至还发那种半吊子论文，觉得自己高深莫测，你又不是真的研究那些的，懂什么！更有清高的理科人瞧不起人家学心理学、哲学的，殊不知人家搞的研究其实要更复杂，不懂就不要盲目评论嘛！"

洪伯贤听到这里忍不住了，拍着桌子就对前面说："放屁！你们说的那点儿事儿谁都懂！可你们以为台上这老卷毛儿仅仅是想表达这意思吗？你知道他说的这事儿意味着什么吗？现在全人类面对着比彗星撞地球还大的冲击！感官意识觉醒可能只是最微小的起点！我们现在突然摸不清未来生命的存在方式了知道吗？这就不是这个维度该发生的事！你们还只顾着对那点儿科研成绩被谁抢走着急！"

前面的两位专家原本想辩解，但是看着洪伯贤带着痞气的老脸，一句话也说不出来。

斯雷登切换着大屏幕上的资料，继续说着："从古至今，我们一直在研究意识的形成机制，从哲学角度出发，目前有'一元论''二元论''还原论''泛心论''涌现论'等理论；从科学角度出发，有'高阶表征理论''量子意识理论''达马西奥意识理论''动态核心假说''感觉运动理论''注意图式理论'等理论。但无论如何，这些理论都无法在本质上真正说清意识的形成机制，更无法说明生命消亡之后意识何去何从。

"可今天，我们终于发现了物理世界里意识形成的机制，并能还原运作过程。在感官意识觉醒之后，我们发现在暗物质中存在一种内容，它并非传统的物质形态，它不是粒子，不是波，也不是弦，这种内容目前被称为'沌太'，虽然它的名字听上去很像'以太'，实则它们之间没有关联。沌太是意识产生的基础,一直存在于我们身边,没有发生感官意识觉醒的三维肉体无法直接了解它们内部的信息和作用机制。

"研究发现,具备无限可能性的沌太被肉体和感觉器官锁定'降维',而后形成意识。生命消亡之后,意识会带着信息重新回到沌太里,因此沌太是在不断增加信息的。目前我们还没有实质性研究进展能说明黑洞内部的沌太存在机制,但如果非物质形态的沌太能在黑洞内保留原貌,有可能可以在一定程度上解释黑洞信息悖论。

"发生感官意识觉醒的案例表示可以看到时空中多出了许多颜色或是运动的'气团',这正是沌太被感官降了半维的投影,沌太的颜色一定程度反映了信息的宏观'调性',我们可以将它抽象地理解为这是'历史性叠加像'的氛围或情绪。同时,经过对沌太的进一步探索,项目组运用概率论的思路把'历史性叠加'推演到了'未来可能性叠加','预言'了一些未来事件的可能性……当然了,我们不可能精确预言某种实验结果,只能预言某个结果可能出现的概率……

"有一种令人震惊的大概率推演结果是在2063年,大多数人都可能发生无须接入设备就能感知到上述异常的自主感官觉醒……除此之外,推演像显示人类有概率逐渐多出一种感官。而在2105年左右,意识可以与主体剥离,也可以与其他生物进行意识共情甚至互换,即你可以共情我的身体感官之下的一切,也可以共情一只猫的,一棵树的……如果事情照此发展下去,世界秩序将面临亘古至今的最大危机!"

此刻的台下鸦雀无声。

洪伯贤口中的"老卷毛"在台上攥紧了拳头,朝着桌面闷闷地捶了一下,动作幅度很小,可却是那样沉重有力,每个人都看得出他波澜不惊的表情下汹涌澎湃的紧张和焦虑。他顿了顿,平复了心情,继续说着:"所以,请先允许我对在座的各位致以真诚的歉意,你们本是各自行业领域内顶尖的专家，这次接到的也是行业内会议的通知，来到这里却听到了这样混沌、令人难以置信的消息。可既然今天我能站在这里，代表联合国项目组向大家通报这件事，就代表我们真的已经没有选择了，我们确实面临着前所未有的困境和危机。

"本项目需要各个国家物理学、心理学、哲学、天文学、符号学、医学、政治学、宗教学等各方人员的加入，全人类的命运牢牢握在我们手里。这已经不是你们'想不想加入'的问题了，今天，世界已确实迎来了危机……所以，进了这个会议室的每一个人，包括我，都没有任何退路……但我必须声明——我们的会议和项目内容严格保密，不允许向无关民众泄露任何内容！而之所以在日内瓦这片中立的土地举行这一会议，也是要告诉大家，这一次，这个项目，我们不可以有派别，不可以有私心，不可以有内战，我们有的只能是团结起来，组成最顶尖的'人类大脑'，背水一战。"

台下的寂静又持续了几秒，随之是一片哗然。

"按照他口中 2105 年的可能性叠加，对普通三维肉体来说，我在想……新生生命如果具备意识和主体剥离的能力，会不会一出生意识就跑了？那剩下的肉体是什么？植物人？这样的话各种智慧生命群体必然逐步消亡！到最后剩下的，就是水熊虫、黏菌、单细胞生命，地球生命完全退化！如果真是这样，人类为了阻止这些可能性真的发生，一定会发展出全面颠覆现世的制度！"洪伯贤紧紧攥着张敏的手臂，眯起眼睛说道。

张敏歪着头，叹了口气说道："老洪，咱们这次真是遇见大事了……"

第二章

"何军岳，你打人是因为幻觉？"

📍 2026 年 10 月 5 日，鼓楼东大街，北京，中国

几个月之后的北京鼓楼一带充满着热烈的气氛，普通老百姓对正在发生的事一无所知，直到他们之中的一些人也发生了感官意识觉醒。

在鼓楼这片热闹的地方，仅开在鼓楼东大街的 livehouse 就有 4 家，高乾的 JUNGLE GYM 就是其中一个，它开在这条街靠西侧的位置，楼下是乐队朋友开的一家文身店。每到夜晚，附近玩乐队的朋友、专程而来的音乐爱好者、闲逛的年轻人、凑热闹的外国人，都扎堆在这个可以尽情释放快乐情绪的地方，卸下白天的面具，不再伪装，任由混合着冰块的酒掺着躁动的现场音乐直击喉咙，顺着食道一路冰镇到胃里。

附近胡同里的普通街坊远远看着这群夜猫子"流窜"扎堆在胡同里黑黢黢的角落，制造叮咣叮咣的恼人响动，总是撇撇嘴跟自家孩子说："离他们远点儿，这都不是什么正经人。"

王敬民与何军岳从小生长在离鼓楼不远的安德路，王敬民住在这条路的西边，何军岳住在东边，用从中经过的 27 路"工人先锋号"公共汽车线路

衡量，两个人的家间隔不到两站地。

如今，潜心研究的王敬民已经成为国科院心理研究所的专家，而从高中开始便沉迷摇滚乐的何军岳，成了国内知名乐队的主唱。

虽然二人的身份和生活节奏看起来毫不相关，但实际上，人到中年的两人依然保留着尽量每天相聚的习惯，维持着小时候的脾气秉性和交流方式，按家里老人的说法，那就是他们不管多大岁数、干着什么营生，都永远是"臭味相投"的小伙伴。

今年的秋意来得畅快，10月初，北京的夜晚已经全然没了暑热，今天加班后的王敬民、何军岳二人从国科院回到安德路，在路上闲逛着，他们买了瓶占边威士忌，那是这两个人最喜欢喝的东西了。

"今天联觉的实验你觉得设计得怎么样？"王敬民喝下一口冰镇威士忌，问何军岳。

"还行……就是实验最后的调查问到了我的'感觉'，我个人认为问题不明确……毕竟感觉是个很复杂的东西，不是单纯的喜怒哀乐可以描述出来的，你们明天再琢磨琢磨吧……不过不管怎么说，你下班了，咱们就别说工作了！今儿晚上咱先奔老高那儿，喝点儿，这次这专场也不知道谁起的名儿，够狂的，叫'北京之约'……我记着之前是亚运会还是什么时候，韦唯有首歌就叫这个，我妈天天在家里放磁带，我特喜欢……哎再给我倒点儿酒，冰块儿还够吗？"说着，何军岳伸手去掏王敬民拎着的塑料袋。

北京秋天独特的微凉让人有一种神奇的不真实感，按何军岳的话说就是"这样的夜晚，喝点儿就能成仙"。王敬民与何军岳拐进了不能更熟悉的鼓楼东大街，远处的音乐逐渐清晰，二人穿过人群，来到了二楼。拥挤在JUNGLE GYM里的人们在铁娘子乐队的《Trooper》里躁动着，像来自地下的骑兵，在黑夜里集结。

"嘿！哥们儿！"何军岳举起右手朝着酒吧最后面的高乾打招呼，二人挤到了人群后方。"今儿人来得真不少啊我说，这场气氛肯定'炸'！"在巨大的背景音乐中，何军岳趴在高乾耳边大声喊。

高乾示意吧台拿来两杯占边威士忌，拎着杯沿递给他们："你俩从哪儿过来的？老何你没和乐队的人一起过来？"

"我去，6个电话！乐队的人到后台了，我去一趟啊！"何军岳看了看一直放在裤子后面口袋的手机，连忙穿过人群朝着后台挤了过去。

王敬民手里拿着酒，和高乾有一搭没一搭地闲聊，看着人群里不时蹿出各种晃晃悠悠的熟人。他微微有点儿晕，却非常享受这一刻的感觉。

其实王敬民打心底里羡慕他这个从小一起长大的朋友何军岳，他觉得老何可以按自己喜欢的节奏生活，做自己喜欢的事，压根儿就不用在意别人的眼光，身边共事的朋友大多也都志同道合，小日子真可谓过得真实且随性。相比之下，虽然自己有着高学历，毕业于国内排名数一数二的名校，每天过得却并不开心，白天的他要殚精竭虑地保持严谨，着装一丝不苟，操劳于烦琐的研究和复杂的人际关系，只有每天下班之后，回到安德路，见到彼此珍惜的朋友和街坊，才有一种在过日子的真实感。

JUNGLE GYM 里的光线压得很黑，高乾说是希望来这儿的人们真真正正地感受音乐和自己，尽情以真实的本我面对世界。在这样的环境中，王敬民喝了不少酒，迷迷糊糊地"渐入佳境"，以至开场的乐队演了大半才发现手机里的语音消息，那是后台的何军岳发来的："我跟你说，老王，我现在很不好，按照你们的专业术语来说就是我'感官知觉很明显'……开场之前放《Trooper》的时候，远远望去我感觉人群似乎都快冒烟了，整个氛围跟要打仗似的，那感觉和平时绝对不一样！我不会走火入魔了吧？"

"你快了，少喝点儿吧你！一会儿轮到你上台演出，你要是躺那儿，我就说我不认识你。"王敬民没当回事，回了何军岳这样一条信息。

而当何军岳真正缓过神来，他已经坐在派出所里了。

"我不是故意打人！我刚才真的产生幻觉了，那感觉太真实了！幻觉和现实世界是重合的，一开始是线条和形状压到我身上，由远及近朝我压过来，紧接着我眼里的一切似乎从极度宏观变成极度微观，后来背景里的人群开始有颜色，我只觉得那些颜色都有情绪……红色、黑色，还有褐色这些深色为主的颜色，当那个哥们儿冲上台准备'跳水'的时候，我只看到有一团带着愤怒的棕褐色直接往我身上猛地扑来，我感觉这颜色要袭击我……当时我手里只有吉他，就下意识直接抡了起来，所以我真不是存心伤害人家的……真是下意识啊！"何军岳一脸正经地向派出所的警察们讲述刚才的体验。

"停停停，你等会儿……"一个留着方形寸头的警察打断了何军岳，歪着脑袋摆弄着手里的笔，满脸见怪不怪，甚至带点儿轻蔑的嘲笑，"何军岳，你打人是因为幻觉？你喝了多少？玩东西没有？"

"玩……东西？你是说我……你们直接带我去验尿好吧！我就喝了洋酒啊，但是也不算过量酗酒，没醉啊！您看我这样思路清晰、表达连贯、滔滔不绝，像有问题吗？"

寸头警察抬了下眼皮："注意你的情绪，现在是你确实伤了人。你以前有没有什么相关的疾病？"

"你意思说……怀疑我有……精神病？你说谁你！"何军岳听到这儿一下急了，指着警察说，"都说了我也不知道怎么回事，好家伙你直接给我来一个人身攻击，找你们头儿去信吗？你警号多少……"

"何军岳！注意你的情绪！"寸头警察严厉地拍着桌子，手中的笔滚落到地上。

"跟我一块来的那个哥们儿叫王敬民，是我发小儿，人家是国科院心理研究所的专家，我要是有精神病人家早就给我诊断出来了，"何军岳解释，

"我这段日子还帮他一起做研究呢。"

寸头警察盯着何军岳看了一会儿，正当犹豫的时候，手机来了个电话。他接起来说了几句，眉头微微一皱，招手示意了一下旁边一个年轻的高个小伙子，这个高个小警察凑过来俯下身，和寸头警察耳语几句。寸头警察把手机夹在肩膀和耳朵中间，一边嘴里应和着电话，一边整理了一下桌上的纸，起身指着何军岳，朝着审讯室外面走去："接下来我们这儿小张给你做详细笔录……配合啊！"

当何军岳、王敬民在小张警官和另外两位警察的陪同下，去医院处理完伤者的手续并赔了钱的时候，已经是凌晨3点多了。

"好在人家不和你计较，缝了7针啊，又是额头上，这好了也得留下好大的疤啊！"几人走到医院门口，警察还在数落何军岳。

还没等何军岳开口，被吉他砸破相的乐迷倒先张了嘴："没事……哎哟，喜欢重型音乐，还怕这个？人家岳哥也说了不是故意的……但我是不是能讹一张演出年票啊，哈哈哈！"

"干什么？还年票！终身的！哥们儿你要是哪里不舒服，你给我打电话啊，咱们瞧病来，绝对不耽误。过几天你好点儿了我去看你。"何军岳不好意思地拍了拍受伤乐迷的肩膀。

小张警官用手里的黑色公文包把他们往外推："行了，行了，大夜里的，快走吧……何军岳，这两天可能还得给你打电话让你过来配合啊！"

"哎哟我说这位小警察叔叔，你们怎么都这句啊？"

老何老王联络了高乾，相约在livehouse附近一个还营业的新疆小饭馆。一起来的，还有常在JUNGLE GYM出没的许释贤，几人找了个靠窗的位置坐下。

"哥们儿，麻烦来4个啤酒，越凉越好！"何军岳对着饭馆老板喊道。

"我今儿也蒙了……我没开玩笑，就喝了点儿洋酒，虽然酒劲儿'续航'

时间挺长，但是我真没喝多！老王你说我这该不会是突然打开了任督二脉吧，快从你们专业角度剖析诊断我一下。"

还没等王敬民开口"讲课"，许释贤掴了一口凉啤酒："你们说的幻觉……我好像也看见了。"

高乾说："对对对，你们被警察带走的时候老许找我，说听见你们隐约说有幻觉什么的……他说你拿吉他抡人家的时候他也产生幻觉了，我就叫他一块儿来了。"

"啊？你也有？你的幻觉什么样？我跟你说……当时我还感觉眼前一团乱，太阳穴到天灵盖全是麻木的，然后那眼前黑压压的一片开始变形，再然后就开始有一种神奇的俯冲感，特别快，一秒不到，俯冲到一个什么东西表面，从高空往下……"

"老高，你店里的酒里是不是放迷魂药了？"王敬民突然打岔。

"我看没准儿！"何军岳搭着腔，并转头继续问许释贤，"另外，你看酒吧里的人群，有颜色吗？就像霓虹灯在灯管附近闪烁出的不同颜色的光，但是没有霓虹灯的亮度那么显眼，而且那颜色……好像有情绪一样？"

"有！我也有！当时我正好站在人群最后，靠着墙角，我看到那些颜色，以为自己眼睛出问题了……比如突然眼花或者散光了什么的！再加上我也喝了不少，就赶紧找了个墙边的椅子坐下来说歇会儿，我低着头大概歇了10分钟……等我缓过神来的时候你已经把人家揍得满地是血了！这算怎么回事啊，你说一个人这样就算了，咱俩同时都这样，这就奇怪了。老王你不是搞这个专业的吗，你看我们这是怎么回事啊？"

终于轮到王敬民的"授课"时间了："首先，你们这确实有点儿像医学上的'视微症'，也称'爱丽丝梦游仙境综合征'，是一种知觉障碍。记录显示，一些发生者发病时候的感受主要是空间扭曲、事物变形、身边一切忽大忽小、时间感觉异常、躯体感觉异常……我之前和老何聊天时就谈过这个现象，这种情况小孩挺常见，多在发烧的时候，尤其是高烧，还有情绪特别兴奋的时候。造成这种病症的原因目前的研究来看貌似有……偏头痛、感染、脑炎、器质性病变，比如长瘤子了什么的，还有药物不良反应，比如老何哮喘时吃的其中一种药物貌似就有造成神经系统紊乱的可能性，还有就是一个神奇的原因——'其他病因'……就是解释不了的原因。而且就数据来看，大多数患者压根儿就没有器质性病变，我们心理学、精神医学这时候就得接锅，不过其实接了有时候也研究不明白。

"其实我就觉得吧，你看我研究这科，有时候真太理论、太主观！就像这'爱丽丝梦游仙境综合征'，我自己都没感受过，我还跟这儿叭叭给你们讲，你们还觉得特对……"

老许继续问："那我们两个人几乎同一时间一起有这种现象是怎么回事？"

王敬民答道："对，我也在纳闷这一点，我现在能想到的影响因素像酒吧里空气……或者是某种酒精的影响，再或者是不是你们俩同时服用了某种类似药物，甚至有可能是 livehouse 里某种音乐的频率的影响，等等。其实如果还有第三个人也有这种情况就更好讨论了。"

"千万别有第三个了！这回整这么一出，就等着以后酒吧天天来人查吧，这都不够折腾的，还要弄仨？快饶了我吧。"高乾一脸没辙地喝下一口啤酒。

"还有，我觉得……老何，那个你说的颜色和荧光灯的感觉，有没有可能是你联觉放大了？"王敬民说。

"对，我感觉我的联觉越来越明显！"何军岳说。

"联觉？这又是什么玩意？"高乾一脸不解地问。

"我有先天性联觉，尽管案例数量很少，但这是真实存在的一种人类感官现象。我怎么给你们解释呢？说白了就是……你看这张菜单，"何军岳四处看看，拿起了后面空桌上的打印版菜单，这是一张普通的印着黑字的 A4 纸，外面塑封着一层塑料薄膜，"你们看这个，是不是只有白色纸黑色字？"

许释贤一把抢过菜单，看了一眼对着收银吧台喊："老板，再来个糖醋白菜心！里面多放点花生米！……那怎么着，你还能看出上面有朵牡丹啊？"

何军岳接着说："我看这些字是彩色的，每个字颜色还都不太一样，不是像 Word 文档里你把字变成其他颜色的那种彩色，而是黑色字上又蒙着一层彩色，而且不同的字，不仅有颜色，还有味道甚至情绪。你看这个 38……"何军岳指着"馕炒肉"后面的"38"，"在我眼里，这个 8 是深红色，这个 3 是浅一些的橘黄色……另外，这些字在不同组合中也有些细微差别，比如这 38 的 8 是大红色的深红，而 48 里的 8 也是深红，但是更偏红紫色。所以我打小儿数学就不好，敬民能考上硕士博士，我连考大学都费劲！不是我不爱学习，我一看书真脑袋疼，就觉得信息量太大了。

"还有，不仅是看数字……我看文字、音符等其他视听符号也有这种现象，特别是看到一些表达强烈情绪的艺术作品时，我嘴里尝到的味道很重，情绪波动也更强烈。所以你们老说我情绪变化大，不是我故意的，我已经很努力克制自己了。

"不过这次……我好像把这个能力从符号放大到人身上了！我感觉那个想冲上台'跳水'的哥们儿是黑褐色的，带着愤怒的冲击感，我当时完全控制不住自己，抢人家真的完全是下意识。"

这一通神侃，听得高乾和许释贤一个劲儿发蒙。

4 个人在酒精作用的加持下，逐渐由热切探讨变成了互相打岔，最后和往常一样，当聊天内容变成"我说前门楼子，你说胯骨轴子"的时候，他们决定回家睡觉。

出了饭馆的时候，天已经蒙蒙亮了。

"老何，你要不上我那儿去吧。睡醒了之后咱再聊聊。"王敬民用无法聚焦的眼睛望着何军岳说。

"走着，回你那儿，咱俩老光棍儿，说说话也挺好，我真喝大了……我也怕我自己回家对着墙说话。"何军岳歪着身子靠着王敬民，含含糊糊地叨叨着，殊不知，自己身上发生的现象，是物理科学和人类意识能力跃迁的伟大起点。

第三章

"这是感官知觉开发和意义限制。"

📍 2026 年 10 月 6 日，安德路，北京，中国

第二天两人醒来，已经是下午时分，正当他们歪在沙发上醒盹儿的时候，何军岳的手机响了。

"喂，何军岳吗？我叫杨驰，公安部的，你现在在哪里？方便吗？想找你了解点儿情况。"

"啊？警察叔叔好！我在家，时间方便。"

"什么就警察叔叔，别臭贫，是你昨天的事，昨天晚上……你们在JUNGLE GYM 酒吧的事……我半个小时后到。"

王敬民在一边赶紧凑过脑袋："老何，我怎么隐约听见还有公安部的事？"

何军岳挂了电话，咽了下口水说道："是啊，你陪我下去，把工作证带上。"

半个小时后，俩人在楼下见到了杨驰。这是一位高高壮壮的中年男人，身着一件藏蓝色的飞行夹克，看起来稳健而随性，举手投足都展示着与职业相关的气质，他远远站在一辆黑色吉普车旁边，摘下墨镜向何军岳招手。

"你看这人，像不像《炊事班的故事》里边那连长……"何军岳一边走，

一边低头和王敬民小声逗着闷子。

"你好，我是杨驰，这是我证件……旁边这位是？"

王敬民拿出兜里的工作证："杨哥好，我叫王敬民，工作于国科院心理研究所，目前在做联觉感官的研究工作。何军岳是我发小儿，正好身上也有这种现象，所以他作为观察对象参与到了研究当中。考虑到他昨天所产生的幻觉可能与联觉有一些相关性，另外刚好我昨天也在，所以他叫上我一起来见您。"

杨驰接过工作证仔细研究一番："稍等啊，我打个电话。"他躲到远处没人的地方，点燃一支烟打起了电话，这个电话时间很长，杨驰说着说着甚至连烟头都快烧完了都没意识到。

"走，王专家，一起吧。"杨驰挂断电话，回来给二位开了车门，"比较远，二位协调下晚上的时间。"

汽车一路向北，走上京加路，开始进山，3个小时后，七拐八拐到了一个人烟稀少的地方，停在了一个6层回字形小白楼前，附近除了山和树，似乎只有一栋这样的建筑物。落日余晖在峰峦叠翠的山间格外让人放松，似乎城市里繁杂的生活已经远离了他们。

"漂亮吧！"杨驰摘了墨镜，眯起眼睛看着远山，"我这辈子最喜欢的景象就是这种山间落日了，沉醉其中，让人可以特别真实地体会生命。"

何军岳、王敬民二人也没想到，看起来五大三粗的杨驰情感这么丰富。

走进小白楼，楼里安静得让人不确定是否有人，3个人在4层走廊尽头的倒数第二间屋停了下来，杨驰敲了敲门。

"进来吧。"屋里传来一个并不年轻的女性声音。

推开门，老式木质办公桌前坐着一个写字的妇女。妇女大姐摘下花镜，撑着桌边和椅子站起身。她个子不高，有点儿胖，穿着和气质都很像20世纪八九十年代的小学老师，走过来的时候可以明显看出她微微有点儿跛。

"你们好！"妇女大姐笑着和王敬民、何军岳握了手，"我是冯岚……来，快坐。"

何军岳和王敬民坐到了贴着墙摆放的老式沙发上。

杨驰搬了个木质椅子坐到了一旁，拿出了录像设备放在沙发前面的茶几上。

冯岚开口说："昨天的情况我都了解了，话不多说，直奔主题，接下来需要二位体验一些内容并反馈感受。第一个内容是这样：一会儿请二位闭上眼睛，深呼吸5次，尽量找个舒服放松的姿势，之后大杨会放一些声音，请认真感受。声音比较长，结束时，我会叫你们睁眼，在这之前请尽量保持放松闭眼的状态……另外，二位需要把这个设备戴上。"

说着，冯岚示意杨驰从柜子里拿出了两个银色小型机器，它们看上去非常简洁且有科技感，机身大概半个手机大小，主机接出两条线，线的另一头是一个像老式血压测试机绑带的东西，闪着暗银色的光泽，质感很像一块麂皮材料。

"把绑带分别套在双手手腕上，不用动，它会自动收紧到适合手腕的大小。另外这个贴片，请贴在眉心处。"冯岚又拿出了两个硬币大小的、同样质感的银色圆贴，递给他们。

佩戴过后，腕带和圆贴开始微微发光，二人的手腕和眉心感受到一种特殊频率的震动，随后身体开始发热，微微震动的酥麻从手腕和脑门开始扩散，逐步到面部、喉咙、躯干、脊椎、腿，最后到脚趾，那感觉非常奇特。

当瘫坐在沙发上的王敬民、何军岳举手示意准备完毕后，大杨开始放出声音，开始半分钟是一段纯音乐，声音柔和清澈，让人更加放松，之后声音逐渐减弱直至无声。

"初级时间频率变化感知正式开始",在设备语音播报后,二人感受到的音乐变成了有节奏的敲击,身上佩戴的设备也随着音乐的节奏震得他们浑身酥麻。那敲击声很像手指关节大力叩击桌面的声音,每一下的声音都完全相同,可却越来越快。"嗒……嗒……嗒……嗒……嗒……嗒……嗒……嗒……嗒嗒嗒嗒嗒嗒嗒",节奏从一开始的超长间隔,逐渐过渡到最后两次几乎融合到一起!

一段声音响毕之后,间隔一段空白,之后又是"嗒……嗒……嗒……嗒……嗒……嗒……嗒……嗒……嗒嗒嗒嗒嗒嗒嗒"。

冯岚仔细观察着紧闭双眼的二人脸上的表情,他们从一开始的放松状态,逐渐变得眉头紧锁、呼吸急促。

眼见着何军岳的汗从额头上冒出,直接滴到鼻子上,而后落在衣服上,他嘴唇发白,双手微微颤抖。相比之下,王敬民的状况要好上很多。当这段声音响到第六次,何军岳明显受不了了,开始摇头抗拒,紧紧握拳。

"好了停吧……睁眼吧。"冯岚示意杨驰关掉频率,让何军岳、王敬民睁开眼睛。

"就是这种感觉!"何军岳的眼睛连血丝都出来了,"昨天我看到、感受到的世界的频率就像这个一样,节奏越来越快,好像那幻觉世界中的时间秩序就是这样!太可怕了,我现在似乎又有昨天晚上打人之后刚刚清醒过来的感觉了。"

冯岚接着问王敬民:"你呢?"

"我还好,觉得情绪越来越紧张,听觉放大,其他感官暂时弱化,这现象随着频率变快越来越严重,另外接入频率之后,我隐约感到似乎多了一重感官世界,总之,一切非常不真实。"

冯岚继续说:"好的,下面咱们进行第二个内容感知。一会儿频率响起来的时候你们需要看着我,尽量把双目放空,不要聚焦,不是注视,而是左右眼都保持平视，如果你很难做到，尽量想象自己在课堂上发呆的样子。"

"初级生物××感知正式开始。"银色机器发出播报，却被人为抹去了中间的两个字。二人感觉身上佩戴的设备在以另一种奇特的节奏震动着，他们望向冯岚的脸。王敬民惊讶地瞪圆了眼睛，因为他看见冯岚的身体周围逐渐开始清晰地发出光芒，靠近她身体的一圈是透明的浅蓝色，大概集中在离身体表面10厘米的范围内，而外面那圈颜色，则由透明的浅蓝色慢慢过渡到金色，混合着一些紫色。在王敬民的视角下，那光芒逐渐从微弱变得明亮，围绕在冯岚周身。

王敬民激动地看着冯岚的方向，那神态像极了先天性色盲的人第一次见到五彩斑斓的世界。他注意到了旁边的杨驰，杨驰身上显示出的颜色完全不同，色彩的光晕的轻重分布也和冯岚完全不一样，内圈是中蓝色，颜色要比冯岚深很多，色圈的光晕也要更大，外圈则是微微的淡粉色。王敬民又伸出自己的手臂，看到了自己小臂、双手的光发出明显的绿色。冯岚身后的办公桌上放的一盆绿植也发出微微的光芒，停在窗台的鸟儿也有……太神了！所有的生物都有自己独特的光，光芒颜色各异，在跳动，在发散。

"感知结束。"人工智能的声音播放出结束的指令，设备腕带和圆贴的光亮逐渐消失。王敬民看到冯岚、杨驰，以及其他生物的光芒逐渐减弱，直至消失，世界似乎又恢复到了本来的模样。何军岳和王敬民惊喜地对视，彼此点点头。

冯岚继续说着："接下来，我们做第三个测试，一会儿我会举起一个板子，板子上会有信息，请全心投入思考与信息相关的内容。"

"初级时空信息锁定感知正式开始。"设备再次启动，这一次，二人依旧感觉到轻微的震动，但是那感觉又和之前完全不同。王敬民与何军岳看到冯岚拿出了一张A4纸大小的卡片，卡片上有两个大字——"苹果"，"苹果"下面有几个被纸条遮挡的内容。

王敬民、何军岳二人的大脑仿佛失去控制，思维飞速运转，信息非常杂乱，这世界上亘古至今与苹果相关的一切内容、画面、味道，似乎都融合着、冲击着他们的思维。王敬民感觉脑子快要炸了，太阳穴一跳一跳，似乎全身的血液都在涌向大脑，在他的脑海里，仿佛在一瞬间有了这世界上与苹果有关的所有信息的记忆。何军岳也变得表情扭曲、紧皱眉头。

冯岚这时揭下了卡片上被遮挡的第一个内容，露出一行字："今天北京昌平摘下的红色的苹果"，二人的思维飞快收缩，大脑里立刻充斥着昌平果园里、大棚里、仓库里等场景下各种各样有红色苹果的画面，信息依旧非常杂乱。

冯岚继续揭下来第二个遮挡的字条，露出一行字："不小心掉到地上的苹果"，二人的思维继续收缩俯冲，脑子就像被砸的牛顿一样"砰！砰！砰！"里面充斥着各种坠落的苹果。

冯岚继续揭下第三个遮挡的字条："被狗捡起来的第二个苹果"，二人的思维继续俯冲……

"感知结束。"

"来吧二位，这有两张纸，请二位写下频率结束时脑子里的画面。"冯岚边说边递给他们纸和笔。

"二位写完了？来吧，对对答案。"

王敬民与何军岳交换了手里的答卷，吃惊地互相看着彼此。

"采摘园？"

"对！"

"女主人？"

"对！长头发、马尾辫、灰色短袖、黑色裤子？"

"对！金毛？"

"对！天哪……我的天哪！我们是同时远程看到了时空中真实发生过的

景象吗？"

王敬民、何军岳顿时浑身鸡皮疙瘩，瘫坐在沙发，紧皱眉头。

"这……这是千里眼吗？"王敬民攥着答卷震惊地问。作为一个研究心理学多年的专家，他吃惊到不敢相信自己感受到的一切。

冯岚笑笑："这不是千里眼，也不是什么灵异、通灵，这是感官知觉开发和意义限制。当然，普通人确实做不到。"

冯岚拿起杯子抿了口水，神情终于从刚才测试中的专注和认真恢复到了她这个年纪的妇女应该有的平和温暖，她对两人说："人类用 5 种基础感官，也就是视觉、嗅觉、听觉、触觉、味觉去接触一个完全没见过的东西，并将感知到的信号在大脑加工成认识，然后去给它下定义，也就是赋予意义，规定以后再遇见这东西都叫一个名字，比如'苹果'，并以符号进行意义传播。

"所以你看我和你们说'苹果'两个字，你们知道我在说什么，红的、圆的、一只手拿得住的、甜甜的水果。我写下'苹果'两个字，你们看了也明白我指的是什么，而我嘴里说出的这两个字的发音、画下的图画……哦，又或者是英文 Apple，你们都看得懂，这都是符号。在没有这个实物苹果的前提下，我们可以通过符号传递这个意义。

"除此之外，我们又可以在符号上加很多描述限定以便精准锁定事物，比如'昌平的苹果''狗捡起来的苹果'，等等，这样的表达就可以具体地锁定某个特定时间和空间中的某个特殊细节。

"而今天你们的感受，是只有在特定的知觉开发之下才能体会的现象。要知道，再找个其他人，坐在你们身边，如果不做知觉开发、不接入频率，那么即使也看到了我们的 A4 板子，他脑子里也不会有采摘园，不会出现梳马尾辫的女主人，也不会有金毛。"

正当王敬民努力地去理解冯岚的话时，冯岚转头对杨驰说："大杨你看，他俩都行吧，我就说王专家一定行。"

"我俩行？具体什么意思？"王敬民不解地问。

"现在有个非常重要的项目，时间极度紧迫，很需要你们这种具备感官开发能力的人才尽快参与进来。"

冯岚把手里的杯子放到茶几上，接着说："从小你们的老师引导着你们去学习物理科学、思考哲学的根本问题、探讨唯物唯心，而之所以我们可以顺理成章地去探讨这些问题，本来就是因为我们一直生活在经验里、稳定的规律里，从没有过某一天早上一起床，地板在天上，或是自己突然变成了另一个人，突然失重，等等。可以说从古至今，我们身边的运行方式一直很稳定，正是这种稳定带来的安全感，让你们就算偶尔想到这些问题，也不会特别在意。

"而就是现在，你们也感受到了……我们身边确实发生了一些不正常的现象……组织很希望你们加入进来共同进行后续的研究。"

何军岳、王敬民看着彼此。何军岳能清晰地看到王敬民看似波澜不惊的表情下，眼里闪烁着兴奋的光。十几年时间，王敬民从学生成了专家，尽管人到中年的他晚上回到安德路"卸下盔甲"的时候，也常会抱怨单位劳累的工作和复杂的人际关系，但是老何能清晰感知他对研究发自内心的执着和热爱。

"行，我加入。"何军岳转过头，对冯岚说，"虽然我没什么文化，但是我之前也一直配合敬民这边的研究实验，有一定经验，加入个新项目我相信我不至于给你们拖后腿……"

"咱们这个项目是哪里发起的？我单位的编制、工作的时间，会不会和这个项目有冲突？"王敬民打断了何军岳向冯岚提问。

冯岚示意杨驰拿出文件，并和王敬民解释："编制还在，但要停止你原单位手头的一切工作，不过不用怕，我们项目会给你特殊津贴，收入非常可观。如果你愿意，你就可以直接全身心投入这个联合国级的特殊项目，你们单位会收到通知处理好一切你的事情。不过我必须强调，项目时间并不短，而且涉及严格保密，不允许向无关人员透露任何信息，非常严肃，如果违反相关规定会受到严肃处罚，大杨就是负责这部分的。"

杨驰拿出两个保密箱，打开并放在他们面前，展示出两份厚厚的文件。杨驰递上钢笔和印泥，说："来吧，传统流程咱们也走一道……好好想想，仔细阅读，有问题可以随时向我提问，没问题就在每一页签字按手印。特别注意，签署后，你们没有任何退路。"

保密手续走完之后，天已经完全黑了下来，山间的秋夜非常寒冷，二人赶紧转身钻进了杨驰的吉普车。

"感谢你们的奉献。"开车的杨驰突然温柔下来，"过些日子咱们可能要基本待在新疆了，你们好好准备下，大新疆地广人稀，可要努力适应一下。"

"新疆美啊！吃的也好，姑娘也漂亮，跟组织出行，我们指定把个人享乐放在后面……"何军岳继续臭贫着，歪着身子从口袋里拿出烟，分给杨驰和王敬民，3个男人在山间行驶的吉普车中吞云吐雾，享受着纯净、清爽的山间晚风。

杨驰吐了一大口烟，眯起眼睛说："刚才……你们好好看材料了吧？我们会到新疆那边的一个研究中心，手机都不能用，限制对外通信联系……不过，到时候你们不用手机也能知道外面发生什么。"没等两人问这句话是什么意思，他又接着说："这几天我会再给你们打电话，你们要在5天内处理好手头的一切事情，记得不要去任何需要核定身份的公共场所，踏踏实实在家，调整好自己的身体！未来的日子，你们可是背负着拯救全人类的使命。"

"哈哈哈，警察叔叔您说话真幽默！您放心，我们哥儿俩保证一定完成任务！"何军岳耍着贫嘴。

杨驰顿了顿，欲言又止，只是笑了笑。

第四章

"默认初级3.25感官模式，屏蔽历史性叠加，屏蔽可能性叠加，暗物质展示25%。"

虽然王敬民、何军岳两人没完全理解杨驰到底什么意思，但是对于"如此生活30年，直到大厦崩塌"的他们，不论初衷是寻找刺激，还是学术追求，又或者是像杨驰说的所谓的拯救全人类，此刻的他们都想抓住这次机会，让自己原本缺乏新意的生活重新开始。

第二天，何军岳就收拾好了所有的东西，拉着两个大行李箱搬进了王敬民的家，不仅是因为出远门前方便，更是因为他有了那些神奇的经历后完全无法独处，他想说话，想和别人交流，他太兴奋了，像个要去春游的孩子，出发前夜难以入眠。他满脑子都是JUNGLE GYM里黑压压带着情绪的人群、越来越快的频率、浑身发光的生命、昌平采摘园坠落的苹果。

这一切，就像冯岚说的，完全突破了何军岳的认知，这本来就不正常，太不正常了！他甚至反反复复地问王敬民自己是不是疯了！

"咱们这几天经历的怎么和拍科幻电影似的，"何军岳翻着冰箱，和歪在沙发上的王敬民说，"哎，等会儿……你冰箱里怎么什么玩意儿都没有啊，拯救全人类也得先吃饱了饭吧，咱出去采购点儿物资吧！这要是真去了研究中心，是不是烟都买不到？咱俩先进它50条烟，估计能撑一段时间！再去趟俄优品，多采购点儿酒。"

王敬民拿起杯子，喝了一口占边威士忌，一边盯着电视里的《大美新疆》纪录片，一边慢悠悠地说："你当咱们是去公款旅游的吗？还50条烟，就应该让大杨警官用他那砂锅大的拳头帮你清醒清醒。"

何军岳看起来更加不安了，盘腿坐在了王敬民旁边："哎，你还有心思喝呢！你仔细想想，3天时间！3天！3天之前咱俩还去你单位，去JUNGLE GYM，还过着正常的生活！一转眼，现在，咱俩看见过普通人发光了！能千里眼了！公安部的人天天直接管着咱俩！到底要干吗啊？选克格勃也没这节奏吧！"

王敬民嚼碎了不小心倒进嘴里的冰块："还看不明白吗！咱俩上套了！亏你还兴奋，还高兴！你没看大杨给咱们那个文件里有个危机声明吗，你倒好，人家问你参不参与项目，还没闹清楚怎么回事，你上来就答应！这回就是咱俩死在新疆也白死，知道为什么吗？——查无此人！我跟你说，这回绝对是个大事儿，这都不应该叫项目，完全就是紧急任务！他为什么测咱俩能力？到时候肯定能用上，指不定到时候得天天带着冯岚那设备，让咱看点儿什么信息……没准就是国际情报，或者恐怖分子在干什么，咱就是新时期的通信兵！这辈子没准就被套这儿了，估计他们早就查过咱俩的背景了，专挑咱们这种政治清白、没有后顾之忧的单身汉。"

何军岳一拍大腿："还真是！敬民，你说得对啊！我怎么没想到，还是你有文化，还真是这个道理！"

王敬民也坐了起来，一口干了杯子里的酒："但有个事我没想明白……我转念又一想，咱俩要是被这联合国级别的特殊行动组织收编，这门槛儿也太低了吧，咱俩去面试就做了3道测试题吧？你看《碟中谍》里伊森·亨特那体格，抬腿就能上房，你行吗？我行吗？退一步讲，就说咱俩要是成了通信兵，也得具备相关的专业知识吧，最起码得公安大学情报专业进修几年吧，咱俩这个连 177 开头的手机号是移动、联通还是电信都闹不明白。你一个玩儿摇滚的，我一个学心理的音乐爱好者，咱俩除了能给文工团卖卖力气，还有什么可用价值！还有，关于保密，没做具体背景调查，就签了个协议，装了个什么监控设备，他怎么知道咱俩风险低？万一是罪大恶极的坏分子呢？"

二人回顾这几天的细节，盘算着自己是要被收编为特殊通信兵还是单纯去参与什么新型研究项目。而事实其实比他们能想象到的所有情况都要复杂且可怕千百倍。

📍 2026 年 10 月 11 日，安德路，北京，中国

"嘿！你们怎么这么多东西啊！你们俩真是过日子去了啊！" 5 天后，来接他们的杨驰看着眼前的 4 个行李箱无奈地整理着自己的吉普车后备厢。

何军岳从自己身上的斜挎胸包中掏出烟，递给杨驰，笑着说："杨哥抽烟，您歇着，我们俩装车……其实我们俩没多少东西，这俩行李箱，主要是烟和酒。没辙，我们这种普通市民还真就离不开这个，您见谅您见谅……我们就怕到了新疆没这个北京烟，瘾一上来影响情绪，给科研进度拖后腿。"

还没等杨驰回话，王敬民也开口了："杨哥，咱们怎么去新疆啊？不会开您这个吉普去吧？"

杨驰接过烟说："先不去新疆，去小白楼，熟悉熟悉项目之后再和大部队会合，今天附近几个省的相关人员都会到齐，科技部也过来，这几天大家都互相了解一下……走吧上车。"

何军岳关上后备厢的盖子钻进车里说："嚯，还有科技部呢？整个项目组一共多少人啊？"

杨驰发动汽车，戴上墨镜："出发！这次总共……一个小区吧。"

"哈哈哈哈，杨哥你真能开玩笑。"何军岳笑着拍了拍大腿。

📍 2026 年 10 月 11 日，20 项目北方第三中转站，丰宁，中国

在小白楼二层尽头穿过一个需要指纹和虹膜双层验证开启的防空大门后，分别拖着两个大箱子的王敬民与何军岳被带到了楼的东区，这里像极了科幻大片里的研究中心，楼道两侧是一道道紧锁的椭圆形金属门，他们来到了 517 房间门口。

"你们这几天住这里，我住隔壁，有什么事儿的话……房间里有个橙色按钮，下方标注着'呼叫安全员'，按了之后我这边可以收到信号，你们有事直接叫我就行。"

王敬民与何军岳录完指纹钻进这个 50 平方米左右的房间时，都还没有缓过神来。

杨驰一边帮他们把箱子放到了储物区一边说："你们每个人的床上都有一个 PL 启动器，类似你们上次测试使用的那个银色机器，不过这个可比那个先进多了……PL 配有两个圆贴、两个腕带和两副耳机，贴上后都会和你们的皮肤颜色融为一体，没有异物感，也几乎看不出来。一个圆贴贴在眉心，另一个贴在脖子后面的脊柱位置，耳机贴在耳骨内侧。你们要 24 小时佩戴，洗澡、上厕所、睡觉也不要摘，中心会用它和你们交流，了解你们的状态。你可以把这玩意理解成一个人工智能的人体贴片，不用充电，用你们自己的生物电。使用说明在盒子里面，有问题也可以向 PL 直接提问。二位今天的任务就是好好休息，适应房间和 PL，有问题可以随时叫我……好了，我出去之前必须要完成一件事，把你们的酒拿出来，我得拿走。烟可以抽，房间里的新风系统会让你们很舒服，那也少抽点儿，对身体不好。"

杨驰拿出两个塑料袋装好 8 瓶酒，转身出了他们的房间，椭圆形的防空门自动上了锁。"我天，敬民！这回真是大事儿！我怎么觉得这不是研究什么感官来了，这分明是研究咱俩啊！得！我这个小白鼠从你们单位的'虎口'出来，又进了'狼窝'了！"

王敬民拿起他床上压在 PL 下面的一张金属卡，叫何军岳过来："不至于，你来看这个！'身份卡 -CN20-SE 模块研究员 -11001017WJM'，咱们是搞研究的，不是被研究的。"

何军岳转头拿起了他床上的卡片："对，你看，我编号是 18！嚯，这是工号吧！哈哈哈我这种没正经上过班的，第一回有工号！不过……这 CN 是中国的意思吧，这'20'是什么意思啊？这也太神叨了！"

何军岳拿着他的 PL 坐到了王敬民床上："来，敬民，歇会儿抽根烟。"

王敬民赶紧把他的 PL 拿远了些："哎哟大哥，就这几个跟不干胶似的小贴画，一会儿咱们再弄混了。"

何军岳从 PL 盒子里撕下圆贴，这个圆贴的质感和那天第一次见到冯岚时用的那个完全不一样，更薄透，仔细观察，上面还微雕着何军岳的专属身份"CN20-SE-11001018HJY"。

他把圆贴放到眉心，和上次一样，圆贴自动吸附到了他的皮肤表面，何军岳用手碰了碰，触感和碰自己的皮肤没什么区别。

"我天！融了！你的圆贴就像被皮肤吸收了一样！"王敬民指着何军岳的额头吃惊地瞪圆了眼睛。

何军岳赶紧跑到洗漱间的镜子前，仔细端详着额头："真的哎！这太邪门儿了！但这玩意怎么拿下来啊？"何军岳用手抠着圆贴的边缘，把脑门抠得发红，回到屋里，又坐到王敬民床上："你给我看看，我怎么抠都抠不下来。"

王敬民合上说明书："别抠了，说明书里说了，这玩意拿下来要去中心走

031

流程给你单独摘，你看这个都融入皮肤了，又是给你定制的，估计这个智能设备造价可贵了，先戴着吧，你不也不难受吗？"

"天哪！我……敬民，你看那边天上！"何军岳突然站起身来吃惊地指着窗外远处的天。

王敬民趴过来，看了看天一头雾水地说："怎么了？怎么了？这……也没事啊！"

"你看不见吗？天上的颜色是从地上吸起来的，一片一片的，各种颜色都有，搅动着！那是其他星球靠过来了吗？你看天边，那么大！有点儿虚，带点儿紫色的那种星球，离咱们很近！"何军岳震惊地站在窗边，像在看一幅色彩绚丽的画。

王敬民连忙边把圆贴拿出来边说："不会因为你戴了 PL 吧！"他手忙脚乱地跑去镜子前戴上了所有设备。当他走回到窗边，连忙叫何军岳："看！快看屋里……看空气里！"

何军岳回过头，才发现自己所处的空间里似乎在以 80% 的透明度放着电影，复杂的画面在他身边重合，掠过的人影，往房间里搬东西的工人，身边还有树干树枝的影像和远古的飞鸟，画面来来回回变化着。

这时，王敬民的耳机响起了声音："时间已重置，北京时间 2026 年 10 月 11 日 10:45:19，CN20-SE-11001017，你好，我是你的 PL，以后的日子我将竭尽全力辅助你认识真实的世界，我将毫无保留地陪伴你。"声音结束，王敬民的世界恢复了正常，空间中不再有 80% 透明度的影像，天边的颜色逐渐变淡，留下浅浅的印记。耳机再次响起："默认初级 3.25 感官模式，屏蔽历史性叠加，屏蔽可能性叠加，暗物质展示 25%。"

"你听到耳机里的声音了吗？"王敬民拍了拍被时空的叠加影像震惊到不能说话的何军岳。

"啊？耳机？我没贴耳机！"何军岳才反应过来赶紧拿出耳机贴好。

"时间已重置，北京时间2026年10月11日……"何军岳的耳机也响起了声音，随后天边的颜色开始暗淡，屋里的"电影"渐渐消失。

"你听见了吗？'暗物质展示25%'！"王敬民转过身去望着天边浅浅的颜色，哆哆嗦嗦拿起桌上的烟，缓缓点起一根，第一口烟熏得他眯起眼睛，"那颜色里的东西不会就是暗物质吧？"

王敬民很久没有在何军岳面前这么正经过了，他接着说："如果这真的是暗物质，我在想……其实我以前一直对看不见的东西有怀疑，包括之前研究心理学的时候，有观察对象表示自己产生幻觉，有幻视幻听，但是目前的研究或者精神病诊断只能通过表象去认定，我个人一直认为这很片面。比如有个人说自己看见眼前有个大鲸鱼，大夫看不见、专家看不见、护士看不见、老百姓看不见，那不论这个人怎么解释自己真的看见了鲸鱼，我们都说他是幻觉。那万一人家就是能看见呢？给他诊断的人又不是他自己，没用他的身体感官真正感受过世界，怎么就一定能认定人家那个是幻觉？就像咱俩这两天，看见五颜六色，看见生物发光，看见那个坠落的苹果，如果咱俩现在出门，去大街上拽一个普通人，跟他说这些，人家绝对以为咱们是精神病。其实我这几天一直觉得挺烧脑，你想啊，如果我没看见，只有你一个人看见了，大家都不信你，说你有病，你受得了吗？你是不是都要怀疑自己有病了？"

王敬民拿起身边的矿泉水瓶，把烟头儿扔了进去，接着说："暗物质会不会也是这个路子？普通人就是看不见、摸不着，但确确实实存在！那就是说……我的天！我懂了！我们感知到的这个三维世界，你看这窗户、桌子、床，你站在我旁边，这个三维世界……我们感受的所有一切……其实是取决于我们的感官能力，取决于我们肉体只有视觉、嗅觉、触觉、味觉、听觉！所以我们被限制在了三维里面！而且不光感官数量受限，能力也有上限！我的天，反过来想！你知道一个先天性没有视觉的人，'看'到的世界是什么样的吗？不是一片黑暗！而是……"

王敬民拍拍何军岳的胳膊肘说："是你用这儿看世界的感觉！不是一片黑暗！而是连一片黑暗都没有！压根没有视觉，没有'看'的概念……人类就相当于没有其他感官对应的概念！"

王敬民挪到了床边，一屁股坐下："这太可怕了！暗物质其实压根就不是'物质'。"

"敬民，你慢点儿说，你这是自己给自己捋明白了，我没懂啊！"何军岳坐到他的边上，看着瞪圆了眼睛的王敬民。

"我必须马上找冯岚！她说过的！这是'感官知觉开发和意义限制'，这太可怕了！"王敬民有点儿慌了，压根顾不上理何军岳。

第五章

"到时候，人类可以认识到的物理世界会全面升维。"

　　王敬民拿出手机，想给杨驰和冯岚打电话，可发现自己的手机根本没信号。何军岳掏出手机，摆弄两下："我的也不行啊。"

　　王敬民想起了那个"呼叫安全员"按钮，正当他要按下按钮，门口响起了敲门声。

　　"小王，小何……是我，冯岚，我和大杨一起来的。"随后门上的显示屏发来了接入提醒，何军岳按下"接入"，展示出门口冯岚和杨驰的画面。

　　何军岳开了门，边请二人进屋边说："敬民正要去找您呢。"

　　冯岚不好意思地说："嗯……是的，中心系统显示你们已经接入PL，并完成自动时间校对……原本我应该在你们屋里等着你们入住并协助你们接入PL的，可科技部的人来了，耽误了些时间……你们自行接入后有没有发现一些奇怪的现象？"

　　王敬民一把拽住冯岚："天边的颜色里面真的是暗物质吗？我明白知觉开发的意思了，我都懂了，我现在非常震惊！还有，身边像放电影一样是怎么回事？"

冯岚轻轻拍了拍王敬民拽着她胳膊的手,把他拉到旁边的沙发坐下:"来吧,坐下说,其实我也很兴奋你能问出这个问题……"

冯岚示意杨驰拿出任务启动切片,插入他们的 PL 主机。

"任务读取……读取完毕……欢迎开启 CN20 任务,祝你一切顺利。"二人的 PL 耳机传来语音播报。

王敬民问:"20 任务到底是什么?"

冯岚安慰地拍着王敬民的后背:"不要紧张,我很理解你现在的感受。'20'是项目简称,我们之后会到新疆阿托普勒心理研究院第二实验研究中心,也就是中国 20 项目总部基地,那片区域是单独为我们行动划拨的,处在非常人迹罕至的地方,分地上、地下、基地山几个部分,即使万一有外人看到,也会觉得那只是个普通的心理研究院。

"而整个行动任务,由国家安全部直接接管。咱们这次的项目主要研究人类知觉感官的进阶式开发。正如你们所见,其实我们已经可以超越传统意义里的三维,开发高维对应的感官认知。要知道,人类可以有这个能力的意义,不亚于第一个单细胞生命的产生。"

冯岚接着说:"宇宙中占比很大的暗物质和暗能量,普通三维感官世界的科学家到现在还摸不到,尽管研究人员在不断探索宇宙,比如发现宇宙 γ 射线与引力透镜的关联,但这个关联信号,还是需要放在屏幕上、印在纸上,通过视觉再传到人的脑子里;或者我给你讲,通过听觉传到你的脑子里……

"可今天如你所见,你可以亲身感受到它了……至于你说的电影,我们叫'历史性叠加像',说白了就是以前在这个空间里发生过的所有事,如果不给它某一个时间点限制,那所有的一切对于这个空间来说都是叠加的。

"当然……如果把时间节点限制在未来,就是'可能性叠加像',是围绕在身边的虚像,比如你站在这个房间中间的位置,接下来有无限种可能,可能是向前、向后、蹦起来、蹲下,等等。但尽管这些可能性都存在,还是会由于所有的历史原因加之你这一刻情绪的影响，使某种可能性的概率最大。时间紧迫，我们在这里中转一段时间，今天先给你们讲这么多，其他具体的任务信息你们可以通过 PL 设备获得。同时，也要给你们打好预防针——新疆那边的情况，是完全突破人类想象的。"

冯岚把头转向杨驰："大杨会再和你们强调一下关于安全性的问题，你们记住，这个项目进行到现阶段，最重要的就是保密性和安全性。我这边还有事，你们继续聊。"

随后，她撑着沙发站起身，离开了屋子。

杨驰坐到二位对面的椅子上说："其实在你们第一次来小白楼的时候，系统已经对你们做出过多维度评估，你们会是很出色的研究员，祝你们一切顺利。"随后杨驰为他们详细说明了楼内各个区域的功能和项目安全事项，他离开时，已是午饭时间。

"这算是封闭管理了吧！咱们幸亏提前带了一行李箱烟，怎么样，我这个前瞻性还是有一些的吧？"何军岳打趣着。

"你可真棒！你还有心思开玩笑呢？项目重要的事儿咱们现在一点儿都没摸到呢！"王敬民站到窗边，继续望着天边隐隐约约的颜色，"不过你别说，这一切越来越有意思了！"

二人简单整理了屋子，找到了食堂，食堂并不小，但是除了他们，只有另外一桌三人，其中一个 50 岁左右的戴着眼镜的男人单独坐在一边，敞怀穿着一件旧旧的藏蓝色冲锋衣。他对面坐着两个年轻人，其中的长发女孩眉清目秀，气质傲娇，看起来二十七八岁，她身材较瘦，肩膀很宽，穿着一件比她的体型大很多的毛衣外套。和女人年纪相仿的男人看起来要更加斯文，他戴着一顶黑色鸭舌帽，双肘撑在桌上，双手轻微握拳放在鼻子前，和对面的中年男人低语说着什么。忽然，50 岁左右的男人站起身来，朝着点餐设备走过去。

王敬民、何军岳二人走到男人旁边的点餐设备，男人转过头，下颌微张，推了推眼镜，以一种老教授特有的姿态看了看二人，并和他们点头打了招呼。

"您好，您也是项目的研究员吗？"王敬民问。

葛教授回答道："是啊，我们是科技部的，我带着的这几个孩子是我的学生，就是坐在那边的两位……"葛教授说着，指了指远处的年轻人，"还有几个孩子在屋里收拾。"

王敬民挥手和他们打了招呼，对葛教授说："久仰久仰，科技部在项目中具体负责哪方面的问题？"

"你们刚来项目组吧？PL 就是我们做的，还有项目中涉及的其他工具，比如你们的导航员……"

"呜……呜……呜……"

突然，没有任何预兆，空间中突然响起了巨大的警报声，随着轰隆隆的巨响，王敬民何军岳感觉身体似乎也在随之震动。

王敬民与何军岳的耳机里同时响起声音："全体接入音频……各位，我是杨驰，所有人注意，现在不论你在什么位置，回房间收拾好东西，5 分钟后小白楼下集合，咱们现在去新疆！所有人注意，重复一遍，现在收拾东西，5 分钟后楼下集合，来不及就不要收拾了，快！"

何军岳瞪圆了双眼看着王敬民："敬民，听见了吗？"

"科技部收到……孩子们，走，快回屋。"葛教授赶紧跑到餐桌前，拿起放在桌上的笔记本，拉着孩子们就跑，压根没顾得上理这二人。

"王敬民、何军岳收到。"王敬民回复了语音，拉起何军岳也开始跑，路过窗边的时候他发现天空中斑斓的色彩的聚合下，像雷电游戏一样聚合着大大小小的飞行器，往西北方前进。远处天边有一个巨大的空中航母。

"嚯！那是空中航母吗？！真造出来了？动力和材料怎么实现的？"何军

岳一边跑一边说，"这玩意我觉得要从第一次世界大战时期的齐柏林飞艇说起，你也知道我最爱的乐队名字就叫齐柏林飞艇，所以我就研究过……"

"行了祖宗，你快别搁这儿叭叭的了，赶紧拿东西跑吧。"

王敬民冲进屋里，从来时的行李箱里抓出一个塑料袋，把两个人的PL的各种说明书、手册一股脑都扔了进去，何军岳把衣服、烟、零碎用品塞到行李箱，递给王敬民一个扁酒壶："你拿一个，都被没收了，我偷偷留了点儿没给他……"

"你真行……走，下楼！"王敬民边把酒壶塞到裤子口袋边说。

小白楼楼下聚集了十几辆吉普车，杨驰一把拽过王敬民与何军岳的行李，塞到了一辆车后面："这车给你们，基本是自动驾驶，但是主驾驶还是要盯着，保证全车安全，启动后前面会出现导航仪，初次启动你们给它起个名字，然后跟着它走就行……"

杨驰抬头向着刚下楼的方向招手："再来俩人，徐专家、汪专家你俩吧，跟这车。"刚才在食堂遇到的葛教授身边的两位年轻人一路小跑凑了过来，把行李快速扔进后备厢。

"东西齐了吧，齐了就走，不用等，快速！赶紧发动！"说完，杨驰跑向另一辆吉普车。

两位年轻人朝着后面车的教授打了招呼坐上了后座，何军岳与王敬民分别上了主驾驶和副驾驶，发动了汽车。

"PL接入车辆，车内人员识别CNSE11001017，CNSE11001018，CNAI11001023，CNAI11001027，导航仪初始化，请为PL小队授权名称，请以诸葛开头起四字名字，请说出授权名……"

"诸葛钢铁！"何军岳手握方向盘立马回答。

"你郭德纲听多了吧！这设备也是不咋正经。"王敬民一边系安全带一边瞄了一眼何军岳。

一个半球形的橙色设备顺着吉普车的车顶滑下,停在车的前机盖上。

何军岳把车开到小白楼院子出口,橙色的"诸葛钢铁"滑下前机盖,和车头保持5米左右距离,随后车载导航员开始播报:"行程开始,目的地华北地区1号精细结构航站楼,自动驾驶模式启动,请各位坐稳扶好,行车时间预估1小时22分钟。"

车辆自动驶入公路,随后有车辆逐渐从小白楼楼下驶出,跟在他们后面。这时他们的头顶依然有大量的飞行器在警报声中轰鸣着朝着西北方前进。

王敬民前倾身子透过挡风玻璃打量着他们的"诸葛钢铁":"普通车看见这个导航仪肯定得纳闷儿怎么回事。"

"那个导航仪……普通人看不见,声音也只透过车内PL传导,同时为了避免误发指令,研究团队特意用了复姓,并且要和车内人员生物校验,咱们车的PL姓氏排到了诸葛。我们要先坐车去一个名为'精细结构'的航站楼,换137秘密航班就可以去往新疆的中国20项目总部基地了。"后排的女孩说着,"我叫徐梦……旁边这位是汪宇翔,我俩是葛教授的博士研究生。"

何军岳扒着车座回头打量着二人:"嚯!这么年轻的博士啊。我叫何军岳,玩儿摇滚的……旁边这老头儿是王敬民,心理研究专家。往后咱们就一个车了,咱们高高兴兴的啊。"

王敬民压根没理车里的其他人,一个劲儿从车窗朝着外面的天空看。

何军岳拍了拍王敬民的胳膊:"老头儿,这儿介绍你呢,你看你光顾着看大飞机……'诸葛钢铁',打开全景天窗……来,你从这儿看,这不过瘾多了?"

"这飞机透明度高,也是只有咱们能看见吗?"王敬民指着天边的飞机问。

"对……"汪宇翔也抬头看着飞机回复王敬民,说,"本来以为这场硬仗最起码要等一个月,没想到今天突然就响起警报了,你们是刚刚进入项目吧,我们做这个项目几个月了,这是第二期,这次可不是小事,从北京走的相关人员都集结了。"

王敬民掏出口袋里何军岳给他的酒壶,抿了一口:"这么临时的集结,到底是怎么回事啊?"

徐梦说:"我看你们俩压根不知道咱们这是怎么回事啊!这要从几年前说起,前几年就有个例自主发生了感官觉醒,也就是你们这几天接入机器之后发生的事,一开始这些人全被认定为精神病,而他们看到的一切都被认定是他们产生了幻视幻听,后来发现这些人口中的幻觉世界全都一样,这就有问题了,绝对不是单纯精神病这么简单。再后来有一个非常有威望的洪老教授也发生了这种情况,他自己有经验,悄悄展开了全方位研究,帮那些被误抓起来的人正了名。但是因为这事儿实在太邪性了,就被压下来了,从上到下严格保密。洪教授也没敢声张,私下牵头继续展开研究。可有一次他们一个行业内的国际学术交流会,世界各地的专家都来了不少,开会时,上来先锁上门做卷子,目的是调查各国有没有发生上面这种情况,结果是尽管发生的数量少,但全球范围内有很多地方都出现了这种案例。同样,这些案例基本都被当成精神病,甚至有人自己都觉得自己是精神病。联合国高度重视这件事,发起了咱们现在的项目。"

"虽然邪乎,但这觉醒……没什么吧,不就相当于我们拥有了……鹰的眼睛、狗的鼻子?相当于……人类突然进化?没想到我有生之年可以见到这么伟大的历史时刻!"王敬民说着。

"不,你听我继续说。后来在全球科技部的技术攻坚下,项目组特制了PL设备,大家接入后都能稳定、统一地开拓感官,并进行高维世界开发,有点儿像大家用VR设备进入同一个元宇宙。除此之外,有一个研究分支把这个可能性叠加不断往后进行,用一个叫'卜算子'的沌太可控技术矩阵工具预测未来会发生什么,卜算子给出的一个结论是在2063年,大多数人都会发生自主感官觉醒，也就是老百姓不用接入 PL 设备就可以达到感官开发后的效果，到时候，人类可以认识到的物理世界会全面升维，这真的是咱们三维生命现在再怎么抽象去想都想象不到的。

"更邪性的是，可能性叠加指向 2105 年左右，意识可以与主体剥离，也可以与其他生物的意识共情甚至互换，可想而知，到了那时，一切世界秩序将会全面乱套……这块信息量特别大。据说为了这点儿事，联合国项目部开了个大会吵了几天几夜没休息，有个特别有威望的俄罗斯老头猝死了才停，这块以后再和你们说……

"不过好在这一切是可能性叠加里发现的事，毕竟还没有发生，只是概率。为了防止以后真的发生这些，联合国项目组启动了'20 任务'，通过具备觉醒感官的工具人，去感知原委，进而想办法阻止这个概率发生。对了，我和宇翔目前不需要真正接入，我们算是你们的技术支撑和后勤保障……"

王敬民掐灭了手里的烟头，立马重新点燃一根，紧皱眉头地回头看着车后座的年轻人问："那现在……知道为什么会发生这些吗？"

徐梦回答道："现阶段这个锅甩给了一个率先发生感官觉醒的量子科学家。你看……咱们正常老百姓觉醒了最多也就感受个乐趣，觉得哎呀看见的世界更加五彩缤纷了，有了可能性叠加也最多觉得我们的预测能力更强了……但是这能力要放在量子科学家身上，人家就要玩点儿邪性的了！据说他弄了个试验，做意识的量子提取，目的就是把意识和肉体剥离，然后通过一个他们自己搞的类似升级版 PL 的东西，在全宇宙开始找地外生命或者可以存储意识的载体，想方设法入侵，或者找个合适的存在方式，在那里开展一个只属于他们自己的新纪元。"

"我天……"王敬民回过头震惊地看着两位年轻人。

"虽然没有完全听懂，但是我感受到了这事儿的邪乎……行了敬民，你别喝了，我这主驾驶不能喝，别馋我了！"何军岳说着抢过了王敬民手里的酒壶。

　　此时，他们的吉普车在"诸葛钢铁"的导航下驶入一个偏僻的、荒废的车道，在普通老百姓眼里，这是一条"此路不通"的线路，随后吉普车驶入一个山间隧道，经过重重身份校验拐进了隧道中间的一个应急停靠口，随后是陡峭的下坡。大概走了10千米，路面变平，隧道四周的光线逐渐变暗，吉普车里的灯光变亮，这感觉像极了地铁。

　　"车内白噪声模式开启，新风模式开启，高速稳定模式启动。"PL说着，随后车窗摇起，车的框架外多了一层流线型的保护层，车外的一切被遮挡住，微风般的气流开始从空调机口吹出，吸到全景天窗的位置，车里变得格外舒适。

　　王敬民看似平静的情绪里，交织融合着震惊、慌张、茫然和一个知识分子听到开拓性理论之后的激动。

　　吉普车慢慢减速，后排的两位年轻人已经熟睡很久。隧道内的灯光逐渐变亮，"距离驶出隧道5分钟，请车内人员注意状态调整。""诸葛钢铁"叫醒了车内睡着的年轻人，也让思绪奔腾的王敬民、何军岳猛地缓过神来。要知道，这二人从小一起长大，可从未像今天这样，坐在一起，一言不发地认真思考事情。这1个小时，王敬民紧皱的眉头就没有松开过，烟也没有断过，要不是车内的新风系统，恐怕后面熟睡的两位年轻人早就被熏得喘不过气了。

　　"老何，这太可怕了，如果不是亲眼看到这么多人做这个事情我绝对不信。"王敬民喝了整整一个酒壶的纯威士忌，可却一点儿没喝醉，他两眼充满了血丝，盯着何军岳。

　　王敬民压根没想到，这一次，本来仅为了打算逃离原有生活节奏找点儿新鲜而加入项目组的自己，现在却面对着如此突破人类想象的事情，他和儿时的伙伴何军岳，在前行的汽车里，感受着精神的战栗，再也无法回到那段平静而琐碎的平凡生活中去。

　　汽车"欻"地驶出隧道，窗外的天全部黑下来了，在普通老百姓眼里，这是一个普通的、安静的深秋夜晚，可在 20 人眼里，天边暗物质暗能量映射下的飞行器载着他们紧绷的情绪，黑压压地朝着西北方前进。他们到达了一个极为偏僻的机场，从秘密通道到达所谓的精细结构航站楼，顺利乘坐上所有机窗全部关闭的 137 航班，航班全程不允许乘客进行任何交谈。

　　"我去，你看远处有个发亮的巨物！在黑夜里真明显！"刚下飞机的何军岳瞪大眼睛指着远处，"像山那么大，发着光！"

　　王敬民紧锁眉头望着何军岳指着的方向，回头问同样走出机舱的两位年轻人："那是干什么的？"

　　"哦，那个啊，中国 20 项目总部基地的基地山，同样，只有咱们能看见，你们以后的实验研究的落地都会发生在那里面，包括飞行器，也停在那里面，随时准备出发。"徐梦看着远处隐隐的光山，平静地回答道。

　　"你们别嫌我烦，我再问最后一个问题啊！为什么弄这么多大飞机啊？"何军岳皱着眉头问，"这怎么跟当年打'雷电'似的！"

　　"这不是一般的飞机，它们不依赖于那些咱们世界的钢铁框架，是飞行员意识的载体。为了避免飞行员把信号发射到宇宙中出现感官参考系切换错乱，飞行器的形状、形态就设置成更符合人类经验的样子。另外，理论上，这玩意可以超光速，虽然爱因斯坦说了，物质在时空中的速度不能超光速，但是如果这个东西压根儿就不是'物质'呢？当然了，对 PL 飞行器的研究和应用，是我们科技部的具体任务，就像你们的任务是感官研究和高维应用一样……"

　　徐梦接着说："所以飞行器真正大格局的应用性意义，是去快速开拓这个世界我们以前了解不到的地方，了解高维世界的样子。你们的意识会真的飞出银河系，真的去黑洞那儿看一看，真的去找个虫洞钻一钻，真的去看量子为什么有超距作用，那样的话，你们就不是仅仅拥有'上帝视角'了，而是拥有'宇宙视角'！"

何军岳震惊地望着天边，看着半透明的巨大空中航母正在入库，飞进那座半透明的基地山。

汪宇翔终于插上话了："今天算是 20 项目第二周期的项目启动，过不了多久，你们就要接入飞行器出发了，四散到地球以外的各个方向。等咱们这次在 20 总部基地安定下来后，科技部的第一件重要工作事项就是和航天部一起碰头，确认接下来飞行器的探索任务和具体安排，这可是大事。"

📍 2026 年 10 月 12 日，中国 20 项目总部基地，新疆，中国

走出机场，王敬民与何军岳坐上了前往驻地的车，基地山越来越近，他们这才发现它远比想象中的还要大得多。终于，车队慢慢紧凑，经过几层校验，驶入了大门处写着"新疆阿托普勒心理研究院第二实验研究中心"的中国 20 项目总部基地。

基地的整个区域看起来像极了一所大学，有高大的实验楼、低矮的小楼、卫兵严密把守的数据中心和一些王敬民也不好估计是什么用途的建筑，还有操场、体育场、超市、商店等基础设施，但和普通大学不一样的是，楼群旁，伫立着那座半透明的基地山。终于，王敬民、何军岳所在的吉普车停在了一栋有 30 层左右的大楼前，一行人逐个走下车，大家终于解脱一般地伸伸懒腰。两个年轻人告别何军岳与王敬民，去和科技部的人员会合了。

何军岳靠着车，盯着近在咫尺的基地山，看着西方天边巨大星球下庞大的飞行器闪着蓝色的光一架一架降落入库，对王敬民说："敬民，你看，这不是科幻大片吗，《环太平洋》《星战》《星际穿越》……咱俩快赶上《超体》了

吧，一个月后，你就成了露西！"

王敬民终于笑了，左边的嘴角轻轻上挑，双手插在口袋，戏谑地答道："那回家之后咱俩看电视换台都不用遥控器了……不，咱都不用看电视了，咱无处不在。"

"二位，你们俩房间是1217，在12层，房间是指纹和虹膜双重开锁，一会儿直接进就可以。"杨驰跑过来帮他们把行李箱从后备厢拿出来，说，"抓紧时间休息吧，新疆天亮晚，明天早上十点半你们去C楼9层903实验室集合，食堂在地下一层，你们去之前可以先吃点东西。"

"这儿！1217！"二人推开房门，这个是整洁简单的两室一厅，房间不大，但是结构非常舒服，二人安顿好后，洗了个澡就各自睡了。

清晨的阳光照在何军岳的脸上，他皱着眉头起了身，眯着眼睛望着窗外的景色，这是他第一次这么清晰地看到新疆的蓝天和草原，远处胡杨平静地歪在地上，天边依旧聚合着不同的颜色，自然的光线没有受到巨大的基地山的任何遮挡和影响，也许这里在普通老百姓眼里，除了一个不知道为什么会建在这里的研究中心，只是一个美丽的、辽阔的、纯净的无人区。

王敬民也被阳光晒醒了，走进何军岳的屋子，二人在窗前点了一支烟，王敬民也望着窗外的景色，说："真美啊……这景儿……要是咱们没有任何任务、任何愁事就好了，就像咱们小时候那样，无忧无虑，可以在这儿单纯发呆一整天，躺在地上看着蓝天晒太阳，仔细观察地上的蚂蚁、砂砾。成年人的世界，真烦……其实这项目也挺好，对咱们来说，挺纯粹，不用担心吃喝，不用担心每月工资绩效，不用想那些琐碎的事儿……"

何军岳笑了笑。

第六章

"物质作用于时空，告诉它如何弯曲；时空作用于物质，告诉它如何移动。"

903 实验室和他们想象中的完全不一样。实验室非常大，主屋有投影显示区，实验室里还包含许多小屋，这些房间布满大大小小的研究仪器和操作台，以及类似于医院里的核磁共振仪的感官接入舱，每个接入舱前面对应放置着一个三维投影器。

冯岚让大家聚集在一起，随后开口道："各位，二期项目正式开始，首先我们 SE[①] 部门欢迎新加入的专家们……时间紧迫话不多说，目前我们、俄罗斯、美国、德国、沙特阿拉伯、联合国驻南极项目团队第一时间完成了集结，预计'哥伦布'行动将在一个月内发射第一波 2000 艘航天器，咱们这儿走 500 艘，科技部和航天部那边已经焦头烂额了，这次是背水一战，咱们必须用最快的速度接入任务。目前任务书已经同步到了你们各自屋里的 PL 操作台了，请大家接入并执行！另外，大家也都接到了咱们昨天晚上的警报，最近中心发生了紧急事件，因此会需要一些人员完成特殊任务，请接到任务书的人员立即展开搜救工作，严格按规定执行任务！如有任何问题立即

[①] SE，全称 sense，原指感官（即视、听、嗅、味、触五觉），本文指感官研究部门简称。

上报！"

　　说罢，冯岚带着毫无经验的王敬民、何军岳二人进了屋，指导他们接入仪器："你们作为新人，今天先做接入尝试。是这样，这个操作台可以精准设置感官频率，你们躺进去根据预设路径完成任务即可，你们传回的信号会实时同步到投像中，如果信号具有研究价值，也有可能实时共享给联合国项目组，供各地的研究员直接参考研究。

　　"另外，你们每次的任务的感官信号数据都将永久保存在数据中心，可供随时调取查阅。所以，任务过程一定要专心致志，不要搞邪门歪道。简言之，你们需要将感官接入飞行器再把信号投回来，最后理论上是要超光速的。你们现在没经验，那就先出发，边走边看，我会在一边守着。"

　　"就是说……我们在项目中存在的意义其实是个感官机器吗？本质上和办公室里的打印机差不多，但我们……是人啊！"王敬民皱着眉头嘟囔。

　　"快！躺进接入舱！"冯岚没理王敬民，一个劲儿催促着，"第一次肯定需要适应，我来辅助你们。"

　　王敬民、何军岳二人紧张地看了看彼此。

　　"来吧老王，咱们去玩儿真人《雷电》！"何军岳拍了拍王敬民的胳膊，二人分别躺进接入舱，舱门随即关闭。

　　接入舱很大，环境很舒适，舱内准备了一些水和巧克力，王敬民将自己的 PL 主机放置在接入槽，完成了生物识别确认和技术接入。

　　"CNSE11001017 接入识别，王敬民您好，您将接入 110006893 号飞行器，3.40 感官模式开启，历史性叠加展示 45%，可能性叠加展示 45%，暗物质展示 40%，耦合模式开启……"

　　接入舱内的 PL 语音提示响闭，王敬民只感觉身体与舱板接触的感觉消失了大半，随之，浅金色的光芒充满了他的世界，他感受到了从未有过的安宁、平静、舒适。这个体验非常神奇，似乎他拥有了双重感官——除了躺在舱内的现实世界，他还多了一重接入后的感官。他穿过眼前的光芒，慢慢地，他的眼前映出了接入系统之后的画面。

接入感官中的他没有触觉、没有时间感知，时间的衡量维度依赖于并行感知的三维世界。

接入画面中的他在一个巨大无比的深灰色停机库，他前方滑道尽头的仓库门紧闭，左边的飞行器很多，一眼望不到边，他的右边，那个和他一样的灰色飞行器是何军岳的。他也不知道那为什么是何军岳，但是能感觉出那就是他。

"老何，我右边是你吧！"王敬民说。

"啊哈！老王，是我！你看啊！我还会亮灯！"说着，王敬民看着右边的飞行器侧面的灯冒傻气地闪了两下。

王敬民有了前所未有的视野广度，正常人类的双眼视野广度水平范围基本不超过200度，垂直视野范围基本不超过140度，而王敬民的飞行器视野是全球面无死角的，这种视野带来的晕眩感让他一开始很难适应，他只能尽量让自己专注一个方向，以保持感官稳定性。

他尝试像何军岳一样操纵自己的"身体"，那种感觉倒没有排异，就像正常的人想睁眼就把眼睛打开，想深呼吸就猛吸一口气一样自然。

令他最迷幻的感觉可能是历史与可能性叠加，他停在库里，似乎停在一个时间合集里，他能感觉到宇宙与时间的穿梭，亘古至今，他想感知的时间越具体，身边的"电影"景象就越具体。

他看到白垩纪早期，他悬空在戈壁上，一只棕绿色的枪嘴翼龙从他面前呼啸而过，王敬民拉近焦距，看到它坚硬尖利的喙。这只枪嘴翼龙张开双翼，王敬民震惊地看到它拥有像电视里的外星人一样奇怪的身形和粗糙的皮肤。他望向下方，发现地面的深色戈壁岩石上缓行着一个成年人类大小的灰色甲龙，那是长头白山龙。同样，尽管以前压根不知道这是什么，但现在的

049

他就是知道这是一只正在觅食的长头白山龙。

　　他让时间流速加快，看到了这片土地上的日出日落，生物的出生、生长、死亡，死后骸骨腐烂、干枯、风化，随后在剧烈的地质变化中和地上的岩土融为一体，甚至如果拉近视角将其锁定在一个生物的一寸皮肤上，他可以知道这寸皮肤被哪只秃鹫吃进了肚子里，如何消化吸收，如何又弥散地融入世界，长成某一朵鲜花。

　　"敬民！敬民！"何军岳的声音让王敬民突然缓过神来，"你试试拉远视角往天上看！"王敬民把时间维度拉回眼前，按照何军岳说的往天上看，他的目光穿透了基地山，一眼望向白昼的深处，远处越来越暗，他可以清晰地看到天际间密密麻麻的星球聚集、闪烁。他的眼睛很像一台望远镜，可以拉近调远，目之所及的万物皆可洞悉细节。

　　他的目光放到了土卫六，现代科学对土卫六的具象展示还是 2015 年 11 月卡西尼号根据可见光与红外线测绘光谱仪的测绘图合成的，而这一次，王敬民用自己的眼睛清晰地看到了这个太阳系中的第二大卫星，这也是太阳系中唯一一个被浓厚大气层包裹的大家伙。它外面朦朦胧胧的氮气层美极了，王敬民看到它北极地区的丽姬亚海面积极大，里面是液态的乙烷、甲烷等碳氢化合物。同时，这个星球的外圈包裹、聚集、流转着暗物质云，密度很大，流转很慢。

　　他继续把目光转向另一颗星球，那里包裹星球的暗物质颜色汹涌，流转迅猛，仿佛形成了暗物质风暴。穿过色彩斑斓的暗物质风暴，星球表面似乎围绕着一层浅浅的藕荷色。王敬民把目光继续深入，发现这藕荷色的蒙层里面是一种类似于植物藤蔓的特殊物质，上面爬满了许多小精灵，这些小精灵似乎会瞬移，一瞬间出现，又一瞬间消失。

　　"准备调试启动，请飞行员做好准备……"PL 的语音识别再次响起，把王敬民的注意力从宇宙中拽了回来。

停机库前面的门缓缓开启,他看到外面那个本应再熟悉不过的世界在初生、演变、凋零中混沌着,重叠的影像不停轮转,让他感到一阵头晕目眩。

当他把注意力拽回到自己身上,就在一瞬间,王敬民看到了死去的爷爷、奶奶、姥姥、姥爷,还有早年离世的大爷,似乎那些与他产生交集的人的经历,一股脑地都涌进了他的脑海。他集中注意力,可以感受到父母幼年时期、上学时期、年轻时期的种种经历,没有和他说过的爱恨情仇,甚至那些连他们自己都近乎忘却的细小情绪。也就在那一刻,至亲人的经历成了王敬民记忆中的一部分,他泪如雨下。

"孩子,你这满脑子都是俗世的执念啊……"

冯岚的话还没说完,PL 语音播报再次响起:"请启动飞行器,体验空中悬停。"

王敬民无法马上释怀,他只能努力尝试拉回自己的感官,尽量让他的 6893 号飞行器悬浮在离地几厘米的空中,随之,停放飞行器的库面缓慢下降。这让他想起了 3 年前的生日,那天他与何军岳为了找回后青春期的激情,跑到欢乐谷去坐大摆锤,机器启动那一刻他就紧张得够呛,一个劲儿嚷嚷着不玩了,而这次,他要比当年还紧张千万倍。

"哈哈哈哈哈哈!我飞起来了是吗!"旁边接入舱内又响起来何军岳吱哇乱叫的声音。

"老何你可秀下限了啊,看你那没见过世面的样子吧,能不能给咱哥们儿长点脸。"王敬民努力地嘲讽道,希望这种交流能让自己回到所谓的现实。

"啊哈哈哈哈!带劲!"

王敬民听着老何变本加厉地大叫,同时发现他又冲着自己闪了两下灯。

悬停在空中的飞行器四周的风越来越大,PL 指引着他们体验滑行出库。

王敬民躺在接入舱内的身体不停颤抖,他的视角下,6893 号飞行器正在缓缓移向仓门。身边的时空飞速向后逝去,令他越来越晕眩,王敬民努力闭上双眼试图关闭视觉，可毫无作用。各种信息还在犹如爆炸一般不断膨胀！终于，他的忍耐达到了极限，他再也没有能力处理这些信息，再也没有力气梳理清楚自己的感官。前所未有的状态袭来，他怀疑自己是不是濒临死亡。

他痛苦地开了口："完了，我撑不住了……"

"飞行员状态预警，任务终止！飞行员状态预警，任务终止！"

王敬民的感官从飞行器切出，他浑身冰冷颤抖，如噩梦初醒，好在，躺在接入舱内的身体终于缓缓恢复了正常知觉。舱门打开，他撑着身体红着双眼坐了起来。

"老王，你怎么了？你怎么没出来啊？你飞机怎么回去了？"躺在旁边接入舱内的何军岳对他大喊，听得出来，老何的状态还是不错的。

"嗯……我没事……我歇会儿，状态不太好。"王敬民转过头用力答复了一句。

冯岚走到他面前，把他的 PL 从接入槽内拿出，皱着眉头叹了一口气，压根没正眼看王敬民一眼，更丝毫没有安慰他的意思，平时温和、宽容、博学的冯岚有这个反应，是王敬民没有想到的。此刻的王敬民像极了一个用尽全力想要完成任务可不小心失败了的孩子，他希望得到安慰，可换来的却是责备，只能不动声色地坐在舱内。

冯岚指了指何军岳的感官投影仪，示意王敬民朝那里看。

在投影中，王敬民发现何军岳的飞行器已经滑行到仓门处，他的感官十分稳定，重叠的影像播放速率平稳，一切操作也是轻松自如。他的飞行器缓缓滑出仓门，以稳定的速度驶到基地外的广阔平原，旁边的飞行器也逐个驶出。

"飞行员准备，光速 1% 试飞速度飞行，罗布泊 M 区集结，集结停靠位 M21P17S8789，请确认……"PL 给何军岳进行了语音播报。

"确认！"接入舱内传来何军岳斩钉截铁的答复。

三维投影里的何军岳视线稳定，他像极了经验丰富的飞行员。飞行器朝着西南方向开始出击，逐渐加速，直到肉眼看不清身边的事物。

"信息太多了，我来不及梳理……我的脑袋很胀，感觉快炸了！"何军岳的声音从接入舱传出。

何军岳感觉他的飞行器"欻"地到达了罗布泊上空的 M 区，自动落入一组队伍，他身边有无数和他一样的飞行器悬停在空中。

罗布泊的空中警报响起，语音播报向他们通报了接下来的目的地。"发射倒计时，十、九、八、七……三、二、一！"随着最后一声倒计时的响起，一瞬间，飞行器一排一排发射向四面八方，何军岳的飞行器也不例外。

"小何，现在飞行器要加速了，接下来你会获得更多信息，你一定要放松，不要过多在意那些增加的记忆，专心把感官和注意力放在眼前的主线，就能好受很多。"冯岚盯着他的感官投影向舱内喊话。

到达 FL3021 黑洞附近的时候，何军岳已经能稳健熟练地操纵飞行器了。他眼前的黑洞是一个无比庞大、旋转带电的克尔－纽曼黑洞，它的超大质量让时空极度弯曲，周围的星系都围着它转，并被它逐渐吞没。

传统概念里，黑洞长得像个发光的甜甜圈，可现在何军岳看到的黑洞，事件视界里不是黑色的，而是爆裂而明亮的彩色，准确地说，眼前的黑洞更像是一颗膨胀炸裂的星球。远远看上去，令人汗毛直立，此刻一颗在远处围绕它旋转的恒星就要经过何军岳的视线，这颗恒星逐渐变亮。

"黑洞不是能吸收一切吗，这星球怎么还能亮啊，不是应该'灭灯'吗？而且黑洞里面不是应该是黑的吗？"王敬民盯着何军岳的意识投影问到。

"时空弯曲造成的引力太强了，黑洞这里起到了汇聚的作用，光路过黑洞的时候，虽然被吸走了一部分，但是更多的光被吸过来了，走了弯路，所以会亮一下。你看，接入之后我看黑洞事件视界里面不是黑的！我能了解到超光速的信息了。"

此刻的何军岳已经在短短的时间内脱胎换骨，他继续说："我终于理解约翰·惠勒那句话的真正含义了，非常对，太对了，就是那句'物质作用于时空，告诉它如何弯曲；时空作用于物质，告诉它如何移动'。要知道，在以前，科学家只能用质量和自旋来描述黑洞，任何内容被吸进去后，都会失去原有信息，黑洞看似就这样被'无毛定理[①]'困住了，除非……除非我们能回溯它的经历！现在，感官觉醒之后，我们似乎具备了这种能力！那就让我们帮它感受吧！"

一头雾水的王敬民压根不知道约翰·惠勒是谁，更不知道这个玩儿摇滚的何军岳上哪知道的这句话。可的的确确就在这一刻，何军岳已明白接入任务的底层意义，明白人类及其他智慧生物拥有感官的意义，明白这个项目对于人类科学发展的意义。

"人活着的意义也许就是创造意义。因为我们不去限定意义，那本来就没有所谓的意义……甚至就连意义这东西，也是我们自己限定的意义……这一切太伟大了，敬民……就像'菩提本无树，明镜亦非台，本来无一物，何处惹尘埃'。菩提树在我们认识和定义它之前，没有所谓的菩提树，明镜台也是一样，所以人又何必放不开困住自己的那些执念？我们只要去探索经历，让这世间能感受到的一切信号，被我们人类这样一个神奇的机体理解，并加工成意义，对我们来说，就是这宇宙中最伟大的事。"接入舱内的何军岳泪如雨下。

突然冒出的这段话让王敬民完全摸不到头脑："老何你撞邪了？怎么了你？"

[①] 天文学术语，即"黑洞无毛定理"。1972年，约翰·惠勒与贝肯斯坦提出：当星体形成黑洞后，只剩下质量、角动量和电荷3个基本守恒量还在继续起作用，其他一切因素，即"毛发"，都在进入黑洞时消失了，所以说黑洞是无毛的。后来这一定理被史蒂芬·霍金、布兰登·卡特、威纳·伊斯雷尔和大卫·C.罗宾逊等人共同证明。

第七章

"有 6 个执行黑洞任务的人，意识没回来，现在还在隔壁那楼躺着呢！"

"在刚刚接入试飞任务时，我的 PL 被输入了一些 20 项目的信息和一些必备的科学知识。我了解到，之前徐梦说的那个科学家叫瓦西里，来自其他国家的量子实验室，他被怀疑为人类感官觉醒的始作俑者，可是他把很多重要信息都做了多重量子升维加密，20 项目组到现在还缺少直接证据，也不明白他实现这一切的具体原理，甚至，找不到他的人。

"在感官开发后，20 人可以看到微观粒子，可以看到暗物质，可以试着去探究量子在高维的纠缠原理，可以看到物理世界中种种难题的原委！量子间的变化也不是简单的幽灵般的超距作用，这太伟大了！如果爱因斯坦老叔知道了这些一定会很激动的……"

"CNSE11001018 研究员何军岳本次任务结束，请做好返航准备……即将启动自动返航模式……"何军岳的 PL 对他进行了语音播报。

"我怎么还回去了？"何军岳对着外面问。

"小何，你的第一次试飞已经很棒了，非常出色！后续的任务需要你做进一步训练才能继续，组织要保证你的安全。你先回来吧，休息一下。"冯岚答复。

何军岳切出感官，出了接入舱。猛地回到现实的他一阵眩晕，一个踉跄差点跌倒。

"你们俩休整一下，可以去楼下吃点东西，也可以回房间睡会儿，我先去忙一下，下午你们有个试飞后测评，记得准时参加。"冯岚说着，随即走出门去。

"快快快，老王，咱们走，咱俩回宿舍说，我得赶紧来根烟，整理一下自己的思绪……我跟你说，这事儿太突破想象了，我现在有一肚子话想说……"老何揪着王敬民的胳膊显得十分激动。

二人回到房间，何军岳二话不说先点起一支烟，猛吸了两口。随着一股白色的烟雾吐出，何军岳一直绷紧的神经总算松了下来，他望着窗外，眼里透出坚毅和明亮，却也掩盖不住疲惫的神态。

他看到在新疆最美的季节，在这片苍天眷顾的土地上，秋意已十分浓烈。何军岳最喜欢白桦，这里的远处有百余公里的白桦林，在秋天金色的太阳下，叶子随风晃动，宁静却又喜悦地绽放出无比绚烂的色彩。

"我跟你说……"何军岳终于开了口，"太可怕了，真的，简直神了！我刚才不是把意识发射出去了吗，我意识经过的时空就好像和我有了联系一样，所有该坐标的时空信息一下子全部涌入了我的脑子，变成了我的记忆！

"要是让我一点点整理回忆、梳理细节，估计对咱们这种肉眼凡胎的正常人来说，几百几千辈子都捋不完。说真的，刚才信息一股脑涌入我记忆的时候，我觉得自己脑袋都快炸了，要不是因为咱们在小白楼有过'苹果信息'的那个经历，我一定会被这种感受吓得受不了！不过就像冯岚说的，'把所有注意力放在当下'，就不会很难受。"

"那这项目组得有多大的数据存储量啊？"王敬民吃惊地望着何军岳。

"咱们20中心靠北的那几栋大楼全是放数据的，中心地下也放了不少。

目前项目数据传输还用的是最笨的人力搬运硬盘的方法，因为按现在的信息传输速度，传个几百年几千年都传不完，还是人力搬运最快。"

老何又续了一根烟继续说："再说 20 人发射意识并回传这事，我感觉和事件视界望远镜①一个路子。事件视界望远镜是拍银河系中心的超大黑洞用的，由于那个黑洞实在太大了，质量大概在太阳的 400 多万倍，要拍清楚它的话，需要的射电望远镜就要和咱们地球一样大，所以科学家只能选择让世界上各国各地的望远镜联合运作，一起拍，并用原子钟计算时间调节好口径保证精准性，这样就相当于造了一个完整的、地球这么大的射电望远镜！我感觉 20 项目发射意识的行动原理和这个很类似，咱们每个人就像这些小望远镜的其中一个，大家各自按照预设的轨迹发射意识，感受宇宙某阶段的历史，再把信息回传，信号就可以共同组成一幅庞大完整的动态宇宙图景，最重要的是它还包含了很多肉眼凡胎看不到的信息！这确实太有意义了！"

何军岳转过身，拿起水咕咚咚咚喝了两大口，疲惫地往他的床上一歪："老王，你现在面对的，已经不是以前的老何了，现在我拥有的记忆相当于一个几千几万岁的老头子，啊哈哈哈！不过……这种成熟的感觉需要慢慢适应……我太累了……"

说完，何军岳便歪着身子打起了呼噜。

在何军岳熟睡的时候，王敬民站在窗边，开始梳理他在短暂接入飞行器之后获取的信息。

他在记忆里看到了妈妈刚出生时候的样子，软软的粉嘟嘟的小脸蛋格外可爱。她是那样小，那样娇嫩，王敬民感受到的时空画面中，年轻的外婆把她抱在怀里，吻着她的额头。在这之前，王敬民从没有在意过，那个他最

---

① 事件视界望远镜（Event Horizon Telescope，简称 EHT），指由全球多个国家和地区的科研人员，利用分布在世界各地的射电望远镜，组成的一台口径相当于地球直径的虚拟望远镜。在应用方面，其重点观测位于银河系中心的人马座 A* 及位于代号 M87 的超巨椭圆星系中心的超大质量黑洞。北京时间 2019 年 4 月 10 日公布的人类首张黑洞照片，即通过它完成。

爱、最惦记的、年过花甲的、在他心里一直像神一样的妈妈，也曾是个脆弱柔软的小娃娃，不谙世事地来到这个世界上。

王敬民在获得的记忆里看到了以前的家，那是安德路上的小平房中的一户，后来的王敬民也是在这里出生的，只不过在他出生时这里已经在岁月的洗礼中发生了翻天覆地的变化。

在记忆中的画面里，王敬民拐进了一个胡同，顺着一排房子走到倒数第二户，他看到妈妈蹲在房子南边的小菜园里给自己种的蓖麻浇水，小姑娘扎着两个羊角辫伏下小脑袋对小苗偷偷说着悄悄话。王敬民多想走上前去和小姑娘说说话，可记忆终是记忆，他办不到。

王敬民记忆里的时光缓缓流淌，小姑娘成长中的点点滴滴如梦如幻地重演，喜怒哀乐、光荣骄傲、委屈失落、畅快肆意、焦虑害怕，一样不少地出现在她的春夏秋冬。

王敬民看到小姑娘在春日和煦的微风中无忧无虑地奔跑，跑累了便躺在草地上，眯起透亮干净的眸子望着蓝天飞鸟、云卷云舒；也看到放学后的她站在商店的柜台前，不顾老板的白眼，渴望地盯着各种零食和玩具；还有夏日傍晚，她和伙伴们大汗淋漓地追跑打闹，游戏玩到一半，却噘起小嘴和同伴闹起别扭；冬日年下，北风呼啸，大雪纷飞，她和姐姐们把屋里的火炉烧得通红，坐在床上剪窗花、做手工，等着盼着过春节。

王敬民看到妈妈逐渐长成一个大姑娘，梳起马尾辫，骄傲地从学校毕业，走上工作岗位。更看到她和爸爸第一次相遇、牵手，俩人幸福地举办了结婚典礼。

王敬民忘情地沉醉在那热闹的喜宴，那天欢声笑语、宾客四座、酒香菜美、热闹非凡，大红色的喜字贴满了饭店，到处都是彩带鲜花，鞭炮声不绝于耳，爸妈年轻的脸上笑容真美。

王敬民看着亲朋好友们团聚、吃喝、聊天、欢笑，每个人的面孔都是那样年轻。他在人群里看到当时只有 4 岁的表哥，流着鼻涕扯着嗓子闹着要放鞭炮，却因为"小孩玩火尿炕"被阻止，作为安慰，他获得了一个充满彩色亮片的小纸筒礼花，表哥欣喜若狂地将它绽放，王敬民甚至可以在记忆里闻到那小礼花筒炸开瞬间的刺鼻的气味。

王敬民在结婚典礼上也看到了当时还在世的外婆，一股思念涌上心头，湿了眼眶，那时候的外婆那么年轻。后来老人家离世的时候，王敬民正在读大学。他在记忆里看到老人家人生最后的日子躺在床上天天哭，嘴里含糊不清，和大女儿念叨着"我想我妈，我小时候……"可老人家得到的回复却是："妈你说啥呢，你怎么还老糊涂了，快把药吃了吧……"

王敬民再也忍不住，所有岁月的情感犹如开闸的洪水从他的双目泄下。

他才回过味，不仅是妈妈，就连外婆，曾经也是孩子。而伴随时光的前进，岁月的流逝，自己的至亲、最在乎的人一个个离开之后，就再也没有人知道自己的人生中曾经发生过什么，一切爱恨情仇，也都将随光阴逝去。

王敬民抹着眼泪，嘴里念叨着："是啊，当人年迈，想去回味和讲述那些在意的过往时，却发现再也没有人知道，没有人能共情，那会是多么难过的感受，这可能就是这人世间最大的孤独吧。我终于明白为什么老人家都喜欢一遍一遍讲过去的故事……"

王敬民此刻已完全压抑不住情绪，哭得像个无助的孩子，他多么想现在就回家去抱抱自己的妈妈，和她说："妈，你给我讲讲以前的事吧，我乐意听……"

但此刻的王敬民站在窗前，望着天边暗物质绚烂的色彩，突然想到了下午的试飞后测评，思绪被拽了回来，他发现残酷的现实不允许他只活在记忆里，沮丧的情绪再次涌上心头。王敬民不知道明天会发生什么，更不知道以后的世界会变成什么样。

也许是第一次飞行的极度消耗，也许是没能成功完成任务的自我否定，他开始怀疑眼前的一切到底是不是真的，会不会自己的的确确得了精神病看到了虚幻的假象。这一刻，他很想回家，想回到以前平凡的生活，想每天按部就班地上班下班，周末在鼓楼东大街上喝酒聚会。

他甚至开始琢磨如何做个逃兵，哪怕回北京到疗养院或者精神病院住上一段，毕竟国科院心理研究所的工作让他对单位可以接他出来心存侥幸。他构思着是否可以偷偷逃走，在路上拦一辆过路的汽车，带自己到机场，哪怕逃到深山老林或者国外，只要离开，比什么都强……总之，他不想留在这里了。

王敬民瞟了一眼熟睡的发小，只见何军岳张着大嘴，呼噜声震天响，老王心想自己要是也像这小子这样没心没肺，也许就不会有这么多烦心事了。

王敬民看了看时间，已经快过午饭时间了，他抓紧洗了把脸去餐厅随便扒了几口饭，并打包了一些准备给何军岳带回去。此刻，餐厅里其他的项目组同事正在喋喋不休地讨论着进度。

"……那6个人还没有消息吗？"

"没有啊！这事儿闹大了！"

尽管隔壁桌尽量压低了声音，但是这简短的对话仍旧引起了王敬民的注意。

"估计是没戏了，那可是黑洞啊，谁知道他们是不是在里面魂飞魄散了……"

王敬民听了一会儿，忍不住拍了拍隔壁桌一个中年男人的胳膊问道："哥们儿，不好意思……我昨天刚到这个基地，很多事情不太清楚……你们刚才说6个人没回来，什么意思？"

隔壁桌几个人立刻转过头来，还没等王敬民问的人开口，一个留着大胡子的胖老哥摆出一副经验丰富的傲慢神态对王敬民说："哥们儿，你刚来啊！恭喜啊，上套了……哈哈哈！"

王敬民随之皱了一下眉头，心事重重的他完全没有心思和不熟悉的人开玩笑。

"你别理他……"被王敬民询问的男人笑着说，"他就这样……嘴欠……我们是信息安全部的，我叫陈辰。"男人笑着和王敬民打了招呼。

"我是研究知觉感官的，叫王敬民，以前在……"还没等王敬民介绍完自己，大胡子老哥又打断了他："嘻！别聊以前，进了这里做事，就没人在乎你以前干吗的，你就算是世界首富，到这儿也得执行任务！"

"老郭你差不多得了啊！"陈辰制止了没礼貌的大胡子老哥，转过来对王敬民说，"别往心里去，大胡子这人嘴欠，哈哈……你是 SE 的，应该也需要发射意识……那你不应该不知道啊，你们部门发射出去那帮人……"

陈辰说到这儿俯下头来，趴到王敬民耳边小声说："有……有 6 个没回来啊！"

"啊？我真不知道，我刚来……嗯……算是还没有正式接入飞行舱，我一起来的哥们儿完成了初次接入任务，我在他旁边看了他的意识投影……"

"我看你啥都不了解，先给你介绍一下之前的情况吧。在这次的警报打响前，'业务'……啊呸……'研究'！研究一直在稳定期，像科技部、信安部、技术部，等等，基本都是轮休值班制，也就是保证基地有一部分人稳定搞接入，搞累了可以回去休息几天，另一波人顶上，休息完了再回来换班。

"另外，20 人也不能和无关人员透露一丁点儿项目信息，违规违纪会面临非常严格的审查！本来这工作秩序还让人可以接受，但这次警报，咱们召回了 20 项目的全部人员，我们想着这大概就是和失联的 6 个意识有关系，事情闹大了。如果真是这样，那咱们都得再忍些日子，找回了 6 个意识，或者过了眼前儿这个坎儿，咱们就能恢复轮班制了！我都想好了，下次休假我就直奔新疆市区吃大羊腿和烤羊肝儿！哎，我跟你说！那味儿绝了，那可是 30 厘米长的烤羊肝儿大串，4 块钱一串，颗颗都裹着羊油，要是不说这是羊

061

肝真以为是烤腰子，而且味儿比北京 30 块钱一串的大腰子好吃不知道多少倍！还有沙葱炒羊肉……"

"嗯嗯，一定去……"王敬民打断了陈辰，连忙问，"那……那 6 个人到底是怎么回事？"

"你看你，这么紧张，咱们这儿天天都出狠事儿，恨不得每周预警好几回，放轻松，习惯习惯就好了……那 6 个人，钻了黑洞，意识飞了，投影是空的，信号失联，现在上面焦头烂额地查，还没有结果。"

陈辰看了看时间，连忙起身示意同伴收拾桌上的东西："哎哟哥们儿！时间差不多了，我们一会儿还有任务，先撤了啊！回头咱们聊！有机会咱们一块儿出去，吃大羊腿去！"

说完，信安部的几个人端着餐盘离开了，王敬民也收起桌上的东西向楼上走去。

当他回到屋里的时候，何军岳已经醒来了："哎哟！老王你真是神了！知道哥们儿醒了会饿，还给我打包了饭菜！仗义！真仗义！"说罢，他开始风卷残云一般地开吃。

第八章

"PL！呼叫20中心！呼叫20中心！"

　　王敬民坐在狼吞虎咽的何军岳对面，刚想问问他是否在接入中了解了陈辰口中6个失联意识的细节，还没等开口，他们的房门就被急促地敲响："老王！老何！是我！开门啊哥们儿！"

　　这带着北京口音的声音意外熟悉，何军岳、王敬民对视一秒，彼此能从对方的眼里看出震惊和喜悦，两个人几乎是从座椅上弹了起来，飞奔着打开房门，门口站着的是他们在鼓楼一带一起玩音乐的好友许释贤。

　　三人立马抱作一团。

　　"哎哟！哥们儿！你怎么也进来了？"王敬民带着哭腔问。

　　"先进来！咱们进屋说！"何军岳拎过门口许释贤的行李把大家推进屋子。

　　"哎哟我去，这是你们吃剩的吧！饿死我了！"许释贤屁股没坐稳就捧起何军岳吃到一半的盒饭大口地扒拉了几下。

　　"水！"

　　他接过王敬民递过来的矿泉水咕咚咕咚就是几口。

许释贤咽下嘴里的食物残渣,终于打开了话匣子:"我跟你们说,咱们那天夜里在新疆饭馆喝了酒之后,第二天警察就找上我了,我以为被老何打了的那小子出什么事儿了,给我吓得够呛。老何打人那事儿,虽说我在场,但是压根儿跟我没关系啊!我就说我什么都不知道。警察问我有没有看见什么奇怪的事儿,我说我没有,我就一良民,不招灾儿不惹事儿的。后来他们就开车给我拉郊区去了,好家伙,搞了一通测试……"

"说重点,你通过了测试,就直接进来了?那天 JUNGLE GYM 的人还有几个被查了?高乾怎么样了?"着急的何军岳催着许释贤往下说。

"高乾?我不知道啊!一直没联系到。我全程一个人!我看见了好多奇怪的东西!"许释贤眼里放着光,拽着他们的手说,"他们还威胁我,说我必须进医院再查查,我说这可真够逗的,我一个正常老百姓,再怎么胡闹也不能强行带我看病吧,我就没藏着掖着,说了你们的事儿,他们就给我带这儿来了。"

王敬民、何军岳对视,互相心领神会:"老许,你看着吧,估计高乾也得进来,他也知道这事儿!我们在这短短的两天之内,经历了比科幻片儿还难以想象的事儿!太邪性了!不过好在,咱们哥们儿又终于聚到一起了,都是知根知底儿的,也算是能苦中作乐了!"

"咚咚咚!"

房门再次被敲响,这次变成 3 个人面面相觑。

何军岳咽了口唾沫:"不会真是高老板来了吧!"他跑到门口开了门,但是这一次,门口站着的是冯岚。这个女人的神态已经比前几天初次见面时明显疲惫了许多。

"你们仨……走,新来的小许已经利用中午时间做了试飞,那你们就一起去做测评吧!以便分配下一阶段的任务。"冯岚甚至眼皮都没抬一下,在随身的册子上写了几笔,"你们快些!1113 房间。"说罢,掉头走了。

经过一下午的各种仪器、测评题、不同专家的轮番轰炸，结果是这3个人都继续留在 SE 干活。何军岳被安排进地外探索组，王敬民、许释贤在地面搜索组。说白了就是何军岳需要继续向着地外发射意识，投影回来。而另两位，现阶段的任务是在近地面深入探索。

3个人的团聚让他们彼此心底都充满了温暖，在这个距离家乡几千千米的遥远之地，在这个惊心动魄、突破人类想象的秘密任务中，他们的命运和生活都被牢牢绑在了一起。

测评过后一路滔滔不绝的他们，和其他项目组成员形成了鲜明对比，按何军岳的话说就是："不论到哪儿，就算天塌下来，咱哥们儿都得燥起来！"

听着另外两个没正形的大贫蛋嘴不停地叨叨着，王敬民沮丧的情绪也好转了许多。

"嘿还说呢！本来你们那两室一厅是你们俩人的，我跟那扑克脸妇女大姐掰扯半天，才允许咱们仨住一起，我管后勤要了个简单的架子床，我就睡客厅了！我可受不了跟其他不认识的人住一块儿，遇见那些事儿多的主儿，我万一跟人家打一架就得不偿失了……"三人回到房间门口，许释贤边把放在门口的床架子往里搬着边说。

刚搬完，许释贤神秘兮兮地从行李箱深处的秋裤腿里掏出了两瓶占边威士忌："来吧哥儿几个！咱们仨得续上了吧！珍惜这个夜晚吧，下午听扑克脸那意思，咱们以后肯定得忙得脚打后脑勺，以后没准儿就没法畅快喝酒了！对了，来的时候他们还特意问我有没有带酒，我肯定说没有啊！被发现了就说忘了呗！"

何军岳两眼冒光地抱起瓶子就亲了一口，对着许释贤邪魅一笑："哎哟我的老宝贝儿！还得是你！鬼！小机灵鬼！谁也鬼不过你！"

整个傍晚，由于何军岳的地外深度接入经历让他拥有了许多神奇"记忆"，王敬民、许释贤便把他当成了百科全书，从天文地理问到人生哲学。

老何叫苦不迭："哎哟喂，俩祖宗，别让我回忆了。再怎么获得了记忆信息，我这也是人脑子，不是电脑硬盘，况且经历得那么快，我走过的发射路径又只有一条，我哪儿消化得了那么多！回头你们在地面发射意识，不比我这儿的信息有意思得多？"

此刻在酒精的作用下，许释贤已经直接侧身歪在地板上睡着了。

"咱俩先给他抬到床上，别冻着……咱俩也睡吧，明儿还得干活呢！"王敬民撑着地板摇摇晃晃站起来，对何军岳说。

简单洗漱过后的二人分别回了房间，似乎没过3分钟，晕头转向的王敬民就听到另外两屋此起彼伏的呼噜声。

今晚的王敬民让自己喝了不少酒，他脑子太乱了。躺在床上的他迷迷糊糊、骂骂咧咧地念叨着："这小白楼、20基地……都是假的！都是假的……还接入？接入个屁……都是梦，睡吧，明儿睡醒了，我就躺在家……我回我们心理研究所上班……我中午一个人吃峨嵋酒家的宫保鸡丁，我就吃带腰果的、贵的……我要两份，我不吃米饭，就吃肉……我下午上班买包花生米，再沏杯花茶，我一边敲电脑一边又吃又喝，真自在……"

接下来的一周，经过不断练习，地面搜索组的王敬民与许释贤也逐步适应了接入舱的感官变化，基本上可以灵活自如地完成感官传输任务。

就像之前陈辰说的那样，紧急预警和警报似乎是每天的常态，项目组的每个人也在竭尽全力地传递信号。但是，地外探索组仍然找不到那6个人的意识，地面搜索组也丝毫不知那量子科学家瓦西里的踪迹。

不过不论多累，每天任务结束后的三人都会凑在一起聊天，分享着各自在一天中获取的有趣"记忆"。

"对了，中心怕咱们不适应这么大强度的任务，给了新接入的人们3天假期，我想两天之后休，老何、老王你们也和组织说说，咱仨争取一块儿休息，开车奔趟市区，吃肉去！咱再买点儿烟和酒……酒可全见底儿了。"许释贤翻了翻行李箱说。

"行呀！对了……我明天就要尝试常态化接入了，其实我也有点儿害怕！不过没事，未来两天我抓紧时间努力适应新任务，争取到时候一边搞常态化接入一边和你们吃喝玩乐！"何军岳歪在许释贤的床上回复道。

"常态化？"

"对，今天领导刚刚通知我的，就是……24小时不间断接入，不在接入舱时，会相对调低显示度。"

"我去！哥们儿你用得着这么拼吗？拿命玩儿啊？"王敬民震惊地问。

"你可不知道，咱们家老何那可是标兵、劳模、先进工作者！从天赋到能力那可是杠杠的！"许释贤冲着王敬民挤眉弄眼地说道。

"你小子开始阴阳怪气了！你们俩等着，过不了多久你们组也是一样常态化！懂吗？集体常态化！"何军岳从床上坐起来，抢过许释贤手里就剩一个"福根儿"的酒瓶子，拧开瓶子一股脑把酒全部倒进嘴里。这一口辣得他五官拧到了一起，喝罢接着说："出去！必须出去！吃香的喝辣的！那句话怎么说的来着？'该吃吃该喝喝，啥事儿别往心里搁！'按这个路子消耗脑细胞，不一定啥时候咱们也成植物人儿喽……想开喽……"

就像何军岳说的，这么多天过去，意识消失的6个人，依旧植物人一般躺在实验室的接入舱，靠不断输入的营养液维持生命。与此同时，中心尝试了各种办法试图唤醒他们，这6个倒霉蛋便在这过程中遭受了电击、针灸、穴位按摩，可以说是能试的办法都试过了，可结果却是毫无作用。

意识失联这件事也使得SE人每次执行接入任务都捏了把汗。要知道，大家都背井离乡，远离亲人，对于未来的一切本来就画着问号，现在连基本的生命安全都不能得到保障，心里都不踏实。人群里的抱怨开始不断增加，彼此也都更加设防，甚至有不少人出现了心理问题，更有甚者偷偷计划着逃出这个 20 基地。至于 2105 年意识剥离主体，造成世界巨变，他们对此流露出的态度则是反正自己也活不到那时候，到时候什么状况还不一定。

因此，渐渐地，有的人开始装病，有的人消极怠工，大家心里好像都在打着自己的算盘，项目组也开始高频次安排心理疏导，一切都变得乱哄哄的。

王敬民、何军岳、许释贤 3 个人在任务中的情绪也发生了微妙的变化，不过好在他们可以互相信任、互相陪伴。

这样的日子又过了两天，三人的假期终于来到。他们向中心提交了外出审批，签了几张手续，借了中心的车，兴高采烈地出发奔向了市区。

"'诸葛钢铁'，调大声音，放一首韦唯的《北京之约》。"副驾驶的何军岳对低功耗状态的车载 PL 发出指令，扭过头对他的两个好哥们儿说："嘿，低功耗的'诸葛钢铁'降智变成普通机器人了……记得吗，咱们在 JUNGLE GYM 出事儿那天，演出的名字就是'北京之约'，实际上没过去多久，却好像过了一个世纪，真怀念当时的日子啊！"

今天的天气格外晴朗，天空湛蓝，蓝得发透，天上的云很高很干净，在风的作用下，它们变化和移动的速度非常快，天边流转的暗物质颜色也显得更加漂亮。

吉普车在广阔的天地间自由驰骋，公路两边是一望无际的平原，深秋的草场上，散落着成捆的金黄色的干草卷和低头吃草的牛羊，他们把车窗降下来，眯起眼睛享受着新疆耀眼的阳光和清爽的凉风，汽车远离着这条路上只有他们仨能看见的 20 基地山。

何军岳手里攥着占边威士忌的酒瓶，一口一口往嘴里灌着，略微迷糊的他根本掩盖不住脸上发自内心的笑，尽管他同时在以低感受度进行着常态化接入。此刻的他，正在按照预定的轨道在 MHN9Z 星球上做着自动化信号回传。

"妈，我挺好的，我们在这个科研项目里就是没法经常打电话，基地也没信号嘛。今天休假啦，我们正往市区走呢，大家都好，一切都好，过些日子我回去看你……"终于有了信号的王敬民迫不及待地往家里打着电话。

两个小时后，吉普车停在了市区内一个相对较大的新疆饭馆门口，由于不是吃饭时间，这里没有太多顾客。

"10 串羊肝，10 串肉串，3 串腰子，1 份馕炒肉，1 份沙葱羊肉，6 个烤包子，再来个……皮牙子凉菜……"许释贤对店里的新疆小哥说着。

"皮牙子……是什么？"何军岳问道。

"皮牙子就是洋葱，你个山炮！"许释贤边从冰箱里拿出 3 碗自酿酸奶边说。雪白的酸奶上面撒着几粒硕大饱满的葡萄干，看得人非常有食欲："老板！这 3 碗也算上！"

"这一路是真的美啊！能时常出来转转的话，咱们这样的生活也挺好，对吧老王……你看你，别玩手机了，出来这一路你就没停……"何军岳用胳膊肘怼了怼正在专心看短视频的王敬民。

"不不不，我正在了解一个技术，我做地面搜索的时候想到的，F 宇宙，元宇宙的进阶版！新鲜玩意……学无止境，咱们再怎么整幺蛾子也不能与社会脱节吧……"王敬民眼皮都没抬地说着。

"F 宇宙？那是什么玩意？"

"我理解，就是把传统的元宇宙中尽可能加入世界上的所有历史信息，同时加入意识，这样我们在数据库中就会拥有'群体意识库'。我怎么觉得，这邪乎劲儿跟咱们的任务有点儿异曲同工之妙啊！"王敬民终于抬起眼皮，用勺子挖了一大口酸奶送进嘴里。

"等等！你给我详细说说！"何军岳瞪圆了眼睛望着王敬民。

"小心……"上菜的新疆姐姐戴着头巾，用不标准的普通话说着，把馕炒肉和沙葱羊肉放到了三人桌上。

"嚯！真香啊！快快快！动筷子！尝尝人家这个正宗的新疆味儿！"许释贤招呼着对着同一部手机目不转睛的二人。

王敬民拿起筷子，夹了一口沙葱送进嘴里，说："中心一直找不到那个瓦西里，我就在琢磨我们为什么找不到他。从技术层面来说，咱们接入 PL 后可以精准定位一个人在哪儿，在干什么，回溯他的历史性叠加，探究他的可能性叠加，得出这个人完整的世界线。这世上每个人、每个动物、每个粒子都在有迹可循地描绘着自己的世界线，共同绘制出一幅完整的世界图景。可偏偏这瓦西里出了问题！他的肉体世界线戛然而止了！可他的'意识世界线'仍然在改变世界，这个人就好像变成了幽灵一样，又或者说……他更像是变成了一个可以改变世界的意识体！这太突破认知了！"

何军岳低下头，对王敬民小声说："其实……你别看我搞地外，和人打交道少，但是我也想过这事儿。我们在感官开发后，到底是怎么用设备定位一个人的？单纯靠肉体世界线不行吧？"

"哎哟我的两位小祖宗哟，你们俩可小点儿声儿吧我说，一会儿咱们再让人家抓走审查！"许释贤打断了一脸正经的何军岳，拿起刚刚被送上桌的烤腰子分给二人，"你看这大腰子！来来来……你们俩是放假出来散心来了还是讨论工作来了？别念叨了，有什么事儿回去说，先干了这串儿腰子。"

"警告！警告！这是第一次提醒！请研究员注意言行，中心外不允许讨论与项目有关的任何事项，造成不良影响后果自负！"突然，三人的 PL 设备内同时响起语音播报，他们吓得不敢作声，撇了撇嘴尴尬地看着彼此。

"刚才我就说嘛……来来来，踏实吃饭！"许释贤打破沉默，把盘子朝着对面的两个人挪了挪。

一通专心地风卷残云之后，酒足饭饱的他们又坐上了吉普车，王敬民一路边看着手机新闻边给另外两个人念着这一周的新鲜事。

他们接下来的方向是市区内唯一一家书店。

王敬民这次打算在搬得动的前提下尽量买全所有感兴趣的书，尽管基地有图书资料库，也可以通过 PL 进行提问，但是他更乐意回屋躺在床上看纸质书获取信息。按他的想法，再怎么开拓感官、获取经历，都不如能拿在手里慢慢研究的白纸黑字更让人踏实。或许，这就是知识分子的"强迫症"。因此，路上的他还用最快的速度在国内最权威的期刊论文平台下载了国内外最前沿的心理学、生物学、哲学、天文学、物理学，甚至宗教学等所有他认为与项目有关的资料，准备找个地方打印出来。

王敬民与何军岳在新疆饭馆讨论了"用何种技术定位一个人"的问题之后，其实就一直惦记着这事，他有很多话要说，可碍于被监控，憋得他是相当难受。他看得出老何的眼睛里也闪着光，在拼命地思考。他们俩相互对视，读懂了彼此的眼神。"回去说，咱们好好聊！"何军岳拍了拍王敬民的胳膊说。

在书店一通"扫荡"和打印后，3 个人每人拎着两个大塑料袋艰难地朝着汽车的方向走着。

突然，老何手里的塑料袋全部摔在地上，他一阵眩晕，用手使劲捂着眉心，迷迷糊糊地摇着脑袋。"我去，不行……这是怎么了？"他原地瘫坐下来，身边的二人立刻凑了过来。

"你怎么了老头子？别吓我！"许释贤蹲下身子关切地问道。

"信号……信号突然没了！我按预设任务轨迹在走的信号……突然没了！等我缓一下……猛地切出来太难受了……"何军岳嘴唇发白地回答。

王敬民一抬头，四下看了一圈，说："老许你抬头！你看！是不是咱们也看不到那多出来的颜色了？"

"对！消失了！变正常了……快上车！上车说！"许释贤搀扶起老何，把他塞进后排座椅，忙手忙脚地把装满书的塑料袋扔进后备厢，用最快的速度蹿上了车。

"PL！呼叫 20 中心！呼叫 20 中心！"他着急地向中心发出信号。

"PL，呼叫冯岚！"王敬民也尝试呼叫着。

可是，PL 耳机里没有任何回应。

第九章

"自打 20 项目组成立到现在,就没出现过这种情况,这可是唯一的机会了!"

何军岳逐渐缓过神来:"如果咱们都没信号了,那基地是不是也找不到咱们,没办法监控咱们了?"

"你的意思是……咱们跑路?直接回北京?"许释贤小声地试探着问道。

何军岳表情严肃地说:"回不回去先放一边……我的意思是,中心可能会出事儿!咱们出来之前的几天,我们组就有苗头,有几个人说是觉得现在任务太危险,不管搞什么项目,都必须保障基本的人身安全,否则……看那个架势,怕是要联合起来闹事。"

"要不?咱们先回去看一眼?好不容易的 3 天假期啊……"王敬民其实看得出来何军岳的意思,试探着给了个台阶。

"你们要愿意回咱就回!今晚找个地儿泡个澡蒸个桑拿的计划估计悬喽!没事,回去瞅一眼,要是没问题,晚点儿咱们再出来!反正几个小时的路程!就当过车瘾了!调头!"驾驶位的许释贤发动了汽车,调转车头奔向基地的方向,半路仍旧没忘记在路边的烟酒商行买了些烟和洋酒扔进了汽车后备厢。

不知怎么，回去的路上，恢复正常人体感官的他们，竟然多了一点儿失落，3个大老爷们都在试图隐藏这种微妙的心理变化，可彼此似乎又都能了解对方的想法，特别是何军岳，情绪和神态分明带着担心，三人几乎一路无言。

车载 PL 失灵了，而 20 总部基地在普通导航软件上根本没有显示，他们只能凭着感觉开，回程的时间格外漫长。

接近总部基地附近的时候，天早就黑了。他们远远地就看到大门口乱哄哄地聚集着一群人，熙攘喊叫、推推搡搡、打作一团。何军岳定睛一看，门口的铁栅栏上挂着正在试图翻越的人，公安部的人在下面拽着翻越人的腿，听声音吵得很凶。而一边已经"越狱"成功的人群分明是在抢着上车，何军岳定睛一看，距离他们最近的一辆吉普车里已经被想逃走的人挤得黑压压一片。

"不好！慢慢慢！"何军岳示意许释贤放慢车速，"就是出事儿了！怕是大家都发现信号消失了，抢车准备跑呢！老王，咱们俩下车看看去！老许你把车锁好开远点儿，能开多远开多远，千万别停！咱仨现在都有手机，一会儿找有信号的地方电话联系！"

说罢，二人下了吉普车，朝着大门口走去。

这时，刚刚成功翻越栅栏的一个人影从他们身边闪过，他正抱着包跑向一辆吉普车。王敬民看他眼熟，立马上前拉着他问："哥们儿！咱们之前在餐厅见过，你是陈……"

"对，陈辰！快跑吧！你们俩都翻出来了还愣着！"

"这是怎么了？我们今天休假，白天去了市区……"

"合着你们还不知道呢？那6个人醒了一个，据说言谈举止都变了个人，跟鬼上身似的！他自己去系统里不知道搞了什么操作，结果全体 PL 立马全都失灵了……都失灵了还不快跑，跑也找不着咱们了！不说了……哎？你们刚回来？有车吗？有的话……能不能带上我？咱都是回北京的！哥们儿真求你了！"抱着包的陈辰揪着王敬民的胳膊焦急地小声央求着。

王敬民、何军岳看了看彼此，眼里有焦虑和慌张。

"哎哟我说，你们俩别相面了，再晚来不及……"

"行！走！咱仨往西跑，先跑远点儿再联系车！"没等陈辰说完，何军岳斩钉截铁地回答，声音压得非常低。

三人朝着许释贤开车的方向跑着，这时，身后20人嘈杂的呜嗷喊叫突然在震耳欲聋的警报后戛然而止。

"不是吧？全中心级别的警报？这可从来没发生过！幸亏跑得快！公安部真不是盖的！"陈辰的话音中带了一丝颤抖。

不知是因为这条路并非回程的方向，还是因为公安部已经控制了局面，一路上除了他们，没遇见其他逃离的人和车，天色已经逐渐黑了下来。

"有信号了吗？"气喘吁吁的何军岳问道。

"不行，还是没有啊……"王敬民与陈辰摆弄着手机关了又开，可发现还是无法对外通信。"这信号太差了吧！"王敬民抱怨着。

此时的他们已经在这条路上前进了将近一个小时，3个平时就缺乏锻炼的老爷们儿已经跑不动了，早就慢了下来。

"哎哟不行了，我坐两分钟！缓缓……"陈辰把行李包放在了地上，一屁股坐了上去。

就在这时，公路的远处朝着他们的方向来了一辆车。

王敬民眯着眼睛看着远处这个朝着他们移动的黑影："看着像基地的车型！是不是老许回来接咱们了？"

王敬民猜得没错，吉普车在他们的面前停了下来，许释贤摇下车窗说："嘿？怎么咱还多了个兄弟！别愣着了！上车啊！我看手机一直没信号，你们也没消息，我心里没底，寻思回来看看，不行的话我再跑呗！"

"还得是你这小机灵劲儿！真鬼！谁也鬼不过你！"何军岳疲惫地朝许释贤竖起大拇指。

上了车，前进的路上，王敬民掏出白天买的新疆特色小吃分给大家，说："今天这事儿可太吓人了，陈老师，快给我们详细说说。"

陈辰接过奶油烤馕，咬了一口，说："据说午饭过后，意识没回来的 6 个人醒了一个，这个人叫田邵波，但是奇怪的是，系统没有任何异常，还显示他是失联状态，所以根本没人能在第一时间发现这件事。这个人不知道用的什么方法，自己把病房锁打开了，溜达到机房中心，那是我们的地盘嘛，有层层封锁校验，这货居然又离奇地把那几重防护锁都打开了，系统依然没有任何警报。正巧那时候冯岚去找我们部长路过那里，看见了他，冯大姐先是惊喜，毕竟人醒了嘛！然后她就赶紧叫了人要带他回去。

"这个田邵波据说以前性格十分火暴，蛮横霸道，可这一醒似乎换了个人，我的一个同事亲眼见到了他，说这个田邵波当时简直就是坚毅无比、极度冷漠、行尸走肉、没有感情的机器，问他什么他也不说话。"

陈辰拿起瓶子往嘴里灌了一口水，接着说："冯岚又赶紧跑回病房想看看其他人，结果一看，这 6 个人确实只有他一个醒了，冯岚也没太在意，毕竟醒了一个就是胜利，立即安排人员给他接入系统，准备做进一步检测和研究。好家伙，这一接入可了不得，所有 PL 系统瞬间全部失灵，跟短路了似的。大伙儿乱作一团，后来有人反应过来偷偷翻墙往外跑，大家也都跟着跑，中心放车钥匙的后勤部值班员被人掐着脖子威胁，最后撑不住就把车钥匙交出来了。反正当时的局面，公安部的人根本控制不住……后来，我也跑出来了，遇见了你们。"

"那这个意识回来的田邵波呢？后续怎么样？"许释贤一边开车一边问道。

"不知道！嗐，谁还顾得上管他啊！自打 20 项目组成立到现在，就没出现过 PL 失灵的情况，这可能是想退出项目的人唯一的机会了，谁还有心思管他啊！谢谢他还来不及呢！"

这个季节新疆的夜晚寒冷刺骨，许释贤把车开到了一个比较大的服务区，一行四人在服务区买了御寒衣物、毯子和食物，端着热腾腾的泡面坐到商店门口准备详细计划一下接下来的安排。

"老王，咱们现在是不是可以继续聊聊世界线的问题了？"何军岳问道。

"等等，什么……'世界线'？啥东西？"陈辰推了推眼镜问。

王敬民回复道："世界线就是物体在四维时空，也就是长宽高的三维空间加上时间这一维度的生存活动，画出的轨迹曲线。举个例子，今天你早上 8 点在信息安全部宿舍某个房间起床，然后八点半在浴室刷牙洗脸，然后 8:50 换好衣服去食堂吃饭，后来是几点在某个坐标翻大门……你今天所有的活动，无论是大事还是鸡毛蒜皮的小事，都会组成一条你今天的完整的四维'世界线'。我们每个人、每个生物，甚至每个粒子的世界线交织组成了整个世界。世界线一旦生成，便是唯一的、不可变的、不可逆的，更不可能戛然而止。简言之就是……世界上的任何事情都应符合规律、有因有果、有迹可循。"

王敬民喝了一口泡面汤，烫得他五官挤到了一起，接着说："就拿著名的'祖父悖论'来说，就算我们真的能回到过去的时空，那当时间旅行开始时，新宇宙便会出现，也就是当你穿越到过去试图杀你姥爷的时候，你就会创造出一个新的平行宇宙。当然了，我觉得这根本不可能，因为'肉身为王'……这个词儿是我造的，可你们琢磨一下，这词多贴切啊……所以我觉得这个平行宇宙的概念完全是猜想和扯淡。"

何军岳接着王敬民的话茬说："对，而且一个人的肉身是什么？本质是一堆细胞组织的组合，在不断代谢，你现在身上的这套细胞，绝对和刚生下来相比都不知道换过多少遍了，那你还是刚出生时候的你吗？这就是著名的'忒修斯之船'问题——一艘船，经过不断维修，每一个零件都换过，还是不是当初那艘船了？"

陈辰非常震惊地看着面前的俩人："嘿！这进行意识接入后的人是不一样嘿！这叫一个博学多才，你们SE人那简直是人均科学家啊！"

"可别夸我们了，我们以前哪懂这些，这都是执行20任务的时候，我们被中心输入的必备知识，为的是更好地理解世界、回传信号。可说实在的，我们对这些知识的理解消化还没到位，现在准备一起讨论讨论。"何军岳不好意思地笑了笑，继续说，"老王老许他们地面组其中一项任务是找到凭空消失的瓦西里，那我们就在想，这个瓦西里到底用的什么方式让自己的肉体世界线戛然而止？又用什么技术让他在肉体消失后还可以对世界继续产生影响？按理说，他的世界线在消失前，所做的行为都应该是有迹可循的，可以推导出他所用的技术，可是，偏偏这段内容被加密了……"

还没等何军岳说完，远处的黑暗中亮起了车灯，服务区的停车场驶进来一辆吉普车。

"不好！我真服了，这点儿事都不让咱们聊清楚……这也是基地的车！快上车，锁车锁车锁车！准备跑！"

"王老师！何老师！是我们！"

正当许释贤发动汽车准备一脚油门撤离的时候，逐渐靠过来的吉普车降下了车窗，朝着他们喊话的人是科技部的葛教授。

许释贤见状，松下了油门。何军岳朝他们远远地喊话："哦！葛教授好啊！你们去哪儿？"

何军岳转过头对车内的几个人小声说道："我先下去看看，你们在车里别动。老王咱俩现在保持通话，你们听着点儿，见势不妙随机应变。"说罢，他拨通了王敬民的电话，把手机揣进裤兜，下车走向葛教授的吉普车。

"我们这两天休假，你们也是吗？"何军岳装傻充愣地问道。

"哪有！你们还不知道吗？出事了！PL全部失灵，中心都乱套了！那群不省心的年轻人一个劲儿想往外跑！据说还有人扬言说如果不放人走就要一把火点了20中心！这算怎么档子事情！我早就觉得不能武断地让这些没有觉悟的年轻人加入这么重要的项目！中心有一部分高阶设备还处于调试阶段，十分重要，现在为了保护设备安全，大杨警官让我和几个学生先带着设备兵分几路远离基地，之后再联系。"葛教授推了推眼镜一本正经地回答，他旁边驾驶位的学生徐梦拽了拽他的袖子，皱着眉头提醒葛教授别说太多。

"啊？发生了这么可怕的事吗？那后续什么安排？我们是不是抓紧回基地去比较好？我们几个都是项目中积极工作的年轻人，可不能给组织添麻烦啊！"何军岳继续装傻，不敢透露他们几个是一小撮坚定的逃兵。

葛教授推了推眼镜，摆弄着手里的手机，无奈地说："不知道，我们一路都在给大杨打电话，可他那边没有信号。今晚我们先找个地方凑合过夜，明天回基地看看……我看这里就不错，和你们在一起，大家也有个照应。"

"对对对，这里有个商店也有热水，天气这么冷，这还有女同学在，别冻病了！我们车里还有毯子，你们需要的话一会儿可以拿一条给你们……"何军岳假惺惺地关心着，引得正在偷听王敬民手机免提的一车三人一阵嘲讽。

"对了，教授您刚才说的高阶设备是啥情况？之前我们没听说过呀。"何军岳试探着问。

"咱们有一批升级版的设备，是我们科技部最新的成果！可以实现离线接入，性能也更强！"葛教授指了指后座，"后座和后备厢都是。"

"这智商，别人问什么说什么，还生怕说得不全，真实在！还教授呢？学傻了吧他！"躲在车里偷听的许释贤歪着嘴嘲讽道。

何军岳隐约打量了一下教授车后座放着设备的箱子，继续和他们说："葛教授穿得太单薄了，我先给你们买两桶泡面暖和一下吧！"他指了指商店，

"车就停在商店门口吧,离里面的卫生间近,洗漱方便,还能借一些商店的灯光。"

徐梦把车停在了何军岳引导的位置,二人下了车,许释贤也把车子开了过来。

"敬民,带咱们两位科技部的专家买点儿物资,再买个大点儿的塑料盆和毛巾,这里有热水,女同学晚上可以洗漱一下。"何军岳朝着王敬民招手说,随即转过头来对徐梦说,"车就别锁了,开着空调,要不一会儿回来多冷啊!我们看着车。"

"不行!要保证设备安全!"徐梦锁好了车,还特意拉了两下车门确认,上了中心的特殊锁,并绕车一圈检查了车窗,才转身走向商店。

老许凑过来低声问何军岳:"你小子一肚子坏水,琢磨什么呢?"

"咱们本着对知识和真理的向往,弄几台机器玩玩儿不行啊?"何军岳靠着吉普车,点燃了一支香烟,眯着眼睛说道。

二位科技部的专家吃完泡面、洗漱完毕,才走向汽车,开门、上车、锁车一气呵成,没给何军岳留下一丁点儿机会。

何军岳也愤愤地上了自己的吉普车。

"你别觊觎那机器了,你看那俩傻玩意,我都不惜得和他们说话!"许释贤说。

"你们睡吧,今天都累了,我值班,别出什么问题。"何军岳没理睬许释贤的话,还帮哥们儿拽了拽身上的毯子,督促他们赶紧睡觉。

大约过了两三个小时,何军岳看大家都睡熟了,便蹑手蹑脚地走下吉普车,手里攥着一瓶矿泉水和注射器,悄悄绕到葛教授的车后面。

几分钟后,他回到自己车里,盖上毯子,锁好车门,安心地睡了过去。

过了好一会儿,另一辆车由于汽车熄火,加之为了通风车窗开着小缝,车内的温度下降,两个人都被冻醒。

"阿嚏！阿……嚏！车怎么熄火了？没暖风了！"

徐梦一通操作后，车子还是不能正常启动。

葛教授冻得哆哆嗦嗦地下了车，敲响何军岳的车窗："小何！我们车好像出了问题，没有暖风了，你帮忙看一眼好吗？"

何军岳睡眼惺忪地睁开眼，故意表现得迷迷糊糊，哼哼唧唧地回复："嗯……嗯……哎哟……好，您先过去，我披件衣服就去……"

这动静吵醒了主驾驶座用被子把自己裹成蚕蛹状的许释贤。老何看葛教授回到自己车的方向，立马来了精神，转过头盯着"许蚕蛹"只露在外面的眼睛小声说："来活儿了！一会儿见机行事，搬些设备！"说罢，下车走向葛教授。

"怎么回事啊？我看看！"何军岳表现出一副热心肠，上车下车，又是查看发动机，又是查看油箱，琢磨了个遍，挠了挠头说，"这状况我之前也没遇到过……唉！我也没办法了……我们车上小许在北京是干汽修的！我让他来看看！天太冷了，你们赶紧先做个简易暖水袋抱着吧！"

说罢，他屁颠屁颠地跑回到自己车上拿了两个1.5升装的大矿泉水瓶，和徐梦说："姑娘你去往这里灌点儿热水抱着，记得慢慢注水，开水和凉水交替着放，要不然瓶子该烫坏了。"

徐梦哆哆嗦嗦地接过瓶子，她犹豫了一下，但可能是因为太冷，还是回过头对葛教授说："教授，我去灌热水，您看着点儿设备。"说罢便走向商店隔壁的热水房。

何军岳赶紧把许释贤揪下车，假迷三道地暗示："老许，你以你专业汽修专家的角度来看，这种情况是不是要下到车底？唉，真麻烦呀！这次又要辛苦一下了！尽快修好，看你的了！"

压根儿对汽修一窍不通的许释贤此刻十分无奈，但还是答应了何军岳，他把开着闪光灯手电的手机递给了葛教授："那个……对！教授你放心，我是专业的，技术非常硬，按以前话说那都是相当于八级钳工的水平……麻烦您帮我打着手电。"说罢他钻到车底。

葛教授专心致志地帮忙照明，生怕照错位置。

"扳手！"许释贤朝外喊。

"哦！有，都有！应急工具箱在后备厢。"葛教授对何军岳说。

"好！我找找！"何军岳一边说，一边悄悄给王敬民打手势招呼他过来。

随即王敬民把后备厢里两箱设备不露声色地成功转移到了自己车上。

"找到啦！"何军岳把工具箱拎到躺在车底的许释贤身边，"你要什么？我递给你！"

"不，哎哟……不不不……可能用不上了，不是这儿的问题，这可不好搞啊，只能去修理厂了！"许释贤钻出车底，抖着身上的灰土，趁着葛教授不注意朝着何军岳翻了个大大的白眼。

这时，徐梦打水回来，给教授的怀里揣上了一个简易暖水瓶。

此刻天已经蒙蒙亮，何军岳看了看服务区的快餐店说："还是不行，你们给基地打电话叫救援吧……现在这么冷，我们车里人满了，也坐不下，你们先去吃点儿东西吧，边吃边等。你们看，那里的早餐应该开始营业了，快进屋里！对了，记得锁好车！"

"小何说得对，咱们走吧！"葛教授推了推眼镜，对徐梦说。

当吃饱喝足的师生二人，想回到车里拿东西的时候，却发现，停在他们不远处的何军岳等人的吉普车，早就不见了踪影。

"哈哈哈哈哈哈！我服了！我以前是真没发现，你小子这么欠！你还说我鬼，咱们几个人里，就你最'鸡贼'！"这边飞速行驶的车上，许释贤拍着大腿说着。

"你究竟怎么给人家整熄火的？"陈辰探过头来问。

"往油箱里灌水啊！我还带了专业工具呢！本来就黑灯瞎火的，再说一看那俩人就不怎么懂车，这还不好骗？不过话说回来，这是基地的车，也不是他们的私人财物，我也没给这俩人造成经济损失，他们应该不会恨我吧？顶多冷点儿，可是服务区又有热水又有卖厚衣服、厚毯子的，不至于冻病啊！"

王敬民从后座探出一个大拇指："你真是'鸡贼'之王，'孙子'之首！鬼！谁也鬼不过你！"

"行啦，走吧！能自由几天是几天吧……"何军岳望了望窗外说着，"现在核验不了身份，回了北京也没法正常生活，这个项目就单凭这一条，就把咱们拿得死死的！咱们先去市区找个地方落脚，走一步看一步吧！"

汽车一路向西，何军岳拆开大箱子，摆弄着手里他"顺"来的高阶 PL 设备，对车里的同伴说："找个踏实点儿的地方，其实……我想试试。"

车里沉默了几分钟，气氛有点儿尴尬，何军岳从副驾驶回过头去认真地看着王敬民和陈辰。

"行！老何，我陪你。如果未来真的按可能性叠加发展下去，那谁也跑不了！再说，这个设备是离线的，原本的接入系统也全盘失灵，应该不会出什么乱子。体验一下这大玩具也算人生圆满了……几十年后跟孙子吹牛的时候也有的聊……"没等后座的两个人说话，许释贤开了口，他微微笑着，淡然地说。

"不是！我说……那你们费劲巴力跑出来干吗啊？还顺机器，罪加一等！基地的实验室里不就把这事儿办了吗？"陈辰不解地问。

"陈老师你不搞接入，可能没法设身处地地体会被迫当人体意识信号打印机的感受。我们的一切行为都要按照预设的任务进行，信号回传全部像是在机械化地走流程，太不把人当人了！而且我们的任务有信息屏障，每个人再怎么牛也只是自己任务线上的专家！就像盲人摸象，我就算把象腿里的细胞都研究明白了，还是不知道大象长啥样。你看现在，'暗物质''瓦西里'

'意识消失的 6 个人突然回来一个导致所有信号中断'，还有很多重要问题都没有头绪……归根结底，都是因为以冯岚为首的那帮领导者，他们自己不搞接入，只会站在一边、大嘴一张地领导我们接入，还给我们设屏障门槛，这样让门外汉指导工作的方式，简直就是胡闹！"王敬民眼睛盯着前方，冷静地说。

"对！太扯淡了！官僚主义太严重了！"此刻的何军岳也附和着，"把我们看作是机器，一味主观安排任务，不听我们的建议，就像把脑袋塞在地里的鸵鸟一样！这样发展下去，等所有人魂飞魄散了咱还不知道是怎么回事！"

"如果陈老师实在想走，我们可以找个地方放下你。但是新疆离北京那么远，你怎么回去？而且保不齐回头什么时候定位信号突然恢复了，咱们都得被抓回去。你还不如跟我们一块儿，咱们一起想办法，还有个照应。话说回来……你又不用接入。"许释贤说。

"合着你们仨都是这想法啊！"陈辰听到这儿，使劲用手抓着头发，把脸埋在了盖在身上的毯子上，纠结了许久，最后，他还是给了这仨人肯定的答复。

意识机制

第十章

"我们不允许再有研究学者体会兹威基[①]当年的悲愤!"

　　吉普车驶入了市区,停在了一个住宅小区附近的商店门口,一行四人下车活动身体,购买饮料。在何军岳的打听之下,他们得知老板娘的亲戚在小区有短租房正在招租,他们决定暂时在这里落脚。

　　短租的房子是个高层三居室,视野不错。今天天气很好,站在窗前可以看到视线最远处正在作业的磕头机。

　　劳累了两天的几人收拾好床铺便各自躺了下来,默契地沉沉睡去。

　　王敬民一觉醒来,新疆的天已经暗了下来,落日在远处的地平线闪着红色的光。今天的天边,没了接入 PL 后那复杂的颜色,单纯清澈到让他有点儿不习惯。王敬民点了支烟站在窗前,沐浴在柔和美丽的落日余晖下,分外享受。

　　他叫醒了其他人,大家在楼下一家拉面馆简单觅食。

　　晚饭过后的几人,开车在市区转了转,便又回到房子。

　　[①] 弗里茨·兹威基(Fritz Zwicky, 1898—1974),瑞士著名天文学家。十分具有前瞻性眼光,并取得诸多科学成就,如首次明确提出暗物质并做出正确推算,首次明确提出超新星并进行观测及研究,成功预测中子星等。

意识机制·第十章

"尽管现在咱们的手机全部关机，PL也没信号，他们一时半会儿找不到咱们，但是我还是怕信号突然恢复咱们会被基地抓回去，那这个设备就白顺了！所以，我想今晚就开始！"何军岳点亮了台灯，把设备、在书店买的书、打印资料一股脑搬到客厅的桌上，说。

"那就来吧，咱们先整理思路，分配任务，我来做你们的技术保障！"陈辰说着，把他包里的一台长得很像超大笔记本电脑的设备也拿了出来，"我手里这机器可以理解为信息安全部的外接端口，其实给你们设置的任务屏障也拜它所赐。以前在基地工作时，我需要登入账号把中心分配给每个人的任务线读取进来，然后进行一大堆设置，你们就可以按照预定的任务轨道去进行感受和回传信号了。

"现在设备处于离线状态，我要试试手动把你们的PL设备接入，如果行得通，我会尝试给你们开白名单，不设置任务屏障，这样你们就可以任意看自己想看的内容了。另外，按照现在的情况，我有可能可以黑进数据库，到时候，你们可以通过这个高阶版本的PL设备查阅以前的数据库。不过……你们得容我折腾一会儿试一试，这事儿说起来简单，操作起来还是需要一定时间的。"

"牛啊！如果这样就太牛了！"许释贤把脑袋凑到陈辰设备的屏幕边，瞪大眼睛看他操作。

何军岳转过头拍了拍坐在桌子对面的王敬民说："怎么样，老王？接入吗？"

"成啊。"王敬民点了一支烟，眯着眼睛回应着，丝毫看不出当初第一次接入飞行器时的紧张焦虑。

何军岳、王敬民一通操作，将新设备的贴片一一安放在身体的对应位置。

陈辰将他们的PL设备接入记录仪。"读取完毕，我这边显示正常！"陈辰说着。

"时间已重置，离线接入模式启动，默认 3.40 感官模式，历史性叠加展示 45%，可能性叠加展示 45%，沌太展示 40%……"

"确认……沌太？沌太是什么玩意？"何军岳一脸不解地看了看同样不解的王敬民。

同时，何军岳发现眼前的同伴，再次闪出了柔和多彩的光晕，房间里再次以熟悉的状态隐约出现影像，他的脑袋由于接入再次感到一阵晕眩膨胀。可这接入的一瞬间，又似乎让他找到了一些存在的意义，此刻的他，情感是那样复杂。

"成功了！陈老板你真是技术大拿，哥几个全都崇拜你！"

"之前我们一直按照预先制定的任务当意识打印机，项目核心的信息都被屏蔽了，我们压根不知道现在做这些事的根源，所以，我想先读取一下关于项目背景的所有数据。"何军岳对陈辰说着。

"OK！"随着陈辰的一通操作，王敬民与何军岳的飞行器进入了 2026 年 5 月的中国栾屏地下实验室时空坐标，时空速率被调整为自然计时状态。

📍 2026 年 5 月 21 日，栾屏地下实验室，西川，中国

此刻，台上讲话的是一个满脸皱纹的老人。

"暗物质的直接探测、无中微子双贝塔衰变、宇宙重核形成等极低本底实验是我们当今的粒子物理学、宇宙学、天体物理学等领域的重大研究课题。各位专家所在的栾屏地下实验室是国际上最深、容积最大的极深地下实验室，岩石覆盖厚度达 2500 米，为暗物质的探测提供了绝佳的极低的宇宙线通量环境。

"目前实验室的三期已经建设完成，新增了 5 个实验大厅和多个连接通

道。在此之前，在进行中的暗物质实验已经进行了年度调制效应分析、亚 GeV 轻暗物质分析[①]、暗光子分析[②]、轴子分析[③]等研究。

"从今天开始，暗物质研究、量子研究、沌太研究全面合并，栾屏地下实验室全面接入 20 项目的二期任务。我们的实验室将与法国、意大利、日本、美国、加拿大、芬兰、英国等 10 个国家的实验室一同接入国际联合部最高机密等级的数据库，今后发生的项目数据全部共享。

"同时，我国的新疆地区以最快的速度建立了沌太应用性研究基地，也就是中国的 20 项目总部基地，对外包装为'新疆阿托普勒心理研究院第二实验研究中心'，在那里我们会逐步聚集发生感官意识觉醒的人员，在联合国科技部的技术支持下做好探测研究与信息回传。

"简言之，项目中我们负责理论性研究，新疆搞应用性研究，由联合国统一管理，并提供能力支持。同志们，这是我个人这辈子活到现在遇见的最大的事情，我相信，对在这里的每一位专家来说也是一样。"

本该掌声四起的实验室里悄无声息，台下的学究们一个个腺眉耷眼，默不作声，洪伯贤和张敏也在这群人里。

台上的老头推了推眼镜，俯下身颤颤巍巍地安慰后辈们说："我知道，你们这些年轻人，主动搞研究时都觉得自己身上有责任，可真正加入这个有风险的新项目便又害怕，但又能如何？总要有先驱者去做第一个吃螃蟹的人，你们贴片也贴上了，保密协议也签了，实验室内 3 次警告就要接受审查，再严重要直接送去疗养院，我们都没得办法嘛……我这把年纪，不是也一样贴上了？好在咱们在西川，这是咱们的土地，咱们的家，你们想想那些派到国

---

① 暗物质实验名称或研究方法，通过对轻质量暗物质的灵敏度限制，扩展实验所能约束的暗物质参数空间，以更精准地研究暗物质。

② 暗物质实验名称或研究方法，通过对理论上的假想粒子暗光子的理论和实验研究，致力于发现超越粒子物理标准模型的新物理，扩展人类对宇宙起源和演化的认识。

③ 暗物质实验名称或研究方法，通过对轻质量暗物质候选者轴子的探究，更精准地研究暗物质。

外的人……对不对？放平心态嘛！

"我相信在这里的每一个人都非常熟悉咱们领域的发展历程，关于暗物质，最早在1932年，奥尔特[1]就提出了银河系中一定存在某种看不见的物质，才能使恒星汇聚成星系串，再形成各个悬臂。同一时期的1933年，后来被我们追为暗物质之父的、当年最受冷落的、最壮志未酬的兹威基，在观测后发座星系团时，他发现引力约束不了星团，一定存在某些看不到的东西让星团不飞散，从而明确提出'暗物质'的概念。可不论是因为他脾气不好还是个性执拗，没人理睬他的理论，人们都说暗物质学说是伪科学。你们都是搞科学的，自己代入一下他的感触，如果处在他当时的境况，你们是不是会比他更执拗？更悲愤？37年后，同样经历过不被理解的维拉·鲁宾[2]女士，终于在观测了上百个星系之后，用数据证实了暗物质不是伪科学！它就是确确实实存在！兹威基当年的预言终于得到证实！可你们想想，37年！兹威基等了37年，换作是你们，你们等得了吗？所以，咱们现在的学术环境，是当年的科学家和学者想都不敢想的，你们还有必要去愁眉苦脸吗？

"你们也都知道，研究问题后面又发生了进阶，当时的科学解释不了理论上应减速膨胀的宇宙为什么在加速膨胀，为了解决这个问题，我们只能搬出科学家迈克尔·特纳[3]曾经调侃过的宇宙学常数，也就是暗能量去解释这个问题。其实，我倒认为当年特纳调侃得没错——宇宙学常数是无赖天文学家的避难所！

---

[1] 简·亨德里克·奥尔特（Jan Hendrik Oort，1900—1992），荷兰著名天文学家。在银河系结构和动力学、射电天文学等方面做出了杰出贡献。

[2] 维拉·鲁宾（Vera Rubin，1928—2016），美国著名天文学家。通过对星系旋转的研究对天体物理学做出了重大贡献。

[3] 迈克尔·特纳（Michael Turner），美国理论宇宙学家，1998年提出了暗能量（dark energy）术语。

"再后来，2013年宇宙微波背景辐射探测器普朗克卫星回传的数据显示，宇宙中约有4.9%的物质、26.8%的暗物质、68.3%的暗能量，这个数据似乎变成了主流理论的精神支柱。可不论怎么样，人们终归无法解释暗物质、暗能量都是什么，直到今天……"

台下的人群中逐渐有人抬起了头。

"现在下发沌太前期研究资料数据盘，各位把它插入PL主机即可解密读取……"一位跛脚的妇女走到人堆里，给实验室的专家逐一做着身份验证并下发资料。

"冯岚，你后天就要出发去新疆了吧？"台上的老头对妇女说着。

"郭老师……对，我……准备出发了。"冯岚抬头望了一眼郭宇童，回答道。

"你们看，她一个女同志，这不也要牵头去新疆？都不容易……她从读博士开始，就跟着我做研究，这一晃也几十年了……"郭宇童拄着拐杖轻轻仰起头，看到的却只有实验室的天花板，他泛灰的瞳孔在褶皱的眼皮下闪起光亮。

冯岚转过头望了一眼台上的郭宇童，欲言又止，只有她深刻明白为什么郭宇童今天要在这样的场合下讲当年兹威基的经历。

1943年，郭宇童出生于山东的一个农村家庭，1960年他以数理化三科几乎满分的成绩考入中科大，在他大三那年，中科大第一次开设了一门必修课——量子力学。当年的量子力学一直被认为是伪科学，加之实验条件差，几乎没有可用的经费支持，艰苦的条件给科研进程增加了不少难度。可正是在这回想起来满满苦楚的岁月中，他奉献了自己满腔的热血。

终于，在几十年后的今天，量子力学成了人们口中的重要学科。郭宇童的几十年，在漫长的科学史上可能不值得一提，可对他个人来说，是一生中一去不复返的岁月。

郭宇童扶着拐杖的手在颤抖，他缓缓坐下，望着台下的每一个后辈："我今年 80 岁了，我这辈子把所有的心血都倾注在量子力学上了，我多么希望这方面的研究可以受到更多重视，多么希望量子计算机可以走出实验室，开始工程化建设，最终走向产业化。

"今天，世界的变化让我们的肩上又多了一份重任，听说 20 项目后，我几天都没睡好，我很激动。你们年轻些的专家总在抱怨社会浮躁，没有学术氛围，可你们要知道，现在的环境，是我们当年想都不敢想的。今天我敢以这种立场聊这些问题，就是想告诉你们，我们这帮搞研究的，应该站在一起，团结起来，劲往一处使，我们不允许再有研究学者体会兹威基当年的悲愤！"

"郭先生，您给我们讲讲沌太吧。"台下的洪伯贤开了口。

"沌太，嗯……好，那咱们就讲讲……之前的大会你们也听到了，沌太虽然名字很像'以太'，搞得大家听到名字就戴着有色眼镜看它，但是它和以太确实没什么关联。它不是粒子，不是波，也不是弦，而是一种非传统意义的、非物质的存在方式。

"过去的几十年，科学家们一直在探究暗物质里面到底有什么，可不论我们如何找寻、尝试，都没有搞清。我曾经和冯岚说过，我认为暗物质的搜索依靠目前的精密测量仪器远远不够，因为这个暗物质如果以微粒的形式存在，那么它们至少比夸克小 10 个数量级左右，那去哪里找？怎么找？它们可是能轻松穿过任何可见物质，当然，除了黑洞。我相信所有科学家心底里都多少会有些犹豫，会不会那个让人摸不到头脑的暗物质缺少量真的是算错了？或者数学在这个领域要换种形式？

"在这里，我给大家讲个故事。我年轻的时候，有个同僚出了车祸，十分严重，遇到了生命危险，后来被救活了。在抢救过程中，他经历了短暂的濒死体验。脱离生命危险后，他说他的意识在昏迷过程中曾脱离肉体飞起来了。在那个过程中，他看得见手术中抢救他的大夫怎么站位、用了什么设备抢救、说了什么、给他打了什么针。之后，他的视角去到了医院的楼上，他从空中俯视到医院的楼顶上有一只棕色的破皮鞋，躺在房顶的东南角。再一瞬间，他回到了肉体中，看到身边围着亲朋好友。经过核实，他的感官见闻和当时抢救他的场景一模一样。锁了 10 年没人上去的医院房顶东南角，确实躺着一只棕色破皮鞋。

"从那之后，我这个一直搞科学研究的、坚定的唯物主义者朋友，开始研究宗教、哲学，后来甚至拜了个道长当师父。但是，经过了无数年的研究学习，他还是无法解释当时的现象。再后来我们都上了年纪，有一次相聚吃饭，他和我说：'老郭，我这辈子搞了科学、搞了哲学、拜了道家，逼着自己的儿子学了医学，就差跳大神了！你们都说我疯了，其实我这不是存心搞封建迷信，是我真的没办法了，我无从下手，只能到处试探。可我不得不承认，我最终还是没有办法解释意识形成的原因。有些事，我实实在在是输了，我承认，我们是被自己的世界困住了。'

"我们之前不论在现存的科学体系下把知识搞得多细，把粒子剖得多小，都没办法直接探测到暗物质，方向就搞错了嘛，我们被暗物质的'物质'两个字限制住了思维。今天，我们终于发现了沌太，它以特殊的非物质形态围绕在我们身边，来源于并存的高维世界。

"我们在沌太中找到了意识形成的机制，并能还原运作过程。沌太被肉体和感觉器官锁定'降维'形成意识，生命消亡之后，意识会带着信息重新回到沌太里，投射到人类基础感官对应的三维世界，表现为颜色。这和道家中的'气'很像，尽管道家之前也没办法直接说明为什么会有气，只知道有这个东西。我们之前的科学研究不也是这样吗？归根结底，就像我那个有过濒死体验的朋友说的——是我们被肉体困住了。"

第十一章

"做好沌太分析，黑洞内看似'无毛'的信息都找得回来。"

王敬民与何军岳的意识坐标又来到了几天后。

📍 2026 年 5 月 25 日，棻屏地下实验室工作人员驻地，西川，中国

冯岚收拾好了明日出发去新疆的随身行李，与郭宇童坐在窗前。

"郭老，联合国总部上传了研究的最新进展……对于感官意识觉醒的起源性研究，最近锁定了一个量子科学家。最早发生感官意识觉醒的人员中……"

"滋滋滋……信号中断。"王敬民、何军岳的 PL 里传来乱码的声音，信号混乱。

"陈老板，我没信号了！"

"我这也没有了！"

陈辰眼皮都没抬地说："废话，不一直说为了避免人员过度猜想和恐慌，起源性研究在给出结论之前全都会被加密吗？谁都看不到，离线了也看不到

啊！联合国总部给的统一性权限，上哪儿知道去啊？"

"那起码冯岚和郭宇童知道吧！"

"知道啊！她敢说吗？说了命都没了！有一回人家问冯岚这个事，给她问急了，大姐甩了一句话：'我知道你知道我知道，可你现在不能知道。'"陈辰轻描淡写地耸耸肩。

"那……我们想看看那6个意识消失的人……"何军岳说着。

"OK！稍等啊……来了！你看这个人……CNSE43000346是田邵波，就是那个意识消失后又回来的人，他的感官信号之前被中心反反复复筛查研究过许多次，你看这些时空坐标线……"陈辰把显示屏挪到何军岳面前，指着屏幕上的内容和他说，"每一段都被标注了不同颜色的标签，用来区分不同类型内容的重要程度，旁边的文字说明是对该段信号的简短概述，你可以通过手动设置，共情任意内容……"

陈辰犹豫了一下，继续说："慢着……在你们出发之前，我想有必要给你介绍一下之前的背景信息……先说田邵波，作为率先发生感官觉醒的人，他在项目一期时就进入中心，此人以前是一个当地企业的二级经理，性格极端自私，孤僻傲慢。他是当时20队伍里出了名儿难搞的刺儿头，刚进项目组那会儿不论公安部拿出什么证据、怎么和他软磨硬泡，他嘴上一直坚定地坚持着自己没有发生意识觉醒，还扬言要举报闹事，甚至要向组织讹点儿误工费、精神损失费。可好在，他毕竟也是当过小领导的，学习能力较强，任务理解力、执行力、应变能力也都不错，因此后来在项目中一直属于强业务能力的代表。不过，他这个人，怎么说呢……反正感觉大杨那么好的人，不论是从项目角度还是个人角度出发，貌似也都不太待见他。

"而且他刚进项目没多久就开始搞地域性小团体，每天白天任务一结束，就拉上一波人开始聚在一起像开晚间大会似的盘算'小九九'，甚至想着怎么偷偷利用项目搞情报传输赚钱。小团体里有个他的老乡叫罗伟，给他提供技术支持，这年轻人斯斯文文，不太爱说话，从小就是个苦孩子，家里非常穷。他小时候等晚上村里都睡了，就躺在山上看星星，暗暗下定决心，发誓要走出那种泥淖一般的生活。后来经过努力他真的考出来了，一路搞研究，研究的还真是他从小就喜欢的天体物理，后来他成了一个非常有能力的博士。他家里谁也不懂这个，他爸种地的，说他每天一会儿星星一会儿月亮的，都不如踏踏实实打工挣点儿钱。

"后来他爸得了重病，正是需要钱治病的时候他进入了项目组，所以就跟着田邵波想各种办法搞钱，琢磨着等到假期回去探亲时，不透露中心的秘密只卖科研成果挣钱。这直接导致我们信息安全部整整仨月连轴转，天天加班，很多细化限制政策都是那会儿完善的……但是因为当时中心极度缺乏人手，这几个人能力又强，就算再怎么作妖也没被扭送疗养院，只是杀鸡儆猴地抓了几个和他们混的没脑子的二货。

"另外，项目后来要钻黑洞的时候，大家都不愿意去，都害怕。田邵波就带着罗伟去和冯岚谈条件，说只要钱给够，再加上一些附加的专属特惠政策，他们愿意做先吃螃蟹的人。当时据说联合国总部给的压力特别大，冯岚就答应他们了。这么说吧，你见过有谁每周能有两天不出门在自己屋里吃好喝好躺床上搞接入的？哎！人家田邵波就带着罗伟办成了！这事儿其实给冯岚气得够呛，但当时实在没办法，就答应了。我真觉得，这田邵波简直就是土流氓，浑身匪气，真够呛……话说回来，你们这次共情，可以从他们执行黑洞任务开始。"

"行，都行，听你的！来吧来吧赶紧的，出发！"何军岳猛地嘬了一口手里的烟，把剩下的半截直接碾灭。

"设置中……"PL语音播报再次响起，"信息确认完毕……时空坐标定位完毕……阅读任务读取完毕……"

随后，何军岳的感官开始接入罗伟第一次出发去黑洞的感官信号。

"唉，读取数据库还是太间接，要是能直接共情他的心理活动就好了……"何军岳抱怨着。

"那叫鬼附身！"许释贤一边翻着桌上的资料一边眼也没抬地回了一句。

王敬民与何军岳一接入就明白了，为什么陈辰让他们从罗伟的意识信号下手，因为罗伟确实具备一个天体物理研究学者该有的素养。在接入过程中，他不会像其他人一样单纯地只按照预设的路线无脑推进，而是酌情经过一段位置便把视角拉到极度宏观，直到触达任务预设的屏障边界，以此去观测沌太的宇宙时空的分布状态，并调节注意力让沌太更明晰地展示出来。

除此之外，他还会注意拉齐统一宏观观测的时间，每次都把重点放在从接入时间倒退到 5.4 亿年前的寒武纪。这样，不用过多处理，便可一次性获取他的时空范围权限内的高精度动态沌太分布图，十分具有研究价值。从他回传的动态图中可以清晰看到地球沌太的分布很像满是突触的放射状神经细胞构成的网络，随着时空运动流转。

冯岚对罗伟的评价很高，重要的任务路线一直交给他推进，包括这第一次的黑洞任务。

他这次的任务，是钻进 MH369 黑洞回传感官信号，在此之前，中国 20 基地没有进行过相关实操，但就联合国共享过的其他地区的成功经验和数据来看，如果严格按照规定进行操作，风险在可控范围内。

罗伟的感官信号中，MH369 黑洞所在的远处时空极度弯曲，一切内容朝着里面坍缩着。地外组的何军岳对此倒是比较有经验，因为在他的任务过程中路过了不少黑洞，尽管低评级账号的他都是在很远的地方便离开或者掉头返航。

"不要害怕，你们要时刻谨记，加载意识的飞行器仅是形态，是符号，外形的作用只是避免你们在庞大的宇宙时空中发生知觉参考错乱，就算你们的飞行器进了黑洞也不会被撕裂，顶多会感受到极度致密的时空信息。下面你们要尝试着陆 N8BABY 伴星，它会作为你们进入黑洞的参考系。N8BABY 伴星内部结构稳定，被吸入的过程循序渐进，当你们靠近气体吸积流的时候，系统预设了与其吻合的动态角动量，因此你们不会感到过度不适。"罗伟的意识记录里传来了当时守在一旁的冯岚的声音。

罗伟平静地回复道："就算物质解体、黑洞蒸发，历史的事实也存在过，根据拉普拉斯决定论[①]，宇宙像时钟那样运行，某一时刻的信息会决定它在未来和过去任意时刻的状态，做好沌太分析，黑洞内看似'无毛'的信息都找得回来，我没想到有生之年可以亲自见证这么激动人心的历史时刻。"

罗伟的意识投影里，他把视野拉得尽可能宏观，因为 MH369 的事件视界周边围绕着致密且迅速流转的吸积盘，极度明亮，实在是壮观得无法想象。要知道，黑洞吸积盘产生的辐射效率可是比核聚变的效率还大 30 倍以上，同时会产生大量的高能射线。正在共情的何军岳此刻心脏狂跳，在罗伟的视角下，他见到了此生最难忘最壮观的景象。

"吸积盘的气体温度得有 100000K 以上，真庆幸做了感官适应性转化。"罗伟说着。

PL 响起了语音播报："以飞行员体感换算计时，15 分钟内 N8BABY 伴星将会伴随气体吸积流进入吸积盘，请飞行员做好着陆 N8BABY 伴星准备。"

这时，充满匪气、带着浓重口音的话语传进罗伟耳朵里，声音来自同时在接入任务中等待着陆 N8BABY 伴星的田邵波："小罗！这么给力的时刻，你'调整镜头分辨率'做好记录了吗？这些经历在外面可要够咱们吃香喝辣几辈子！"

"嗯，做好了。"罗伟平淡地回复了一声，情绪好似没有丝毫波动。

[①] 拉普拉斯决定论（Laplacian determinism），又称拉普拉斯信条，是由法国数学家拉普拉斯于 19 世纪初提出的一种理论学说，这一理论认为：宇宙像时钟那样运行，某一时刻宇宙的完整信息能够决定它在未来和过去任意时刻的状态。

听到这儿，何军岳忍不住了："真佩服这小子，要是我早骂这姓田的了！"

在 MH369 星系中心的这个超大质量黑洞的强大引力之下，周围的物质飞速旋转，形成的吸积盘把它所在的宇宙区域照得透亮，同时释放出大量 X 射线、电磁波、紫外线等，罗伟的心跳开始加速，朝着 N8BABY 伴星进发。在罗伟的视野里，N8BABY 伴星从远处的、被黑洞拖曳的小球，逐渐变为庞大到无法想象的巨物。"太难受了，我请求开启全自动着陆模式，我要拉成大视角。"

"允许……张帆，我给你指出 6 个人，让他们都开启全自动着陆模式，也就是第四套着陆模式。这样飞行员可以根据自己接受度切换感官体验，不用把注意力都放在着陆上。这些都是中心的老人了，经验丰富，不会出什么问题的，同时也有助于任务效果。"冯岚目不转睛地盯着罗伟的感官信号屏，对助手张帆说着。

张帆犹豫了一下，凑过头来请示冯岚："联合国传来了 9 套标准模式加载方案，可没人用过第四套……3 个国家用了最保险的第一套，瑞士用了第七套，加拿大用了第二套，俄罗斯一开始犹豫过用第四套，但根据风险评估，他们认为这可能会造成飞行员意志失措，就换了方案……"

"我知道……"冯岚没有回过头，依旧紧盯投影，"这些都是项目组的'老人'了，除了田邵波和马谦，都是'科班出身'，第四套能让他们舒服点儿。况且其他国家用第一套方案回传的信号你们也都看过了，由于全是限制，信号根本没什么建设性意义啊，后面还要多次迭代，受罪的还是飞行员。"

"可是这么临时的调整……"张帆有点儿焦虑。

"没事，老张，我知道'安全生产'方面你是专业的，可你看我们现在哪有什么意志失措的倾向？不会有什么问题的。"接入舱内的罗伟打断了他们的对话。

"去吧，时间要来不及了。"冯岚看了看时空换算计时器，拍了拍张帆的肩膀。

张帆面色焦虑，皱着眉长长吐了一口气，调出第四套方案，用最快速度让相关人员做了生物识别校验。"所有相关人员均已确认同意切换到第四套模式的方案，模式已上传，全部完成切换可能要几分钟，系统会给飞行员提示。"

突然，PL 响起声音："信号接入……这里是信安，我是周磊，你们的 MH369 探索任务系统显示报错，模式切换后任务加载有问题，在查，你们先等一下！如果达到时间阈值解决不了问题，任务将自动终止！收到请回复！"

张帆皱着眉头看了看系统屏幕，确认任务中的飞行员均已收到信安的信号，回复周磊："SE MH369 任务相关人员已收到，将二次人工通知。"说着，他跑出了接入室。

冯岚依旧目不转睛地盯着罗伟的信号，一言不发。

此刻罗伟接入舱内的信号还显示他在缓缓靠近 N8BABY 伴星，准备着陆。而他本人的视角在宏观维度依次切换着面前黑洞吞噬伴星的宏大景象下各种类型波的投影。

罗伟冷静地说："模式报错但也生效了，就算任务暂停，我也要在停止前把相对论喷流尽可能展示一下……之后咱们去看事件视界内部……我不信量子概率不守恒，绝对不可能。"

突然，SE 相关人员的设备中再次响起信号接入的声音："这里是信安！时效报错！时效报错！手动停……啊！停停停！手动停！"随着信号中信安部部长周磊声嘶力竭的吼叫，罗伟接入信息显示屏中的时空坐标"嗖"的一下进入了吸积盘，他的意识被瞬间吸进了 MH369 的事件视界。

还没等大家反应过来，此刻在第四套模式下接入任务的 6 个人实时传回的意识投影消失了。

"罗伟！罗伟！"冯岚用最快速度打开罗伟的接入舱，攥着他的胳膊使劲摇晃，可罗伟没有任何反应。"叫医护！快叫医护！张帆！张帆呢？叫医护！"冯岚声嘶力竭地喊叫，声音响彻整个实验室。

"部长……意识信号……消失了！"张帆带着哭腔跑到冯岚面前，"飞行员生命体征都正常，就是人没反应啊！"

冯岚瘫坐在罗伟的接入舱旁边，张帆蹲了下来，时间安静了几秒。

"一切都符合安全流程，用的也是联合国传回的标准模板，通过了所有授权，他们执行任务前也对安全风险知悉并确认，信安那边也在第一时间发现问题并试图解决，发生这样的事谁也不想，您也别太担心了。"张帆小声地安慰冯岚。

"你以为这是一般的企业运作吗？出了问题先想着能把锅甩给谁，这是人命啊！这是6个活生生的年轻人啊！"

这番话怼得张帆哑口无言，这是他第一次见到冯岚有如此激动的情绪。

接下来的几天，任务相关人员逐个接受调查，几乎没有时间睡觉。医护人员不间断地监控意识消失的几个人的生命体征，并尽全力试图唤醒他们。

联合国总部针对此事派来了卡斯林研究所、维尔康辛大学的专业人员给予技术支持，他们利用50Hz的伽马振荡刺激意识消失的6人的大脑，加之PL设备，成功使意识消失的人员睁开了双眼，身体有了动作，可PL投影的意识信号里仍是空的，且在停止振荡后，身体也没有了反应。

为了避免后续项目人员恐慌，6个人意识消失的消息被尽可能封锁，因此王敬民、何军岳对此事的详情几乎一无所知。

第十二章

"我们已经知道 MH369 是你们的沌太意识监狱了,那还有什么不能说的?"

"看卡斯林研究所!"

"对!还有维尔康辛大学!"

挂断罗伟信号的王敬民与何军岳一拍即合。

"那俩地方的信息都是加密的啊,相关人员都被屏蔽了信号,咱们不可能看到!据说联合国也觉得科学家的事可能和卡斯林研究所有关,一直在内部核查,但没有直接证据能怎么样啊?毕竟核心技术还指着人家呢。"

"屏蔽人、找到人到底是怎么实现的?技术的底层逻辑是什么?我们一直对这件事有疑问。"在一旁的许释贤问道。

"靠沌太啊!沌太与人耦合会形成完整的波函数!只要沌太在身体里,就坍缩到具备唯一性,一定能找得到,除非你灵魂出窍,融回沌太里,那找不着你!不过……沌太控制是核心技术,我们信安部的只能拿着模型和结论做应用性探索,不明白为什么沌太可控。"陈辰说着。

"你刚才说……灵魂出窍?"何军岳拍着桌子说道。

陈辰显然被他们仨的默契程度吓到了:"可意识……意识一般都是死了才

会回到沌太里，熵增原理会逐渐让他们生前的信息消散……其实我夜里睡不着觉也琢磨过这事儿，是不是在沌太中还没被熵增融合的意识体就是老百姓口中的'鬼'？如果真是这样，那就能解释为什么说执念太重的人不容易投胎轮回了……其实出事的第一时间，我就在想那6个人会不会已经魂飞魄散了，直到今天……田邵波回来了。"

"可我总觉得不对劲，回来的那个，可能根本就不是田邵波。"许释贤眯着眼睛说道，"陈老师，你看一眼，系统里田邵波的意识还是他原来的意识吗？"

"等我看看……好像确实不是，因为如果是同一个，系统应该就会显示他回来了。"陈辰操作一番，咽了一下口水回复道。

何军岳起身再次一巴掌拍到桌子上："那就对了！回来的可能根本就不是田邵波！那……这会是谁啊？之前不是说2105年才会出现意识和主体剥离、意识互换吗？他怎么现在就被'夺舍'了？被谁夺的？被夺的话，也得正好有另一个'鬼'在自己熵增临界值之前刚好坍缩到他身体里吧？会这么巧吗？"

"哎哟祖宗，您别老这么一惊一乍的行吗？吓得哥们儿血压都上来了！"王敬民把激动的何军岳拽回到椅子上。

"查不到……回来的那个人像是突然从这个世界多出来的一样，查看他前期的历史叠加完全是混乱的，这不科学啊！"陈辰继续敲击着键盘，反复尝试。

许释贤扑哧一乐，点了一支烟说："嘿好家伙！家让人偷了？田邵波要是'黑洞有灵'的话，知道这事儿还不得鼻子眼儿气得冒烟！话说回来，现在在他身体里的会不会是哪个死鬼？人刚死，魂儿还挺有活力，正好发现这个躯体就钻进来了？"

陈辰回道："不不不……这世界上哪儿有鬼！退一万步说，就假设现在是拍恐怖片闹了鬼，那死鬼附了人身的话，他怎么也得执念于自己生前的事，而且压根对咱们中心不了解、不感兴趣啊！可这货醒了之后，那可是直奔信安部，都不带拐弯的，直到遇见了冯岚。对！冯岚！你们要不然看看冯大姐她老人家现在正干吗呢？"

"来！"王敬民何军岳二人斩钉截铁地回答道。

随着任务设置完成，何军岳和王敬民的意识坐标回到了 20 基地，准备查看基地的实时现状。

2026 年 11 月 17 日，中国 20 项目总部基地，新疆，中国

"你们困住田邵波的身体是没有用的，我随时可以离开。审问了这么久，你们也不睡觉，困不困？"被夺舍的田邵波被锁在安全部的审讯室内，他坐得笔直，脸上没有一丁点表情。

杨驰和冯岚等人坐在监控区，尽是疲态。

杨驰开了口："我们已经知道 MH369 是你们的沌太意识监狱了，那还有什么不能说的？你们之前隐藏得这么好，为什么选择这次暴露给我们？"

"我再说一次，那 6 个人意识消失和我们没有关系！另外，你可以叫我符号。"被'夺舍'的田邵波说着。

"符号？"

"对，我很喜欢这个名字，名字本身就是符号，我的符号就是符号，瓦西里用这样的方式在表达他认为重要的事。"

杨驰轻蔑一笑："好的，那这位符号先生，'夺舍'田邵波之前，你是谁？"

符号回复道："我没有性别，不是你口中的'先生'。我也没有肉体，从产生到进入田邵波的肉体之前，我都没有在其他肉体里存在过。"

冯岚坐不住了，站起身来走到观察窗前，她抱着胳膊，满眼尽是疲态，开口问："没有肉体经历就不能获得感官信息，那你是怎么形成思维的？还是说你是用什么技术输入了信息形成的？"

符号回道："我不是被'输入'出来的，而是被'摘选'出来的，从海量的、无限的沌太信息里摘选出来形成的。不过也正是这样，我才能和你们这些人一样，坐在一起，按照肉体的计时率和坐标获取信息，经历所谓的喜怒哀乐，这感觉真低级。"

冯岚继续问："瓦西里还重构了多少你这样的意识体？实验室在卡斯林里面？还是在另外的什么地方？你们是怎么实现意识编辑的？又或者说，是沌太摘选。"

"多少个？你想拿数字计量我？开什么玩笑？不过如果你真想知道这个问题的答案，那我只能告诉你我可以是无限个。"符号终于有了表情，笑得是那样嘲讽，他站起身来，目光仿佛能穿透本该无法看到对面的单面透视玻璃，走到冯岚刚好所处的位置正对面，"要是融进沌太，我是个合集，我就是宇宙。要是摘选出来，我可以成为任何个体……怎么样，你……要不要加入？让我们变成一个整体？"

面对着符号那令人不寒而栗的面孔，冯岚满是褶皱的眼皮下，布满血丝的双眼里，有恨、有震惊、有质疑、有疲惫、有恐惧。

符号又是轻蔑地笑了一下："看看你们几个人，眼睛红成什么样了？快回去睡觉吧。虽然我不需要休息，但是田邵波的肉体需要，我也要让他睡觉了。咱们都好好歇一歇吧，再等等，联合国总部的人就到了，你们还有的忙呢！"

说罢，他转身走回审讯室中间，坐在地上，躺下前又转过头补了一句："我知道你们不会让我走出这间屋子，也不会轻易打开房门，那我只好就这样睡了，祝咱们都做个好梦。"

此刻的冯岚一秒钟也撑不住了,顾不上梳理混乱的情绪,也没有精力再处理任何事,回身趴在审讯室的桌上沉沉地睡着了。

杨驰转身走出审讯室,晕晕乎乎地在门口伸了个懒腰,招呼张帆给冯岚搬去一张简易折叠床,之后也回了房间蒙头大睡。

📍 2026 年 11 月 17 日,阿托普勒天山小区,新疆,中国

切出信号的王敬民、何军岳已经震惊得说不出一句话,汗毛直立地看着彼此。

"嘿我说,你们哥俩就别相面了!话说你们怎么这么快信号就出来了,快说说,怎么着了?让我们也知道知道啊……"一头雾水的陈辰问道。

"意……意识监狱……"

"符……符号……还有……沌太摘选……"

何军岳咽了一下口水,手足无措地看着许释贤和陈辰,详细地讲出了刚才在时空信号中见到的事情。

房间内安静了十几秒,许释贤先开了口:"所以,冯大姐和大杨他们现在不是不想管跑了的这群人,是还没顾得上管,如果说联合国 20 项目总部的人马上就到,那等他们处理完手头的事,咱们肯定一个也跑不了,一定还会被抓回去!而且咱们顺设备、私自接入过的这事儿一定会被发现!窗口期的这几天,咱们要想好后面的安排。"

王敬民用冰凉颤抖的手指拿出一支烟,颤颤巍巍地点着,说:"最好的办法就是咱们趁他们反应过来之前主动'自首',就说现状咱们都知道了,咱们几个人太有正义感了,全都是高尚的人、无私的人、脱离了低级趣味的人,有着义无反顾为科学献身的大无畏精神,还有探究真理追求卓越的先进思想,就想回来为组织做点儿事,不求任何回报……糊弄过去最好,糊弄不

过去的话，咱们坦白从宽还能争取个宽大处理。"

"好家伙我的老王头儿，您老都吓得哆嗦上了，还跟这儿臭贫呢？"何军岳一把抢过王敬民手中刚点着的烟，深深嘬了一口。

王敬民又抢回那支点着的香烟，弹了一下烟灰，眯起眼睛说道："在回去之前，咱们必须弄明白一件事，就是瓦西里、卡斯林研究所、维尔康辛大学那边到底怎么回事！我在想……既然有沌太加密，咱们没办法直接获取信息，那可不可以换一种路径……比如，从和他以前意识路径交互过的人下手？总结推演出这个人的思维、行为路径。"

"你是说……我懂了！信号只屏蔽了瓦西里本人，以及卡斯林研究所的所有事，但是没有屏蔽他妈的！他奶奶的！他姥姥的！从可行性来讲，如果能给我一个人历史上足够多的意识路径片段和环境信息，应该是可以推演出他当时的情况以及未来可能性叠加的……但是工作量可太庞大了，而且无法保证准确性！如果他是一个嘴特严、隐藏特好的人，那推演难度就更大了！"陈辰咬着手指说道。

"你的意思是'三岁看老'呗？看来老祖宗的话真没错啊！"许释贤又是一笑，"没事儿，只要他存在，就一定和这世界有所联系，只要信息收集得足够多，一定可以推出结论的，万事万物必有踪迹！退一万步说，就算我们推演出的结果不准确，至少我们还能了解到瓦西里这个人的性格、爱好、习惯，这也比两眼一抹黑，啥都不知道强啊！"

何军岳想了一会儿说："如果用本人沌太信息加上动态环境信息往后推演，是不是就能得出这个人未来的最大概率，也就是未来可能性叠加？科技部是不是就用的这个模型？"

陈辰回复道："你别说，20项目组有个超级大的沌太可控技术矩阵工具，名叫'卜算子'。它算法的底层逻辑确实如你所说，但实际上复杂得难以想象。你想啊，单说一个环境信息就会有多少变量，每个变量对不同要素又有完全不同的影响强度、影响方式、发生概率，这个过程还是动态的！所以要想可能性叠加结果概率尽可能准确，那模型就要做得尽可能精确完备，这可是一个还原世界运作的模型啊，你想想会有多复杂！维尔康辛大学专门成立了全球最大的大数据中心，用各国的 SE 人投回来的信号不断动态修正模型并推演结果……当然了，这玩意毕竟是科技部那边的核心能力，我没权限。对了……告诉你们个秘密，相传这套系统是瓦西里造出来的，后来瓦西里出了事，联合国总部从安全角度没收他的所有私人财产，其中就发现了这套系统，虽然我们现在还没有办法深刻剖解这里面的原理，但确实摸索着用上了。"

王敬民突然惊呼："这让我想起一个东西！你们记得咱们放假刚从 20 基地出来在新疆饭馆吃饭的时候吗？咱俩看了个内容叫……"

"F 宇宙！"何军岳再次一巴掌拍到桌面上，"我当时就觉得什么地方不对劲，你别说，要是拿卜算子整点儿歪门邪道，那是不是真能整出个 F 宇宙似的新世界？！"

老何这一巴掌拍得更响，可王敬民没有去制止，因为老王自己的眼睛里也闪烁着激动和震惊："你记得咱们在来 20 基地的路上吗？在车里，徐梦说过，瓦西里貌似在做意识的量子提取，目的就是把意识和肉体剥离，运用一个他们自己搞的类似升级版 PL 的东西，再找个合适的存在方式，就可以在那里开展一个只属于他们自己的新纪元！"

"如果真是瓦西里干的，那咱们现在就是要拿瓦西里这套东西反套路他自己啊！这事儿可越来越吓人了，我鸡皮疙瘩都起来了……咱们这儿整个儿一个民间破案中心！"许释贤裹了裹身上的夹克说着。

王敬民再次开了口："说回落地的事……咱们现在是要换一种解题思路，综合考量瓦西里从小到大会接收到的所有信息，加之他本人的性格因素，也就是还要考虑遗传因素，来推演出瓦西里的世界线和思维路径。卜算子模型再复杂也是系统化的，咱们这可是要靠纯人工啊！虽说只研究他一个人，但这工程量可不是闹着玩的，真……真整吗？发射意识读信息倒是好说，陈老板可以帮忙把读取信息的时间速率调快，不会耽误什么时间，咱们自己累点儿罢了，难点是都读完了之后咱们必须花时间和精力消化和总结啊！"

"没关系，现在没有别的路了，还是那句话，就算推不出未来方向，也能增加对敌人的了解！来吧，别琢磨了，直接干！我研究谁？这瓦西里得有媳妇儿吧，我就研究他媳妇儿吧！"许释贤摩拳擦掌，拿起来一套 PL 设备，准备接入。

陈辰帮他鼓捣着设备，眼皮都没抬地说："你别说，想研究他媳妇儿啊……还真没戏！他媳妇儿也被屏蔽了！他媳妇儿就是卡斯林研究所的，早就跟瓦西里一起失踪了！这夫妻俩，一个搞意识，一个搞沌太，都在顶尖的机构，手握最前沿的技术，真是百年修得同船渡，千年修得共享数据库，简直天造地设的一对儿啊！"

何军岳、王敬民、许释贤、陈辰四个人先对瓦西里的人格特征下手，用尽可能快的时间把瓦西里的家族、小区、学校、去过的地点等时空信息查了个底儿掉。把收集到的所有信息存储在一个局域数据库，统计、归纳、翻译并得出了瓦西里身上令人匪夷所思的特征：他热衷物品囤积，有数量极多的文具，数量极多的天文类、物理类、医学类、宗教法术类书籍，还有大量关于世界各地文化类的书籍、大发现类绘本、各种四格漫画；他拥有十多个价格不菲的电脑、二十多个键盘；养了五只猫；家里摆满了拟人化动物形象的玩偶；他热爱比拼技术和作战意识的网络游戏，几乎达到了全服顶级水平；他钟爱香味，收藏了许多香水和香料；身边有许多带有爱因斯坦肖像的物品；还有大量巴洛克、洛可可、哥特风格的画作；他每天都会饮用大量无糖甜味饮料并摄入大量冰块；他给自己的工作和生活区域安置了极多明亮的暖黄色灯；他是非常严格的素食主义者，每天会食用大量的蔬菜和水煮蛋；他睡眠时间极短，每天睡满四个小时就会强迫自己苏醒，并饮用大量咖啡；患有哮喘，为自己储备了大量的氧气瓶；他对衣物、家居布艺的材质有独特追求，最钟爱麂皮材质；同一款T恤、短裤、裤子、外套均有二十件以上，且均为黑色，大多没拆包，囤积在柜子里；他有至少二十双同一款式不同颜色的人字拖；他热衷祈愿，对各类宗教显示出极大兴趣；喜欢看灵异故事；他几乎没有女性朋友；喜欢摇滚乐，喜欢重金属摇滚乐队"铁心"[①]，还喜欢平克·弗洛伊德[②]，同时热衷维京音乐和凯尔特民谣……

"不是吧！这老瓦也太怪了！很少有老爷们儿……准确地说是很少有正常人像他这样生活！他喜欢的这都是什么玩意啊！根本看不懂！而且这人真是神了，一天掰成八瓣用！"许释贤一脸不解地看着这些符号。

王敬民仔细整理着这些信息，说着："瓦西里的母亲是一名心理医生，和我还是同行，他父亲是一名技术工程师。在他三观形成和世界线影响上，他的母亲占主导。"

老何开了口："敬民，他的这些符号从心理学的角度来看，你能看出什么？"

王敬民眼睛没抬，用笔在这些符号上圈圈点点："看到这些符号，你们肯定会纳闷儿，为什么这个人看上去好像特别幼稚？其实恰恰相反，他心理年龄极度成熟，不是那种老成和世故，是真的心智成熟！

"而且此人智商奇高，对自己的认识非常明确，并热爱自己，你看……他这最明显的差异化特点是陪伴在他身边的衣服、裤子、鞋子，甚至使用的圆珠笔、键盘全都是数量极多的、一模一样的，这说明什么？

[①] 铁心（Steelheart），美国重金属摇滚乐队，成立于1990年。

[②] 平克·弗洛伊德（Pink Floyd），英国摇滚乐队，成立于1965年，发行专辑《月之暗面》《迷墙》等。

"正常人第一反应觉得他缺乏安全感,其实不是!你们看,他囤积习惯是在二十岁后开始的,而且他囤积东西不是单纯以价值衡量……你看这鞋,这可是妥妥的奢侈品品牌,可你再看这麂皮 T 恤,折合人民币也就五十块钱一件……不过说真的,不论价格高低,他买的这些东西往往都确实好看又舒服!很有品位!甚至我看了都喜欢!所以他买、他囤积,不是因为他缺乏安全感,更多是因为他找到他真正喜欢的东西了,怕以后买不到。这堆相同的衣服如果好好穿,估计穿几十年都没问题,那几十年穿同一款衣服,证明什么?证明他压根儿就不在乎他在别人眼里是什么样,他自己喜欢就完了!而且他的这种喜欢会非常持续,非常稳定!

"再加上他疾恶如仇、非常热爱小动物、热爱善良美好的事物,心灵干净到让人很难相信,我怀疑,他青春期尾声到二十岁出头逼着自己把世界上的所有事都用归因法则整理通顺,以至于在二十五岁左右可以丝毫没有拖泥带水地切换到成熟稳定的人格,往后的日子游刃有余地凌驾在这凡尘世界,没有任何认知失调。说真的,这些符号综合看来,除了强迫性的极限自我救赎,我想不出别的可能了。"

许释贤瞪圆了眼睛撇着嘴说:"别说,老王这么一说,好像还真是这么回事!"

王敬民继续说:"而且,他这人,对自己要求极高,非常之拼命,电影《飞驰人生》里腾格尔那句话怎么说的来着?'这人吧,脸上有执念!'你想啊,他每天睡四个小时,怕醒不来就睡前躺在床上喝一杯咖啡再闭眼,这得是什么样的狠人?可醒了之后他困啊,也是,天天这样,骆驼都顶不住啊,这老小子就继续靠着咖啡续命,沉迷研究无法自拔,真真儿太狠了。"

何军岳皱着眉头问:"那这……凡·高和大发现绘本,还有这堆巴洛克、洛可可、哥特风格的画是什么意思?挺大个老爷们儿怎么喜欢这个?"

"从这点看我就更觉得他有点儿东西了!"王敬民说,"先说这个大发现绘本，他小时候甚至还不会说话的时候，他妈妈就花重金从国外给他买了大发现类绘本，老瓦喜欢啊，天天坐炕上琢磨。这个绘本是把不同的场景平铺进行具体展示，对孩子从宏观、微观、个体、联系等各个方面去认识世界非常有帮助，他这老妈真不愧是搞心理的，在引导孩子方面很有想法嘛！因此这个老瓦从小的思维逻辑习惯应该就以'俯视图'为主导，先去宏观把握事物，之后探究万事万物的具体联结方式、逻辑和细节，最终形成一个整体高精度具象。"

"等会儿！这路子怎么那么像20项目的发射任务，先去看一个区域的宏观整体情况，然后派咱们这种喽啰兵一点一点抠细节间的联系。"许释贤咬着大拇指说。

"没错，"王敬民继续说，"再说老瓦中意的这些画……我看到他有个关系很好的大学同学，在日记里有过相关记录，这人的日记原文说：'今天去看了画展，我说我看不懂这些艺术，一同观展的伙伴瓦西里告诉我，画是唯一一种能把当时时空的画面或者艺术家脑子里的画面，以他的视角，融合上他当时的心境留存记录下来的方式。观察一幅画，甚至可以解读出作画人从出生到画这幅画时的完整思维脉络。艺术有很多技巧，都是为了更好地表达出艺术，画家可以自行选择找到最恰当的表达方式，但不论怎么选，终归都留下了自己的性格印记。的确，本着这种态度看画，艺术确实很有意思。后来，我们在画展中遇到了一幅非常简单的画，它非常抽象，具有后现代特征，这幅画上只有蓝色的背景和一个放置在右下角的红色三角形。我却又看不懂了。瓦西里说，就他个人观点来看，这简直没必要。在他看来，鉴赏艺术这件事，凡·高、莫奈、高更的作品是极限，也刚刚好。他们每一幅画都仿佛在书写一篇完美的诗歌，让读者可以从用词、断句、表意解读作者心境。而这种三岁小孩都有能力完美复制的、只含有蓝色背景和红色三角形的画，解读这里面的艺术在他看来像极了一个偏执的人在研究一句随意写在纸上的话，执拗于为什么下面的句号比上一句圆、为什么左边两个字的间距比右边少了 0.001 毫米，用尽全力猜想作者这样做是不是想隐晦地表达什么，实在像一个偏执的精神病，真该找他母亲看看病。'"

"还不错，"陈辰推了推眼镜和剩下的三个人说，"几位效率还挺高，用这么短的时间，就先把瓦西里的性格特征摸了个八九不离十，但这只是最浅显的内容，我们想要了解他研究沌太的思维过程，可是个大工程，不能放掉一点点蛛丝马迹，今天这么晚了，几位是先睡会儿啊？还是再搂点信号再睡？"

何军岳明显累了，却还是开了口："再搂点再睡吧！反正现在对咱们来说，接入获取信号其实不耽误时间，人工摸查、分析这些信号的关联才是最大的难点，太费脑细胞了，幸亏咱们有老王，简直是心理学研究先锋，妥妥是个群众观察家！"

第十三章

"这个世界欠瓦西里太多了，现在该还了。"

📍 2026 年 11 月 18 日，栾屏地下实验室，西川，中国

在四个年轻人终于筋疲力尽倒头熟睡的时候，西川栾屏地下实验室准备开启新的子任务。

"这次下坑道，不知道要啥子时候才能出来喽。"张敏推了推眼镜，抬头望着"栾屏山隧道"的牌子对洪伯贤说。

洪伯贤的眼睛望着幽深的隧道，伫立良久。

隧道口荷枪实弹的武装部队开始招呼科学家和研究员们上车："各位老师，下来抽烟的、放松的都上车了啊！准备下道！"

洪伯贤转身上了黑色吉普车，望着窗外的景色，此时，旁边的雅砻江依旧滔滔不息地奔腾着，像极了研究员们波涛汹涌的科研岁月。

张敏抻了抻自己的冲锋衣，试图抖落上面几乎不存在的尘土，转身也上了吉普车。

"要不是郭宇童的特殊申请，咱们连这次出去和家人告别的机会都没有……不过话说回来，这次审查抓走了四个？"洪伯贤终于开了口。

张敏叹了口气说道:"五个……其中一个咱们还见过,就是日内瓦开大会时坐咱们前面那个姓李的教授。另外……新疆那边出了这么大的事,也不晓得冯岚遭不遭得住。"

吉普车队在下行车道行驶了二十多分钟,终于到达了地下实验室的入口。郭宇童早就在大门口等待人群的到来。

当所有人在实验室集合完毕,郭宇童开了口:"短短几天,发生了许多事,现在事态的紧急程度我想各位都有所耳闻,我们观测到宇宙中的沌太发生了极大的变化。有传言说这源于以瓦西里为代表的极端分子开始对沌太进行人为控制,并把一些意识关押进 MH369 黑洞里的意识监狱,他们在意识监狱中对意识信息汇总、分类、归纳、靶向提取,目的是形成超级意识体。新疆那边入侵到田邵波身体里的就是第一个触达我们的超级意识体。

"不论传言是真是假,田邵波被瓦西里的手下入侵是铁的事实,这是极端分子对我们赤裸裸的挑衅!田邵波身体里超级意识体的到来也标志着瓦西里对全人类正式宣战。

"最近两天,我听到了许多消极的声音,有人说我们已经无能为力,有人说什么'这事情一出,怕是死了都不得安生',还有人主动提出想进疗养院躲清静,这都是什么屁话!瓦西里他是个人,也是个爹生娘养先生教的人!他又不是魔鬼,有什么可怕的!"

"可我们连他肉体在哪都找不到啊!"寂静的人群中突然传出一个年轻的声音,引得郭宇童的眼睛闪烁了一下。

"就是啊,联合国还设置什么保密机制,屏蔽了信号,这不是自己给自己叠加限制吗?"此时应和的声音越来越多,人群开始喧闹起来。

"咚!"郭宇童的拐杖重重地捶在地上,他表情坚毅地回复躁乱的人群:"新疆那边有四个小伙子已经开始自发排查了,尽管他们之前一直使用的普适版 PL 失灵了,可他们绞尽脑汁搞到了升级版的机器,也就是刚才发给大家的那款新机器，在新机器的帮助之下，四个小伙子已经摸到了一些瓦西里的信息，也就是说，我们已经踏出了了解瓦西里的第一步！

"现在，20中心压根顾不上理这四个小伙子，那就索性让冯岚踏踏实实去专心应付超级意识体！我决定，咱们实验室要尽可能帮助那四个小伙子输出更多有用信息。同时，国家安全部的人已经出发去了这四个人所在的位置，在他们不知情的情况下提供好保护。

"这四个小伙子，一个是搞音乐的，一个是搞心理的，一个是社会上的无业人员，而且这个无业人员正是那种你们看不上的、靠着拆迁款和房租过得不错的拆二代，还有一个是以前通信机房的技术人员，他们之中没有人是搞理论科学出身的，可在我看来，倒是都比有些搞科学研究的清高人来得有觉悟！"

人群的喧闹寂静下来，再也没人吭声。

"咱们实验室分为四组，"郭宇童继续说，"有一拨人之前没有地下实验室项目经验，也没接入过PL，你们组成第一组，来当通信员，也就是通过PL，暗中帮新疆那边的四个小伙子输入更多信息。你们的账号被加密了，四个小伙子一时半会儿感知不到你们是谁。第二组是咱们实验室的老人，你们来做信息整合，也就是通过系统能力协助整理信息，筛去没用的，留下有用的。第三组做技术辅助。而第四组人数最多，你们继续理论性研究，重点要放在MH369意识监狱和超级意识体上，尽快摸清是怎么回事。分组任务已同步到各位的PL，即刻生效，你们一定要在48小时内有建设性成果！"

"我是第一组，负责传输现在的基地情况，你也是吧？"

"嗯。"

人群中站在一起的洪伯贤和张敏小声耳语。

此时身在新疆的四人早已睡熟，殊不知遥远的西川崃屏的地下实验室内，在一个叫郭宇童的敢作敢为的倔强老头领导下，有这么多强大的战友与他们在精神上站到了一起，藏在他们身后为他们排除万难。

意识机制 · 第十三章

📍 2026 年 11 月 18 日，中国 20 项目总部基地，新疆，中国

此时的冯岚在睡梦中猛地惊醒，躺在折叠床上的她恍惚地睁开布满血丝的双眼，缓了几秒钟才发现自己仍在审讯室外屋，张帆在墙边的地上抱着胳膊瘫卧着，睡得正熟。

而玻璃后面，被超级意识体符号操控的田邵波已经在审讯室的座位上正襟危坐。

冯岚用手撑着床沿缓缓坐了起来，瞥了下挂在墙上的表，发现自己已经睡了 3 个小时。

"今天，你们 20 基地又要融入新鲜血液了，新一波入驻 20 基地的人下午就要到基地了，另外联合国总部的人要来看我，你可有的忙喽！你只睡了 3 个小时，身体挨得住吗？"符号说着。

迷迷糊糊的冯岚刚睁眼就听到这些，一时有些情绪失控，她眯着双眼，紧皱眉头，声音似乎在颤抖中带着哭腔："你究竟……你究竟要干什么啊？"

"你是个很不错的女人，从人品到知识水平都很好，可是太没劲了，缺少大爱，缺少狠劲儿，活得太不鲜明、太不机灵了，更像是个项目中的狗腿子，你这样活着不觉得浪费生命吗？你这种意识的价值，在 MH369 顶多入个库。"

这句话反倒把本来就迷糊的冯岚气笑了，冯岚扑哧一乐："'狗腿子'这种词你都知道，这'入乡随俗'的程度倒是挺让我意外。别讲没用的，你到底想干什么？"

"你现在还看不出来吗？你们和我们对于沌太可控技术的底层应用逻辑不一样，你们是到处发射意识，没头苍蝇一样地浪费时间。我们早就发现了，其实不论做任何事，你们的思维方式都是'先这么干试试吧'，殊不知，等你们试出了结果，黄花菜都凉了！要是瞎猫撞上死老鼠碰巧得了个好结果，那你们一定会把这事情吹成史诗。要是结果不如人意，你们就要说这次

117

尝试虽然失败了，但是十分伟大，对全人类有着怎样的意义。那为什么做事之前不去找好论据，做好结果预估？用这些论据明明白白地支撑这件事要不要干、怎么干？结果可控、风险可控难道不高效吗？

"可就算这一次次'试一试'的结果都给人类带来了致命性的失败或者灾难，你们也不会反思这种事的本质是你们自己思维方式有问题！就算真有个别聪明人试图反思过程，大多数人也突破不了固化的思维屏障，更突破不了制度屏障！

"我们就不一样了！就理论性研究来说，以沌太为基础完善 λCDM 模型[①]，在此基础上再细化太阳系、银河系、室女座星系团的暗物质、暗能量精确投像及演化模型，再到应用性研究中的历史性叠加、未来可能性叠加的技术，哪个不是瓦西里系统性思考之后推进的？哦，甚至连'沌太'这个命名都是瓦西里想出来的，瓦西里给你们讲个大概，你们就把这套理论背下来、拿走了，自以为是地改得驴唇不对马嘴，然后拿到联合国申请了项目，觉得自己牛得不得了。可项目申请下来后这一切就好似和他一丁点儿关系都没有了，而且，你们还对他苦口婆心强调了无数次的风险点和重要方向置之不理。我们用脚丫子都可以想得到，按你们现在这么搞，等到以后出了事，就还要往瓦西里身上甩锅，说所有的问题都是他造成的，说他是千古罪人。既然如此，那我们彼此就没必要再留什么体面了。这个世界欠瓦西里太多了，现在该还了。"

冯岚思索领悟着符号的话，正想开口问符号口中瓦西里强调了无数次的风险点和重要内容是什么，可看见符号起了身，又靠着墙坐到了地上，对着冯岚的方向继续说："现在别想了，回去慢慢琢磨吧。趁你睡觉的时候，我也已

[①] λCDM 模型（λCDM Model）是 λ-冷暗物质（Cold Dark Matter）模型的简称。因为它可以合理解释宇宙微波背景辐射、宇宙大尺度结构、宇宙加速膨胀的超新星观测结果，因此在大爆炸宇宙论中经常被称作索引模型。

经把想做的事都做完了。你先去开门接客吧，联合国想来'参观'我的人都到了，他们还有十秒钟就会到审讯室门口，刚才咱们的对话已完成设备传译，他们都听到了。我这次的'挑衅'和'宣战'任务已完成，接下来，我可没有心思陪这群乌狗。冯女士，你好好照顾自己，注意身体，咱们来日方长。"

说罢，就在一群人冲进监控室的一瞬间，田邵波的身体瘫软，歪在了墙边。

"你别说，这个符号还有点儿意思，这是怕给田邵波身体磕坏了吧？还知道找个墙角躺下。"杨驰从监控窗望着没有意识的田邵波说道。

2026 年 11 月 18 日，栾屏地下实验室，西川，中国

此时，冯岚身上发生的这一幕被栾屏地下实验室一组看了个明明白白。

"哈哈哈哈！太狠了！"第一次搞信号接入回传的洪伯贤兴奋不已。

张敏也笑了，小声问道："洪老师你是因为'千里眼'激动？还是因为瓦西里这件事兴奋？"

"都有啊！哈哈哈！太离谱了！他把 λCDM 模型精确完善了？这太可怕了！大统一理论怕不是就要被瓦西里搞出来了？"他继续以老不正经的姿态在屋里踱步，"另外，咱们刚才获取的信息，已经通过 PL 传到了那四个小伙子的记忆里了？这套应用原理要是真出自瓦西里，那这人真是神了！"

"咱们自己说噻，"张敏拉过洪伯贤小声低语，"要是事情真相真的按照符号说的那样，我倒觉得这个瓦西里，可能并不是啥子咱们想象中的那种罪大恶极的极端分子。"

"可在 20 人看来，他已经剥夺了 6 个年轻研究员的意识，将他们关进了意识监狱！这公平吗？这符合道德底线吗？未知的呢？他又干了什么？什么都不知道你就敢这么轻易评价他吗？"郭宇童面色凝重地站在一组接入房间

的门口，面色凝重地说道。

洪伯贤毕竟是行业研究领域内数一数二的领头人，面对郭宇童一连串的问号，他一脸不服地怼了回去："哎哟郭老，您可不带上纲上线的啊！我们就事论事地谈技术，可没带个人情绪倾向啊！'扣帽子'这事儿可不时兴喽。"

"什么话！"郭宇童的嘴唇和拿着拐杖的手都气得颤抖。

洪伯贤见势不妙连忙伸手搀扶郭宇童，同时招呼同组的年轻后辈："小刘，快快快，给爷爷搬凳子，让他老人家坐下教育咱们，爷爷说得都对，你看他这么大岁数了，吃的盐比咱们吃的米都多！"

"不是我爱说教，"郭宇童在一群后辈的搀扶下颤颤巍巍地坐下，继续说着，"我经常讲的那个案例，就是当年有关基因编辑的那件事，你们都忘了吗？人类的确掌握了一些基因编辑的技术，的确可能在这个领域有更大的突破，也有中国的案例证明通过基因编辑技术成功使艾滋病患者的后代没有疾病遗传，美国国家科学院更为这事专门召开过国际人类基因编辑组峰会，组委会12个人，有生物学家、医疗专家，还有生物伦理学家，一致通过并强烈支持用基因编辑技术对涉及改变人类卵子、精子或胚胎DNA序列的基础领域进行研究。但就算是这样，结果呢？现在有人敢搞吗？德国的科学家现在如果从事此类研究那可是要入狱的！美国联邦资金也明确表态不会支持相关研究。为什么？因为这根本就不是那么简单的事情！这涉及哲学、伦理、道德和法律各方面的思考，优生学引发了后续一连串的问题。对于本来就包含了概率的生命存在方式来说，基因编辑技术的应用就不公平！"

"您说您又提这个，这俩事儿压根不挨着啊……算了，对对对，您说得都对！"洪伯贤仍旧不耐烦地回复着。

"你别给我来这套！你回去好好想想，我反复说这个案例是想告诉你什么？"郭宇童用拐杖轻轻杵了杵洪伯贤，示意他过来，"孩子，你过来看着我……你说什么'扣帽子不时兴'，那好，我们先不谈技术，就谈事实。如果项目组里那 6 个中国成员的意识的确是被瓦西里抓取并关押的，符号现在又进入田邵波的身体里向全人类挑衅，那他的所作所为对社会、对人民构成的威胁就是铁的事实！

"而且刚才你们也看到了，符号回来和冯岚的谈话中虽然否认了这点，可他完全没有拿出证据！那瓦西里还是众矢之的！

"你想想，这样一来，以瓦西里为首的团体是否已经符合了恐怖主义的定义？这可不是扣帽子，就拿美国来说，美国国务院对恐怖主义的定义是由国家组织或隐蔽人员对非战斗目标，包括平民和那些非武装或者不执勤上岗的军事人员发动的，常常指向受众的、有预谋的、有政治目的的暴力活动。我们现在不能武断地判断瓦西里是不是恐怖分子，但以后一旦认定他是，你今天的话就是在给恐怖分子站台！

"伟大的毛主席教导我们说，一切要从实际出发，实事求是！你确定已经全盘把握了事情的全部真相了吗？你想过你立场错误有多危险吗？你要去接受审查、去联合国指定的疗养院疗养一辈子！大半辈子的研究不要了？家庭不要了？父母、孩子不要了？脸面也不要了？这是原则问题，不能容忍！连个苗头都不能有！"

说着，郭宇童放在膝盖上没拿拐杖的左手食指轻轻颤抖，碰了碰 PL 耳机，苍老褶皱的双唇微微紧闭，以极其细微的幅度摇了摇头，灰色的眸子闪着坚定，甚至带有一丝祈求的光，望向洪伯贤。

在郭老轻到几乎让人察觉不到的动作和意味深长的眼神中，一组的极少数聪明人看懂了其中的表层含义。洪伯贤更是在一瞬间读懂了郭宇童传递给他的深层含义，一瞬间汗毛直立。

他蹲下来紧紧攥着郭宇童苍老枯瘦的双手，用同样闪着光的眼睛望着他："郭老，我知道了，您说得都对！您放心，我们的方向都正确，没有任何倾向问题！我们刚才就是嘴欠，该打！以后一定不会了！"

第十四章

"哥们儿，对不起了，这么多年交情了，你别怪我们俩！"

📍 2026 年 11 月 18 日，阿托普勒天山小区，新疆，中国

躲在县城天山小区里偷偷搞接入的四个年轻人才管不了那么多，睡了个昏天黑地。这一觉醒来，已经是第二天的中午了。

"你别号了！好家伙，这呼噜号的，我做梦以为拆迁大队的又来拆房了呢！"许释贤把趴在旁边睡得不知天地为何物的何军岳一脚踹醒，"合着是您跟这儿打呼噜呢！"

"嗯……哎哟！"何军岳迷迷糊糊地睁开眼，抹了抹嘴边的哈喇子，"你这小子……我这儿也正做梦呢！"

"您老不会又妄图你那死了十多年的爷爷托梦告诉你双色球中奖号码呢吧？天天惦记这个！"许释贤起身靠在床边，点了一支烟，"明儿晚上我就算睡厨房我也不跟你一个屋凑合了，这一觉睡得，比十公里拉练还累！"

这动静把另一个卧室的陈辰和在客厅沙发"絮窝"的王敬民也吵醒了。

"刚醒就练嘴皮子？你们哥儿俩怎么那么大瘾？练嘴外加周公解梦，真绝了！"王敬民把毯子蒙在头上，翻了个身，试图继续赖床。

"等会儿！"陈辰披着被子一脸震惊地跑到何军岳与许释贤的房间门口，"先别贫了，咱们……是不是被输入信号了？"

"慢着，你这么一说好像还真……等我回忆回忆！"何军岳一下从床上坐起身，"冯岚……是不是睡醒了……然后符号跟她叨叨了一大堆，最后说……"

"这个世界……"

"欠瓦西里的……"

"太多了！"王敬民一把扯开毯子，从沙发上坐了起来，"我靠！咱们真被输入意识了？陈老板，你是不是设置什么任务了？还是说咱们偷机器搞接入已经被发现了？要么就是有人故意给咱们输信号？难不成一会儿特警就直接到天山小区5号楼破门而入把咱们现场抓捕归案吧？"

何军岳起了身，披了件衣服，拉着陈辰一边走向客厅一边继续跟王敬民耍着贫嘴："您有冒出这么多问号的功夫，不如抓紧时间钻出被窝，把您老人家那裤子穿上！省得一会儿光着屁股被抓，那真是一世英名，落得一个晚节不保！"

陈辰把王敬民的毯子往一边堆了堆，坐在沙发上，打开了设备："我昨儿晚上特意检查了两遍，确认停止了一切任务、所有人切出信号之后才关机的！不信你们自己看……"他把屏幕往凑过来的王敬民和何军岳面前挪了挪。

王敬民探过头去仔细看了看，说："确实没任务啊……那怎么回事啊？"

"怎么回事？被盯上了呗！"许释贤套上了冲锋衣，从卧室走了出来："好家伙，本来以为逃出基地就没任务了，这现在是没任务制造任务也让你接入！被抓不至于，真想抓咱们就不给咱们输信号了！老何，咱俩下去买点儿饭，你们不饿吗？先吃饱了再说别的吧！"

"走走走……等我拿外套！"

何军岳跟上了许释贤，俩人下了楼，往小区外面的新疆饭馆走去。

"哎老何，我怎么觉得今儿有点儿不对劲啊？我老觉得有人在盯着咱们似的。"走在路上的许释贤趴在何军岳耳边小声说。

"你可别闹了，咱都躲到这儿了，谁盯着咱们啊？要基地真有人想抓咱们，那还用暗中观察？咱俩出了门就得被按地上！别想了……话说回来，你和老王一个玩儿侦察，一个玩儿反侦察，两边儿都承包了呗？我和陈老板倒是省事儿，就负责气氛就完了！"何军岳回复着，继续若无其事地迈着他吊儿郎当的步伐走在路上。

"老板，两份牛肉炒拉条子，一份碎肉拌面，一份抓饭，一份馕炒肉，一份……"

"等等等，"许释贤打断了何军岳，"你要这么多主食干吗啊？这谁吃得了啊？"

"哥们儿饿了！就想换着花样儿吃碳水！在里面那么长时间，可逮着机会花钱了！"何军岳一脸玩世不恭，继续向老板娘点着餐，"再来一份炒烤肉！四串烤腰子！多放点儿孜然！外加四瓶啤酒！"

老板娘一脸不耐烦，嘴里嘟囔着向后厨走去。

"她刚嘟囔什么呢？"许释贤问何军岳。

"她说——今天不知道怎么了，突然这么多外地人，忙不过来，觉得烦死了……外地人多……等等！天！不会……真来抓咱们了吧？"何军岳瞪圆了眼睛看着许释贤。

"嘘！您可真是活祖宗！还嫌动静不够大吗？小点儿声……刚才那些都是咱们瞎猜的，现在什么都不能确定，你先别紧张。我能感觉到，就算真的有人盯着咱们，应该一时半会儿也不会对咱们构成什么威胁。毕竟……就像你说的，要动手的话，咱们出来就被摁住了。咱俩现在就当什么都没发生，赶紧买完饭回去，咱们四个聚到一起，再做下一步计划。"许释贤小声说着。

拎着打包饭菜走在回去路上的二人看上去若无其事，实则眼观六路耳听八方，终于挨到了房门口。

　　"开门，老陈，老王！"何军岳轻轻敲了敲门，小声往门里喊话。

　　陈辰开了门，把二人让进屋里。

　　"好家伙！我跟你们说，这老何点菜给我吓着了都，咔咔点碳水，那来吧！今儿全是横菜，肯定顶饱！以后你就改名叫何顶饱得了。"许释贤一边说着，一边撸胳膊挽袖子打开餐盒。

　　何军岳刚想贫回去，可发现桌旁的王敬民表情不太对，就试探着给他递去筷子，说着："来来来，老王头儿，赶紧的吧！嘿，还说呢，老许非说感觉有人跟踪我们俩，这给我俩吓得，真够呛！"

　　按王敬民的性格，他本应接过话茬问问发生了什么，却只是默默接过了筷子，冲着何军岳点了点头，往餐盒盖子上挑了几根拉条子，小口吃了起来。

　　许释贤一脸蒙，用胳膊肘怼了怼陈辰："怎么了？你们俩闹别扭了？"

　　"不……不知道啊！刚才我一直在这儿调试设备，老王说他去窗边抽根烟，我俩谁也没理谁，然后你们就回来了，什么也没发生啊。怎……怎么了？"陈辰一脸疑惑地看着其他三人。

　　一瞬间，与王敬民有几十年交情的何军岳，顿时察觉了异样，他给了许释贤一个眼神，并从许释贤回望的眼神中，读到了肯定的答复。

　　看到二人表情的陈辰也猛地反应了过来，想继续试探一下王敬民。陈辰起身拿起了塑料袋里的啤酒，掏了掏口袋拿出一串钥匙，用别在钥匙扣上的开瓶器开了瓶盖。他把第一瓶递给了坐在他左边的王敬民，假装打趣着说："来吧，王老师，喝点儿，喝高兴了一会儿给我们继续讲经！"

　　"讲经？什么意思？……哦，谢谢，不喝了，喝了酒头脑不清醒。"王敬民转过头，望着陈辰回复道，给了他一个浅浅的微笑。

这一个微笑，引得桌边的另外三人脊背发凉。许释贤更是连头都不敢抬了，用塑料小勺使劲把手抓饭往嘴里扒拉。

屋子里的四人吃着饭，静默了几分钟，时间仿佛静止了一般。何军岳终于忍不住了，率先打破了安静："老王，你说咱们出来这么长时间，哥们儿都有点儿想家了，尤其想喝'愚公'的'僵尸'，说起这个，你记得那年'330'你喝了四个'僵尸'之后在'愚公'门口干的那丧心病狂的事儿吗？"

当时也在现场许释贤当然记得，那是 2017 年的"330 金属音乐节"。王敬民在愚公移山 livehouse 玩儿得非常高兴，他喝了四杯"僵尸"。那是一款包含了 13 种酒的特调鸡尾酒，看上去和初尝起来都像极了热带果汁，实则酒劲儿却非常大。王敬民在喝醉了之后晕晕乎乎地要和门口收废品的大爷拜把子，上来就给老头儿跪下了，给人家整得不知所措，只好也跪了下来和他对拜。最后王敬民起了身，帮老头儿捡了张自忠路半条街的塑料瓶子才算结束。那天，他们许多玩音乐的哥们儿都在，眼见着平时一本正经的王敬民肆无忌惮地散了德行，围在一边嬉笑不已。直到多年以后，这件事依旧是大家口中乐此不疲的趣事，再度被提起，王敬民也总是和众人一起哄笑。

可今天何军岳故意略带隐晦地提及这些的时候，本该默契哄笑的王敬民却轻轻皱起眉头问道："你说哪年……什么'330'？"

何军岳看到王敬民的状态，眼见猜想得到证实，和许释贤默契地对上了一个眼神，俩人霎时从座椅上腾起，把王敬民按到地上。

"拿绳子拿绳子！陈老师！赶紧！老许包里有！"何军岳对陈辰喊着。

"哥们儿，对不起了，这么多年交情了，你别怪我们俩！"许释贤一边咬牙较着劲一边说着，他的膝盖跪在王敬民的后背上。

可此刻的王敬民力气非常大，一个起身就把许释贤和何军岳甩到一边，餐桌被碰翻，啤酒瓶子刺耳地砸到地上，炸裂开来，金黄的啤酒在地上冒着白色的泡沫。

王敬民满脸通红,眼珠子都快瞪出来了,恶狠狠地盯着对面的三人。

正当倒退半步的何军岳琢磨着如何在不伤害他这个从小一起长大的发小的前提下把他控制住的时候,他们租住的房门被撞开了,冲进来一群人高马大、荷枪实弹的特警,后面跟着的,是杨驰。

王敬民刹那间再次被按倒在地,剩下的三人见势抱头蹲在地上。

"嘿!你们这……"杨驰被他们吓了一跳,"你们仨是以前进去过吗?怎么这姿势这么熟练啊?"

何军岳抬起了头,依旧保持着双手抱头的姿势:"报……报告政府,我们……我们发现……发现……嗨!一时半会儿说不清楚,你们把我们带走吧,但我们指定没敢干丧良心的事儿!请政府相信我们!"

"没干?偷设备的事儿怎么算?"杨驰歪着嘴轻蔑地笑着。

"组织您怎么能这么说呢?!那绝对不是偷,我们是本着对真理的向往,就想为组织做点儿事!你们可以查,查清楚了你们肯定恨不得都要表彰我们的英勇觉悟!"许释贤也抬起头一脸被冤枉了地说着。

杨驰环顾了一下四周,盯着王敬民继续说:"行了行了,你看,我们这不是来保护你们老几位了嘛!就是现在这位王专家不太好搞,先都收拾一下回基地再说吧……嘿!你们吃得还挺好,小日子过得够红火的啊!"

"报告政府,这种小日子刚过了两天!"何军岳说着。

"还有心思贫呢?你看看你发小都成什么样了!"杨驰挥了一下手,示意把王敬民带走。

就在这时,原本面红耳赤、青筋暴起、正和压倒他的特警较着劲的王敬民,一瞬间瘫软了下来,眼神变得迷迷糊糊,不解地看了看屋里:"这……这是怎么回事啊?我去……大杨警官,你来了?哎!警察叔叔你们压着我干吗?疼疼疼!压我手腕儿了!"

见状,何军岳、陈辰、许释贤终于松了口气。旁边的杨驰也示意特警稍微收力:"手铐给他戴上,回去再说……王专家,得麻烦你配合一下。"说着,特警把身体瘫软的王敬民搀扶站起,扣上手铐。

一行人在特警的护送下,上了楼下的吉普车,引来不少围观的群众,何军岳故意在队伍中走得大步流星,仿佛迈出这样底气十足的步伐,群众就不会把他当坏人。

"刚才你们没受伤吧?"坐在吉普车副驾驶位置的杨驰回过头问何军岳。

"谢谢组织关心!我们没事!就是这王敬民,刚才跟鬼上身了似的,翻脸不认人,真给我和老许吓得够呛。我心想这可是我兄弟,到底要不要下狠手?我正犹豫呢,你们就冲进来了!还得是你们,大杨警官和特警叔叔们真是人民卫士,英勇无敌,救我们这种弱小群众于水火之中!等回了北京,我一定给你们送个锦旗!"

连续累了几天的杨驰,见着终于有人乐呵呵地跟他开玩笑,倒也放松了下来:"'特警叔叔'?你知道这群小伙子多大吗?最小的都能叫你叔叔了!别跟我这儿耍嘴皮子,聊聊你们偷设备的事儿吧,科技部的老教授让你们气得血压都上来了知道吗?"

许释贤压住了何军岳的手,示意他先不要说话,而自己凑上前去:"杨哥,我们可不是偷!我们当时是想着基地这么重要的设备,车上就那俩人,一个老学究一个妇女同志,他俩手无缚鸡之力。那天情况又那么混乱,就算咱们基地的车有几重安全锁,但要是万一真遇见歹徒或者坏人,那咱们基地一车的设备不都得全军覆没?!我们就想着我们也是组织的一分子,也有义务保护设备,必须分担重任!哪怕只保护了少数几台!"

杨驰依旧嘴角一笑:"别说,看你们有这狡辩的劲头,就知道你们身体上确实没什么大事。你想想,你们有危险的第一时间,我们就冲进去了,组织明显还是信任你们、关心你们的,别有顾虑,有什么直接说!"

何军岳见杨驰松了口，继续说着："我们确实搞了接入，基地发生的事我们都知道了，符号说的话也都听到了！话说回来……您觉得刚才老王那状态，是不是也有点儿像……被符号'夺舍'的田邵波？"

还没等杨驰回话，坐在何军岳、许释贤中间的陈辰打断了他们的对话："信安是不是要加急上线屏蔽能力？'夺舍'或者说被控制意识的风险如果一直存在，那大家不都像'裸奔'一样？如果超级意识体想操控谁都可以，那后果不堪设想！"

杨驰的脸色沉了下来："没错，陈老师说得对。短短一天时间，20 项目，甚至说这个世界，已经发生了翻天覆地的变化，所以咱们得抓紧回去，做过这几天的笔录之后，就由你牵头，立即成立应急小组搞定屏蔽能力，尽可能保护好大家！另外，陈老师这边负责'治标'，你们 SE 人要负责'治本'，继续干你们在出租房里琢磨的那点儿事，现在的 20 任务已经不是探索研究宇宙这么简单了，咱们现在真正迎来了重大危机，这次回到基地了，可以调用更多能力和人力，一定要在最短时间内完成任务。"

眼见着偷设备的事儿就这么被遮了过去，吉普车后座的仨人相视一笑，松了口气。

车队飞驰在晴空万里的公路上，许释贤从车窗外探出头去，望了望前面那辆押送着王敬民的吉普车，开口问道："杨哥，你们回去要怎么处理老王啊？"

"做笔录，做身体检查、脑电波检测等一系列评测，根据评测结果再做后续计划。"

第十五章

"现在的我就是沌太,就是万物,我也是你。"

📍 2026 年 11 月 18 日,中国 20 项目总部基地,新疆,中国

回到基地,何军岳、许释贤做完笔录的时候已经很晚了,二人精疲力竭地跑到食堂吃过饭后,居然直接趴在餐桌上睡着了。等俩人睡醒,已是深夜,大楼里一片安静。俩人拖着沉重的脚步回到宿舍,瘫倒在沙发上。

"语音请求……已接入……哥几个!是我!陈辰!你们终于回来了!"

累到不想说话的二人接通了语音,送给陈辰一通抱怨,何军岳先开了口:"都几点了,还打电话,不在不在,挂了挂了!"

"哎哎哎!别别别!大哥……正事儿!说真的!我看前一天晚上出了事,也正赶上我最近在攻坚信号屏蔽功能,就在中午你们出去买饭的时候调试了设备,给自己的和你们俩的 PL 率先加载了敏感信号屏蔽能力,特意留了老王的 PL 没加载,做测试对比,所以有风险的信号你们都接收不到。结果咱们饭吃了一半就发生老王那个事,直到回到基地。我做完笔录出来先给自己解除了屏蔽,然后我立马接到一些关于老瓦的、不可思议的信号,属实是太惊悚了!要不……我现在给你们打开权限,你们……接收一下?"

听到陈辰语音通话里信誓旦旦且略带颤抖的声音，二人对望了一眼，坐直了身体："怎么了老陈，什么类型的信号啊？大半夜急成这样，搞得这么神秘兮兮？"

"就是……唉，一言难尽啊！你们自己接入看吧！我这边可给你们开了啊！"说着，陈辰挂断了语音接入。

何军岳、许释贤二人默契地一人点了一支烟，准备读取陈辰口中一言难尽的信号。

二人的意识中浮现出他们日夜寻找的瓦西里，画面中这个男人高高瘦瘦、外表俊朗，他眉骨突出、眼窝深陷、眼神锐利，有着高挺的鼻梁和棱角分明的面颊轮廓，顶着棕黄色的、微微卷曲的短发，身着一件黑色T恤，双手插兜穿梭在他充满生活气息的家中，窗外的树叶在风中摇摇晃晃，阳光透过窗户洒到他的木地板上，他抱着小猫咪，在屋子里阳光最好的地方席地而坐。

"我是你们日夜寻找的瓦西里，很高兴与20项目组成员正式见面，本次发布的所有信号我都做了适用性设置，可以转译成一切语言。话不多说，之所以选在今天和各位见面，是因为我的研究到达了一个里程碑，有些内容必须要和大家分享。

"第一，还是要从意识说起。大多数具备一定知识和连贯思维逻辑的人应该都知道，对于人类和动物来说，我们都仅仅凭借肉体感官认识世界，并在认识迭代的基础上改造世界。与此同时，我们还拥有着重要的、非物质的能力——意识。而物质和意识究竟什么才是本源这件事，你们已经从古时候讨论到了现在，都没有定论。你们需要好好想一想，现在的人类是否根本就不具备解释本源这种抽象概念的能力？

"第二，我们来说符号和传播。我曾研读过世界上的各种宗教理论，像佛教说：不入因果，四大皆空；道教说：人取法地，地取法天，天法取道，道任自然；伊斯兰教说：万物非主，唯有真主；犹太教说：上帝是创世之神而非与世界同生之神……不同宗教都尽力对本源之事做着哲学解读。可宗教想传播其侧重的哲学抽象含义，成功在人脑中形成意识，并引人向善，还是要通过'因果''法''真主''上帝'这样一个个文字或者语言符号进行传播。在这过程中，领悟力强的人可以很快了解其中的含义，领悟力弱的人却久久不知所以。我当时就在想，所有存在于意识中的抽象概念，都要通过意识下定义、规定符号，再传播，传播效果又主要取决于接收者的理解力，这实在是太低效了，我一定要摸到意识非物质的存在方式，探究到它更高效的传播或者运作方式。于是，我经历了多年的科学研究，甚至去尝试了占星、法术、通灵、东方的观落阴，都没能得到一个合理的答案。直到我意识觉醒、脱离肉体之后，终于在暗物质、暗能量中找到了沌太的作用方式，并找到了生物间传播的更高效方式。

"第三，我们说说宇宙形态。人们对宇宙的认识，在此之前一直基于起源于大爆炸的、含有宇宙学常数 λ 的冷暗物质模型，即 λCDM 模型。而这 λCDM 模型也通过星系旋转曲线[1]、引力透镜效应[2]、宇宙微波背景辐射[3]、超新星数据、重子声学振荡[4]、宇宙大尺度结构[5]的形成等论据得到佐证。可就算是这样，人类也不得不承认，在认识宇宙上遇到了两大看似永远无法跨越的鸿沟，一个是认识屏障，一个是能力限制。

---

[1] 天文学术语，指星系中的星体或者气体星系绕星系做圆周运动的速度与其到星系盘中心的距离之间的函数曲线。在合理的假设下，根据星系旋转曲线的测量，可以预测星系的质量。

[2] 爱因斯坦提出的广义相对论中所预言的一种现象。由于时空在大质量天体附近会发生畸变，使得光线经过大质量天体附近时发生弯曲，如果在观测者到光源的直线上有一个大质量的天体，则观测者会看到由于光线弯曲而形成的一个或多个像，这种现象称之为引力透镜现象。

[3] 宇宙微波背景辐射（cosmic microwave background，简称 CMB），指在宇宙大爆炸理论中，大爆炸遗留下来的充满整个宇宙的电磁辐射。

[4] 重子声学振荡（Baryon Acoustic Oscillations，简称 BAO），指是宇宙中可见的重子物质的规则周期性密度涨落。通过对重子声学振荡的测量，可以更多地限制宇宙学参数，从而了解导致宇宙加速膨胀的暗能量的性质。

[5] 指天体在比星系团更大尺度上的分布和运动特征。

"先说认识屏障。人类目前认识宇宙靠的是不同类型的望远镜、探测器、算法模型，可这并不准确，并不具体。比如在观测到引力波之前，所有的天文观测都是基于电磁波的观测，因此计算出来的宇宙质量分布都只包含看得见的物质，这个数据结论在一定时期内还被奉为真理。而随着天文学的不断发展，人类发现这种电磁波观测出来的数据和实际情况对不上，比如当年奥尔特发现银河系靠可见物质的引力根本无法维系看到的样子，一定还存在某种看不见的神秘物质，甚至要占到银河系总质量的84.5%才有可能维持银河系的聚集态；再比如兹威基在观测后发座星系团时，发现可见物质的引力根本无法约束本该分散的星团结构……人类才逐渐猜测有暗物质的存在。甚至靠着观测推演出，只有宇宙中含有4.9%的物质、26.8%的暗物质、68.3%的暗能量时，才能与宇宙微波背景辐射的数据相吻合。可你们在拿走我的研究之前，尝试了直接探测、间接探测，甚至各国的地下实验室在用高能粒子对撞机试图撞出新粒子，不仍是连暗物质和暗能量的皮毛都没有摸到？这多少带着点儿可悲吧？除此之外，人类认识到了宏观宇宙中有墙、纤维、团块等高密度结构，还有占据着宇宙绝大部分体积的空洞结构，可至今无法解释为什么会形成这些。此类问题都是人类无法突破的认识屏障。

"第二个鸿沟，是能力限制。人类所在的太阳系，如果以冥王星为边界，直径是118亿千米；如果加上外圈的奥尔特星云，太阳系的直径要差不多30万个天文单位。而太阳系在直径10万光年、含有2000亿~4000亿颗恒星的银河系中又十分渺小。而银河系在1亿~2亿光年的室女座超星系团中又不值一提。室女座所在的拉尼亚凯亚超星系团，直径约有5.2亿光年，含有约10万个星系。有人说这够大了吧，可在宏观宇宙中，它也只是一粒沙。

"小的时候我喜欢和父亲一起打雷电游戏，看着游戏屏幕里我的战斗机飞在外太空，我就问父亲，如果我的速度够快会飞到哪里？他告诉我，按照相对论时间膨胀公式，如果我的速度达到了光速的99%，时间会膨胀707万倍，也就是说，在理论上，到达隔壁约 254 万光年外的仙女座星系仅需要几个月。然而事实是，现在人类最快的飞行器'帕克太阳探测器'的速度只有一百多千米每秒，它全速前进，飞出太阳系也至少要几千年；而按照现在正在飞行的'旅行者 1 号'的速度，飞出太阳系也还得几万年，就更不要说银河系、室女座超星系团、拉尼亚凯亚超星系团了，更别提广阔的宇宙了。所以，人类受到的能力限制，是认识宇宙的最大鸿沟。

"接下来，我们说说沌太。沌太完全不是肉体凡胎下的生物可以理解的内容，可各位目前的确尚未突破肉体限制，那为了尽可能理解，你们可以暂且把沌太看作溶在宇宙中的不可见的内容，拥有无限的概率。在地球表面的沌太经过肉体的洗礼之后，便坍缩到具备唯一性，形成了连贯的波函数，即生物的意识。肉体和意识相互依存地去体验世界、丰满经历的全过程，便传递出了小小地球上物质世界生命的意义。

"在这其中我还发现了一个有趣的事：在星系规律地运行下，沌太的分布和状态受到影响，因此在某一时间点坍缩到体内形成的意识在先天就会带有一定性格特征，这就是人们口中的星座特征，抑或是东方的'看生辰八字讲性格'，又或者可以体现为某类人群在某时期'行大运''走背字'。"

瓦西里停顿了一会儿，继续说道："还有一些关于沌太与物理学、天文学关联的研究，我在这里不想做太多理论研究的阐述，毕竟这些对你们来说太过深奥。

"在这里，我只提沌太的两个基础要义——一个是熵，一个是犇。熵，我们都了解，是系统信息的混乱程度或者说复杂程度；而犇……哦，'犇'这个符号是我规定的，为了表示信息内容的广度和深度。地球维度的生命就像是沌太的'触手'，生命肉体用感官感受世界、获取信息、加工认知，并用语言、符号传播信息，用各种行为影响世界，推进世界的发展进程，待生命死后，意识便带着信息回到沌太里，融为一体，宏观来看，这就是广域沌太的熵增、犇增。哦，你们在表达这个内容时有一个看似类似却又太狭隘的符号——文明。

"在我的意识挣脱肉体之后，我与广袤的地球沌太融为一体，我可以体会远古生物的意识、原始人类的意识、某时期人类的群体意识，甚至可以体会现在你们每一个个体的意识。你可以这样理解——现在的我就是沌太，就是万物，我也是你。

"而我在宇宙中也发现了其他存在形式的'生命体'，也就是你们口中的地外生命。当然了，地外生命根本就不是你们能理解的传统生命形式，他们所处的时空换算率也和人类不同，因此人类之前一直无法触及他们。

"现在，地球沌太中的熵和犇的丰度到达了影响人类生存方式的临界值，地球生命因此逐步出现了感官意识觉醒的现象。既然如此，那我们只能选择昂首阔步，共同迈向下一个文明阶段。按人类存在的时空换算率推算，全部跨越到新的文明阶段，需要约82个地球年。也就是说，在2105年左右，我们可以达到现在能力阶段下的沌太熵犇峰值。

"可现在逐步觉醒的人类，吸引了其他类型的智慧文明，他们在试图接近地球生命。尽管他们想要跨越大范围的宇宙时空见到我们还需要一些时间。可在这样的情况下，我们的沌太的的确确有概率被未知的形态吞并或改造，这场战争如果在熵犇没有完全达到峰值前出现，那我们会像瘸腿上战场，失败的概率会很高。就整体文明来说，届时我们亘古以来累积下来的所有的智慧和文明，都有可能付之一炬。就个体来说，地球将生灵涂炭，走向消亡。

"所以，我们现在必须加快脚步，让沌太中的熵和犇加速增值，尽快完成文明跃迁。"

感知到这里，许释贤手中的烟早就烧尽了，可他根本就没有察觉，旁边的何军岳更是已经呆住了。没等他们缓过神交流和消化这些信息，瓦西里的信号中又传来更令人失措的信息。

"为了加速推进文明进程,我们需要一些意识志愿者。运用沌太可控技术,志愿意识可以提前从肉体析出,共同推进全文明加速进阶的任务。当然,析出的意识将得到我最大限度的保护,在任务结束后,可以回到被统一妥善保管的肉体中,继续享受生命的权利。

"本次的信号仅限目前已发生感官意识觉醒的生命体接收,大多数都是全球范围内 20 项目中的人。如有坚定的意愿,三天后的午夜十二点,我们一起出发。"

信号切出后,房间里死一般的寂静,许释贤、何军岳坐在沙发上,连一个细微的动作都不敢有。

几分钟后,许释贤终于开了口:"这瓦西里……是不是变成神了?"

"不知道,不过,有……有可能……"何军岳咽了口唾沫,颤抖着回答道。

"那咱们……现在怎么办?"

"我也……不知道,我现在浑身上下非常冷,我只想喝点儿热水。"

"我去……给你烧。"许释贤撑着沙发哆哆嗦嗦地站起来,拿起桌上烧水壶旁边的纸巾盒恍惚地朝厨房走去。

"你真傻了?你拿的是纸巾。"何军岳终于缓过神来,一把揪住了许释贤。

"老何,我们真的会变成老瓦说的那样吗?我有点儿害怕……你说和广域沌太融为一体之后感受到的世界是什么样?"

"不知道,可能是……神的感觉吧?他不是说了吗,他是万物,他也是我们。你……你不会动心想当志愿意识了吧?你可不能瞎想啊!"

"现在不是想不想的事,他说的这一切太玄了!他是不是忽悠咱们呢?你说会不会他就是瞎编了个故事骗咱们去搞个什么实验之类的?"

说到这,何军岳和许释贤的 PL 语音再次响起老瓦的声音:"你需要怎么证明?"

意识机制·第十五章

"我靠!"何军岳明显又被吓了一跳,"你……你是瓦西里吗?是在专门对我们俩说话吗?"

"是的,广域的沌太可控下,我的能力将不仅仅局限于'数量1',而是并存的无限个,可以与无数个你这样的个体同时差异化交流。你需要证明对吧?那我辅助你们共情一下你现阶段能力下与你差异最大且具有对比意义的原始食草生命的意识吧,这个内容比较安全,而且在我第一次感知时印象十分深刻,相信这对于你们来说也会是难忘的体验。"

瓦西里的话音刚落,何军岳的思维就好像停滞了,他站在原地,视野突然变得极度广阔,感官感受发生了极大的变化,屋子里的一切都那么陌生,他有点儿慌张。他在视野中看到了茶几,不知道那是什么,下意识地凑过脑袋去嗅了嗅,他的鼻尖碰到了桌面的玻璃,第一次触碰这种冰凉透明的物体的他下意识地马上回缩,他十分紧张,心脏疯狂地跳动,转身撞到了站在一旁的许释贤,引得许释贤立即发出咿咿呀呀的叫声。何军岳不知道许释贤是什么东西,他完全被吓坏了,露出惊恐的表情,那恐惧的感受是那样透彻,他下意识转身往一旁的窗边跑去,在窗边的角落里蜷缩、颤抖,过了好一会儿,他露出眼睛小心翼翼地查看周边的环境,确保屋内寂静了才又开始准备探索。

他注意到在他脚边摆着一盆较大的绿植,便下意识凑过身子嗅了嗅,唾液立即分泌出来充斥他的口腔。他张开嘴把叶片撕扯下来,开始咀嚼,绿植的叶片含水量不高,味道苦涩,引得何军岳露出痛苦的表情,咀嚼到一半的叶片被他吐了出来,粘在他的上衣上,可他并没有在意。

"体验终止,切换至原意识生命耦合态。"何军岳再次被突然响起的PL声音吓了一跳。

应声切换回本人意识状态的何军岳,猛地缓过神,才发现自己正趴跪在窗边的地上,嘴里还留有绿植叶子隐约的苦味。而此时,正蜷缩在房间另一侧鞋柜后面的许释贤，也"苏醒"了过来。

瓦西里的声音再次通过 PL 响起："原始生物的行为大多受到下意识操控，一切情绪都无法掩饰，这的确是个很有意思的体验，接下来，就请你们好好交流和回味吧。如果对志愿意识一事有坚定的意愿，三日后我们再见。"

何军岳低头看见身上被他嚼烂的、裹着口水的绿植，赶紧站起身，满脸嫌弃地拿起旁边的纸巾清理。

许释贤连滚带爬地跑了过来，蹿上沙发，神情中甚至带着一丝惊喜："老何！这体验确实太神奇了！我的天，我就感觉自己刚才一瞬间什么都不认识了，下意识里特别恐惧，那种感觉太纯粹了，纯粹到无法用语言描述，可我连去琢磨'这是什么'的想法都没有！你看咱们正常的思维过程，就算不说话，脑子里也要运用符号想事情，这种符号虽然没有读出声音，也没有在脑子里展示文字，但绝对就是我认知语言系统里的那个符号，而且，绝对是中文！但刚才，我脑子里完全没有这些，我像个傻子，纯傻子！我的天，原来傻子的世界是这样的！"

何军岳把擦过他哈喇子的纸巾扔进垃圾桶，也坐到沙发上："呸呸呸……怎么嘴里还有这个味儿，这花儿也太难吃了，我感受的这位才真傻呢，有毒没毒啊张嘴就吃，这货的智商估计在他那个年代也活不了多久。"

许释贤突然拍着大腿说："老何，你记着你第一次接入查看罗伟的意识信号吗？你说'如果能直接共情他的意识就好了'，记得吗？"

何军岳回忆了一下，点了点头，而后恍然大悟："对！瓦西里把这事儿给实现了！20 项目组目前仅能接入查看信号，老瓦则是实现了直接共情！说真的，他这样一搞，人类不得不重新认真思考存在的意义，而且，瓦西里留的这三天窗口期，一定会发生大事！"

"对！可 20 基地目前还没发出任何官方声明！"

第十六章

"我们一定要专心致志地让自己分神！"

📍 2026 年 11 月 19 日，栾屏地下实验室，西川，中国

此时，11 月 19 日凌晨，在瓦西里颠覆世界的全球播报后，栾屏地下实验室的人员已全部集结，召开了最高等级的应急预案启动大会。

郭宇童站在台上喊话："各位同人，目前我们面临着史上最大的生命危机，对于极端组织这种反人性的行为，我们一定要坚决对抗、坚决斗争！下面发布未来两天的应急预案。

"为了防止'思想被盗'，本次我们的一切任务信息都不会通过 PL 发布和传输，全部回归纸质办公。这一次，咱们这里的每个人都有精细化分工，工作内容完全不同，各自负责手中的环节，共同串联整个任务，因此大家都要对手里的工作百分之百全力以赴！务必要把自己的任务书核心部分完全理解、熟读、背诵！

"特别注意，个人任务必须严格保密，不允许相互交流，透露具体细则，否则将受到 20 项目的二级处分，你们知道那意味着什么！咱们实验室是最早发布任务的组织，下面请叫到名字的人上来领取自己的任务书！然后即刻

开始严格执行，我们务必在 24 小时内完成应急任务！"

领取任务书后，张敏和洪伯贤又凑到了一起，张敏小声地抱怨道："一会儿搞接入，一会儿搞啥子应急预案，天天搞啥子'48 小时''24 小时'，鬼晓得到底在搞啥子哟？还要检查背诵？以为咱们在读小学嚎？"

"哼，这哪是小学啊？这分明是学前班儿！你看昨天咱们班新疆的四个小伙子搞接入，刚对瓦西里有点儿了解，可结果呢？信号刚传给那四个小伙子和 20 中心，还没来得及消化，人家瓦西里立马自己就跳出来放了个大招，发了个全球公告，他说的那点事不知道要让多少科学家为之疯狂！不过我现在算是明白了，不管情绪上有多激动，让你接入你就接入，让你背诵你就背诵，让你朗读你就朗读，别问那么多，这实验室直接被联合国接管，咱们被无死角地盯着，先保证能好好活着就完了！"洪伯贤愤愤地小声回道。

张敏撇了撇嘴继续说："咱们不谈具体任务细则，我只说我的感受，我感觉……这个任务，好难嚎，根本就没法实现嘛，恐怕完成不了，到时候整个实验室一起落得个背锅的结局！咱们都要自求多福喽！话说，瓦西里现在能耐那么大，咱们想做啥子他都应该先一步就知道了，咱们这应急预案怕不是就负责个气氛嚎？"

洪伯贤却皱着眉头一脸纳闷儿："不太对吧，我怎么感觉我这个任务跟闹着玩儿似的？难不成我分到的环节简单？不对……我总觉得不太对……等会儿！我好像明白了！"洪伯贤突然震惊地盯着张敏："你好好想想这是怎么回事！瓦西里能靠着共情每个人的意识来推测我们的计划，那我们怎么能影响他的感知？"

"你说啥子哟，鬼晓得你又抽啥子疯，你……哦嗬！"张敏突然大梦初醒地感叹道："我晓得了，我晓得了……我好像晓得我们为啥子要搞这么多任务书喽！这里面有些任务可能只是干扰项！那……那我们一定要认真投入工作，认真搞背诵！专心搞自己手里这些事情！啥子都不要想，专心致志，不得分神……哦不！一定要专心致志地让自己分神！"

"对，如果真是这样，我们就一定要好好完成自己分配到的任务！一定要百分百投入！千万不要问其他人的任务细则，千万不要！撑过……24小时！老张，咱们不说了，我马上要去三号实验室，咱们出来之后再见！"洪伯贤的声音非常小，可却是那样坚定，他大步流星地奔向三号实验室。

他要执行的子任务是对卜算子进行一个小型改造，任务并不算难，但任务书设置得匪夷所思，环节十分冗长琐碎，甚至有一些步骤需要在完成之后推倒重来。可现在隐约明白了任务逻辑的他，在极力克制自己的逻辑思维，让自己"无脑做事"。

他大步跨进三号实验室，摊开任务书，他刚想到"任务书上的字缩印得这么小，趴在上面才看得到，一定是为了防止路过身边的人不小心瞟到"的时候，便立即感觉不对，他尽全力拽回自己的思维，用尽一切办法分散自己的注意力。

洪伯贤一会儿在脑海里唱起歌："大河向东流啊，天上的星星参北斗啊，嘿，嘿，参北斗啊……"一会儿回想春晚的小品台词："忽悠，接着忽悠！"

在坚持不住的时候，他还自言自语给自己说起了相声，甚至讲到一半，洪伯贤居然忍不住嘿嘿嘿地笑了起来，引得同在实验室另一侧的人一阵纳闷儿，朝他喊话："老洪，老洪，你怎么了？你疯了？"

"我没疯！你别管我！自己努力分散注意力！"洪伯贤抬起头，用手指了指自己的大脑答复着。说罢，他又开始说起了另一段相声。

"这老洪，一定是魔怔了……我天！"朝洪伯贤喊话的人突然从不屑中反应过来，"我的天！我的天！我也得念叨，我也得念叨……"

"朝辞白帝彩云间，千里江陵一日还……"

桼屏地下实验室的全员貌似就这样疯了！这一刻，在2500米深土地下面的人，有唱歌的、跳舞的，还有朗诵诗歌的，更有哭的、笑的、张牙舞爪的。

可是，每个人都在清醒而坚决地执行着自己手里的子任务，同时在每个人的下意识里，都知道自己为什么要强迫自己这样疯癫。

而正是这场看似疯狂的闹剧，看似匪夷所思的集体意识狂欢，的的确确将永远地在沌太里留下印记，但也只会成为人类文明斗争中负责感动自己的一篇。

📍 2026 年 11 月 19 日，中国 20 项目总部基地，新疆，中国

趁着符号用田邵波身体入侵信安部的时候，信安部原部长周磊头也不回地逃离了这里。他被找到的时候，正在一个雪山山谷里瑟瑟发抖，冻得几乎快要失去意识。经过抢救终于缓过神来的周磊跪在众人面前，哀求着组织放他一马。可一切皆是徒劳，根据项目的最高章程，他要接受至少持续半年时间的审查，最后大概率也要扭送联合国总部指定的疗养院。

在组织的综合评价和冯岚、杨驰的极力推荐下，从天山小区回来的陈辰开始接手信安部的相关工作。可他没想到的是，上岗不到两个小时，就遇到了瓦西里的全球通报。

在这样一个深夜，新疆的 20 基地全员已焦头烂额，信息安全部里忙作一团。

"诸位，为保证每一个 20 人乃至全人类的安全，我们信息安全部现在要配合完成全球 PL 的关停任务。咱们国家目前还有一些在途任务正在执行，我们必须在 11 月 19 日上午 10 点前，获得所有在途任务的终止授权，并为所有人员关停 PL！现在咱们已经搞完了 80%，王海，剩下的进度就交给你盯了！目前 20 项目已有 12.5% 的人被瓦西里精准接入过了，根据卜算子的测算，我们一定要保障这个数值在 23.7% 内完成所有 PL 信号切出，并进行

PL 主系统全面关闭。所以，我们的倒计时并不是 48 小时，而是瓦西里什么时候完成那剩下的 11.2%！"

"那……他要是在一瞬间完成那 11.2% 呢？强行关闭吗？"王海问道。

陈辰咽了下口水，回答道："原则上必须强切，系统也设置成了阈值达量强切。这是联合国总部下达的指示，各个国家的总部都要严格遵守，绝对不能允许再发生之前 6 个人那样的事情了！因为根据卜算子的测算结果，如果精准接入的人超过了 23.7%，3 天后跟瓦西里走的人员的意识数量和强度，会对世界发展态势造成质变。所以……朋友们，整个世界的未来……咱们这里所说的'世界'，不是各个国家政治、经济、军事等层面的世界，而是全人类、全生命群体层面的世界——都握在各国信息安全部的手里了。"

"拯救地球就靠咱们了呗？成功给什么？送什么奖品吗？"一边操作设备的王海一边朝着陈辰逗闷子。

"还'送什么'？郭德纲的相声里怎么说的来着？送你一个纯金的小铜佛！嘿，我说怎么着，咱们部门杵这儿'看摊儿'的变成我之后，你们怎么都开始练嘴了？你看，又过去了 5 秒！别贫了祖宗们，抓紧拯救全人类吧！二组过来集合一下，咱们强调一下配合系统改造的注意事项！"

此刻隔壁的兄弟部门 SE 也在焦头烂额地收尾在途任务，冯岚的精神几近崩溃。

"部长，寻找田邵波等人意识信号的在途任务……确定也要终止吗？"张帆犹豫了一下，问道。

话音落下，原本喧闹的实验室里没有一个人敢再说一句话，只剩下 SE 人此起彼伏的敲击键盘的清脆声音。

几秒之后，冯岚答道："嗯……停，上面的命令。"

"不停不行吗？"

"你有毛病吗？"冯岚听到这句没营养的话立即火冒三丈，何军岳见到她周身散发的光晕明显地变了颜色,她把键盘重重地摔在桌上说道,"你牛你现在就把那 6 个人找回来!要么你就让瓦西里别来抓人!办不到就别说这种话!还不停不行吗?不行!大家都不想停,但谁都没办法!"

何军岳见状立马使眼色给许释贤,让他把张帆拉到一边,他凑到冯岚身旁安慰道:"哎哟哟,你看看你看看……领导您别动气儿啊,老张就是这几天一直连轴转,嘴已经不听脑子使唤了,才问出这种问题嘛……咱们平心而论,他平时也不这样对不对?你看我们家老王这不是还在接受安全部的审问没回来,我们这心里也在时时刻刻担心着!这几天咱们都太累了,真的到达生理和心理上的极限了!尤其是您,我听说了,这么多天了,您就在审讯室折叠床眯了一小会儿吧?这哪受得了啊……没事没事,咱们部门还有最后这么一个小任务,把在途任务的终止动作、授权都处理好就完了!后面短时间内估计也没法再接入了,您给部门放两天假,咱们大伙儿托您的福,都回宿舍踏踏实实睡两天!"

何军岳的嘴确实好使,经过这一通饱含深情地嘘寒问暖,冯岚的情绪平和了许多。她叹了口气,点点头,说道:"是啊,我应该做整个总部基地里面最坚强的人……我们还有不到 48 小时,坚持住……"

可冯岚的话还没说完,此刻被许释贤拽到一边的张帆突然跪倒在地,他怒气冲冲地环视四周,周身散发着的光晕变换了形态,迅速流转着,似乎要吸走身边的一切。张帆的裤子上缓缓渗出黄色的液体,流到地板上,散发出浓浓的尿臊味,引得坐在旁边处理文件的女孩连忙起身,捂着鼻子躲到了一旁。

正当所有人不知所措的时候,张帆从地上弹跳起来,翻身爬到了桌上,他被尿液浸湿的裤子洇了桌上的文件。许释贤一把抓住了他的胳膊,可此时的张帆力气巨大,一甩手就把许释贤甩出一个跟跄,他起身笔直地站在桌上。

就在这一瞬间,基地所有人的 PL 里同时响起了一个急促的声音:"我是信安！强切！"这短短的 6 个字，用了不到一秒，与声音同步的这一刹那，张帆从桌上跃起，在空中似乎跳到了一个看不见的平面上，然后，他整个人在众目睽睽之下消失了。

时空似乎静止了 3 秒，实验室内鸦雀无声。

"人……人呢？张帆呢？"许释贤先开了口，他的身体从脚趾麻到天灵盖，声音中带着颤抖。

"消失了？"

"怎么回事？"

"人去哪了？"

议论的声音逐渐变大，实验室开始变得嘈杂起来，距离张帆刚才位置最近的女孩吓哭了，眼泪止不住地流下，她头上的青筋暴起，双手捂着自己的脑袋尖叫起来，声音是那样刺耳尖锐，响彻整个楼层。

冯岚愣在原地。

何军岳瘫坐在冯岚身边的椅子上，脑海中一遍一遍回想着张帆从桌上跳起，在空中消失的景象。他嘴里小声念叨着："这太令人难以置信了，我不相信这是真的，绝对不可能，这完全不符合正常世界的科学逻辑！"他的手紧紧攥着拳头，短短的指甲抠得手掌生疼，可似乎只有体会到这实实在在的疼痛感，他才会觉得这世界是真实存在的。

许释贤双腿发软，走到何军岳身边坐了下来，他紧张地攥着何军岳的袖口，前倾身子语无伦次地说道："PL 停了对吧？也就是说瓦西里精准化感应的人数达到了阈值……张帆是被瓦西里接走了吗？他不是说 3 天之后才开始带人走吗？而且带走的难道不应该只有意识吗？"

"嗯……嗯……"何军岳说道，"PL 停了，没办法语音通话了，咱们大概需要陪冯岚一起去趟信安，当面问清楚……"

正说到这里，门外冲进来一群全副武装的安全部人员，他们个个荷枪实弹，把门口围了个严实。

还不知张帆消失一事的杨驰阔步走进屋里，咳嗽了两声，说道："大家好，都是老熟人了，话不多说，咱们直奔主题，PL停止后，为保障基地所有人员的生命安全，也因为前不久发生了一些大家都不想的事，安全部来强调保护措施，请各位严格遵守中心的安全制度……"说着说着，他发现人群的情绪不太对，有人在哭泣，有人趴在桌上压根没有理睬他，冯岚更是站在原地眉头紧锁、目光呆滞，整个实验室气氛诡异。

"你们这是怎么了？我理解大家……最近大伙儿确实都太紧张了，可现在这不是已经切出来了？所以就别都愁眉苦脸的了！这原本计划的48小时，提前达到了接入阈值，现在还有两天的窗口期，大家现在什么都别想了，好好休息一下吧。"

"张帆消失了！"人群中刚刚尖叫的女孩声嘶力竭地大声吼道。

"对！他从桌上跳起来，整个人一瞬间就在空中消失了！变魔术一般地消失了！"旁边有人附和。

"就在刚才，在强切的那一瞬间！"

杨驰不解地看着SE的人们："你们是说……他……整个人……凭空消失了？是我理解错了吗？这是怎么回事？来个能说明白的人给我详细讲讲……许释贤，你来给讲讲！"

"我们现在要去信安，了解具体情况！走，小何，你跟我去！"冯岚终于缓过神来，压根没理睬杨驰，拉着何军岳就往外面走，他们两人的身影消失在冰冷的楼道中。

第十七章

"在这样没有任何希望的境地中,我无法估计 20 项目最后的结果。"

当冯岚与何军岳到达信安部所在楼层时,远远就听到了吵嚷的声音。

"怎么可能会是 23.7015%?这根本不科学!你告诉我这 0.0015% 怎么出来的?这么算下来有一个人中的单独一根手指被精准接入了是吗?查!马上查,是哪里有漏洞了,还是怎么回事?"

听到这里的时候,何军岳与冯岚正好拐进信安部,陈辰独特的嗓音辨识度很高,何军岳立马听明白了他们在吵什么,可是他心里只惦记着张帆的事,开口就说:"刚才阈值强切的时候,我们部门张帆在众目睽睽之下消失了!"他声音不大,却立马引得信安部全体人员投来目光。

房间里安静了几秒钟,随后便又是一阵嘈杂,陈辰放下手中的文件,紧张地走了过来,把何军岳与冯岚拉到一边:"老何,有个事,我不知道怎么告诉你,你知道以后别着急,你答应我一定要冷静,最近发生的事情实在是太多了,太匪夷所思,大家都在怀疑这个世界是不是出现了问题,但是……"

"哎哟陈老师,你别废话了,咱们几个人经历的够多了,这些道理我都懂,你就赶紧帮我们查查张帆怎么回事吧!"

陈辰依旧面露难色，表情非常局促，迟迟不能开口。

"你到底知道什么？我们刚才都听到你说的了，有漏洞了是吗？"何军岳焦急地问。

"我想说的不是有漏洞这件事！那……我要是说了你一定要挺住……"陈辰试探的眼神中甚至带着一丝祈求。

"你什么时候开始变得这么磨磨唧唧了！说！"何军岳皱着眉头回道。

"那我说了啊……就是……就是……刚才你说SE的张帆消失了……嗯……我们现在知道的是还有一个人也发生了同样的事……他是……他是……老王，王敬民。"

一瞬间，何军岳的脑袋"嗡"的一下，他愣在原地，难以置信地盯着陈辰。

陈辰继续试探着说道："王敬民回来之后，就显示PL一直有问题，中心就一边查一边把他锁在安全部作笔录，刚才终于搞完了今天的笔录，就安排了几个安全部的小兄弟盯着他，准备送他回指定区域休息。走到一半，他非要上厕所，可他方便完了之后就站在洗手台那儿看着镜子一动不动。正当这时候，我们信安系统显示精准接入的数据突然噌噌往上涨，都响起警报了，我看这数据眼看就到阈值，就赶紧发了全体语音播报……可就在这一瞬间，王敬民'蹭'地爬上洗手台，在语音播报响起的同时起跳……然后一瞬间，整个人……没了。"

陈辰咽了下口水，继续说道："然后那几个安全部的小兄弟在厕所里一通找，可连个人影都没找到，就剩下他爬上洗手台的时候，从上衣口袋掉出来的这个……"

陈辰拿出一张小卡片，塞到何军岳手心里。那是他们进入20项目之前，王敬民陪何军岳去JUNGLE GYM最后一次演出时的酒票，用它可以换一杯他们最喜欢的占边可乐。这么长时间了，老王一直还随身带着，似乎在提醒着自己曾经有过那么快乐和纯粹的岁月。

"安全部那几个小兄弟都被吓坏了，立即去报告大杨，路上路过我们部门，就顺道跑来跟我们也说了这事。现在已经派人去中心数据机房拿王敬民 PL 的历史接入数据了，想看看到底怎么回事，拿到后还要你们 SE 做详细的信号分析，现在 PL 系统已经全面离线，不能共情信号，你们只能把数据插进离线设备从三维投影里看了。"

此时的何军岳依旧愣在原地，他不敢相信，和他从小一起长大，一起玩了三十多年的发小，就在一瞬间，活不见人死不见尸地消失了。

"还有没有出现这种现象的人？"旁边的冯岚问道。

"目前还没接到其他消息。另外，还出现了一个匪夷所思的事……你们也知道，根据卜算子的测算，中心的人如果被精准接入超过 23.7%，3 天后跟瓦西里走的人员的意识数量和强度，会对世界发展态势造成质变，所以联合国那边都做了统一限制，到达阈值全面强切，不留一点儿可能性……可是切断后的数据显示，达量已经到了 23.7015%……这根本不可能啊，我现在无法判断这意味着什么，部门同事们在查，有消息我会告诉你们的，你们先回吧，今晚好好休息一下，两天后还有硬仗要打。"

何军岳失魂落魄地回了宿舍，此时还不知道王敬民情况的许释贤已经困倦到极点撑不住先睡了。何军岳望着王敬民卧室床上还没有叠好的被子，百感交集地走过去坐在了床边，他压根不信他的老王能凭空消失，他也不知道老王现在到底是死是活。

"这一切都太怪了！"他自己念叨着，"就算是发生意外出了车祸、着火烧死了也还知道是个死，我哭就完了！这你让我们怎么办？上哪儿找你去啊！"

可是因为实在太困了，不知不觉，何军岳歪在王敬民的床上睡着了。

这一夜，他经历了混乱的梦，一开始，梦里的天灰蒙蒙的，何军岳只身一人在树林里奔跑，白色的树干高细而挺拔，那里的空气寒冷而干燥。跑出树林之后是一片广阔的平原，他在铁路旁边停住了脚步，四处张望，好像在找什么人，又或者是有什么人在追他。这时梦境中的视野从主观视角变成了第三视角，他看见自己沿着铁路继续向西边跑去，人影不知跑了多久，出现在远处一个灰白色的南北走向的大石桥上，石桥很长，桥下是铁路、石头和沙砾，人影在桥上继续向南奔跑。

过了一会儿，梦中的视野好像到达了一片杂草丛生的废旧工厂，他注意到远处的厂房有个蓝色的屋顶，这个颜色在灰蒙蒙的梦里十分显眼，他的背影慢了下来，仍在四处寻找着什么。即使是在梦里，他仍旧能感受到惊恐的情绪和用力跳动的心脏。他在一栋砖房后面发现了许多灰色的碎石堆，旁边停放着破旧不堪的挖掘机，他绕过几个碎石堆，继续往远处的红色烟囱跑去。可在梦里，那看似并不遥远的红色烟囱好像永远也无法到达。他换了一条路，绕过了生锈的围栏，穿过层层的树木和植物，他拼命奔跑，似乎离那烟囱越来越近，但仍旧无法到达。

后面的梦境又切换了环境，天空隐约下着小雨，何军岳坐在一辆出租车后面，他右边是许释贤。出租车行驶得很快，发动机声音很大，模糊的梦里他注意到前面司机驾驶位鲜艳的粉红色椅背，椅背后面有一种带有特殊圆形花纹的低矮钢架隔出乘客位。小车穿梭在并不宽敞的街道上，街边的房子不高，大多都是店铺，旁边布满了树木和植被，门口装饰着花花绿绿的招牌，停着不少电动车和摩托车，街边的人们慵懒随性。尽管梦里的画面并不清晰，但是何军岳还是注意到路边有许多电线杆，拉出的层层黑色电线延伸到了街的尽头，这一路，何军岳与许释贤一直在拼命寻找着什么。

这一宿的梦混乱至极，可那些场景和心境体会又是那么真实，让醒来的何军岳总觉得不太对劲，好一阵恍惚，疲惫不堪。他红着眼坐在床上，身边还能闻到残留在房间中的王敬民身上隐隐约约的味道。

他叫醒了许释贤说了昨晚王敬民和张帆的事，两个人坐在客厅，久久无言。

何军岳终于开了口："老王一定会没事的，咱们一定要把他找回来！走吧，咱们先去吃个饭，我太饿了，吃完就回实验室，用三维投影查查老王的信号，冯岚应该已经开始查了。"

今天的大楼里气氛很不一样，尽管每个楼层都有巡逻把守的安全部的小兄弟们，但是其他部门的人员似乎都轻松愉快了不少。从20项目开始，PL从来没有被主动关停过，任务从来没有暂停过，大家也从来没有享受过这看似平常的普通人的感官生活。

"现在我们完成了阈值强切，是不是如果不再接入PL就可以不用管瓦西里了？况且目前我们有的PL数据已经把银河系附近的几百个星系的情况都做了具体呈现，够用了，消化研究还需要时间，估计咱们后面的日子能轻松不少！我就期待能早点回家！"今天食堂里的人格外多，坐在许释贤与何军岳旁边的一桌人猜测、谈论着20项目未来的发展方向。

桌上的另一个人则是反对态度："我看不会这么乐观，20项目最早成立就是为了对抗未来2063年发生自主感官意识觉醒，2105年发生意识与主体剥离、异体互换。但是现在来看，这些苗头都有了，甚至2105年的事，瓦西里都搞得八九不离十了。这个项目不可能停，PL暂停一定会是短期的！"

旁边的女人也应和着："是啊，信安今晚前就会为20人全面上线信号屏蔽功能，来抵抗瓦西里的入侵，如果技术实现且好用，相信PL会尽快重启的。"

何军岳、许释贤默默听着大家七嘴八舌的讨论，低头吃着眼前的阳春面，他们现在似乎并不那么在意未来怎么样，只想尽快把王敬民找回来。

两人吃过饭到达SE的时候，冯岚和杨驰已经拿到授权开始调取王敬民的PL信号了。

许释贤把何军岳拉到实验室的角落，凑到他身边小声说着悄悄话："老何，我毕竟是地面搜索组的，信号传输的过程中了解到不少科研的最新进展、相关理论。看老王和张帆这个瞬间消失的方式，我想到了科幻小说中的'曲率引擎'，咱原来在家老看的那个《星际迷航》就用到了这个理论，其实我觉得用'扭曲空间引擎'这个名字更准确。这玩意是利用反物质驱动的速率引擎制造一个人工的曲力场，使物体能在这个扭曲的时空泡中以若干倍光速的速度移动。

"用大白话来说就是——如果一个飞行器前方的时空弯曲的程度很高，后方少一些，那么这个飞行器就会像是被空间挤到前面去一般往前走，这样可以达到极快的运动速度甚至超过光速，那老王和张帆瞬间消失的事似乎就可以解释了。

"虽然这个理论看起来玄乎，但NASA的无极限空间研究所前几年就官方宣称'或将发现世界上第一个曲速气泡'，这个事情理论上是可以实现的。不过如果真的是靠曲率引擎的话，那我们周围很大一片时空都会受到影响而极度弯曲，可实际上他们就是在看似正常的时空中消失的，瓦西里很有可能搞了什么其他的类似技术。"

"用沌太？"何军岳问，"用沌太的话……按理来说是会抓老王的意识啊，就像田邵波那样，肉体应该留在原地才对，可这两个人确确实实整个人都消失了。沌太……可以影响普通物质吗？"

许释贤继续小声回复道："我就是在想有没有可能……瓦西里用沌太实现了不影响普通物质世界的曲率引擎技术？用个沌太曲率泡包裹住王敬民和张帆的身体，挪到其他空间达到我们看到的效果？虽然咱们20人现在的研究进展并不知道这看不见的沌太是不是可以造成时空弯曲，但是人家瓦西里没准早就实现了……"

"滋……"当何军岳与许释贤正小声讨论得热火朝天的时候，杨驰和冯岚正在观察的三维投影中王敬民的信号消失了，消失的时间正是在天山小区出租房里，何军岳与许释贤下楼去新疆饭馆买饭的时候。

"对！就在那个时候，老王变得像被符号'夺舍'的田邵波一样！"何军岳朝着冯岚和杨驰的背影喊道，"大杨警官冲进去之后，看起来王敬民的状态似乎恢复正常了，按理来说就该有信号了，二位要不要尝试把时间调到几分钟之后？"

杨驰也点了点头。

可不论把时间坐标调得多往后，王敬民的信号还是一片雪花点。

"就是说……如果王敬民被'夺舍'了，'夺舍'的人……一直没走？后来他看似恢复了正常的状态，都是装的？"冯岚皱起眉头说道。

杨驰转过头看着冯岚："有这个可能，也有可能当时王敬民的身体里住了两个人，他看似恢复正常的时候是'夺舍者'切换到了隐性态。冯老师，你记得吗？王敬民被带回 20 基地之后，他的 PL 就一直显示接入异常，可他的所有正常心理测试、身体测试都显示没问题，他的精神状态稳态测评也都和之前的王敬民没有差异。当时咱们还向上请示了，上面给的答复是给他换新的 PL，旧的送去检查问题，同时一并进行本人笔录……"

"嗯，张帆也发生过这事，他说他的 PL 机器坏了，信安部也查到他的信号数据异常，就申请换了新的设备。"冯岚盯着三维投影里的雪花点说着。

她起了身，一脸失落，转身靠在桌沿，望着何军岳与许释贤的方向，叹了口气说道："事情太多太乱了，咱们必须捋一捋……最近的事开始于田邵波、罗伟等 6 个人的意识在黑洞任务中消失，被关押进 MH369 意识监狱，好在目前这些人的肉体还在 20 基地，生命体征平稳，基地人员被全部召回，可直到现在我们都没有建设性研究结论。

"11 月 16 日，符号'夺舍'田邵波，到信安入侵了 PL 系统，系统被迫停了一天，基地发生了动乱。

• 20 任务 · 沌太熵辇 •

"11 月 17 日,基地在对符号的审问中得到许多信息,这也标志着瓦西里的正式宣战。

"18 日上午基地人员全面接入新版 PL,系统重启。另外按照现在的信息,当日中午王敬民和张帆在 PL 待机且无任务的状况下就很可能已经被'夺舍',我们现在尚不知他们肉体在哪里,意识如何。

"18 日当天晚上,瓦西里发布了全球播报,告知我们沌太熵辇的相关信息,且他表示会在 11 月 21 日接走所谓有坚定意愿的意识志愿者,并承诺志愿意识的身体将得到统一保管,在任务完成后可以实现意识与肉体的回归耦合,让志愿者重新享受生命的权利。全球播报结束后,瓦西里用实际行动宣告他可以随时差异化精准接入项目中佩戴 PL 的人群,随即联合国用卜算子算出了影响阈值,设置了阈值强切。

"19 日凌晨 2 点,信号精准接入值激增,PL 提前达到阈值执行强切,强切后数据显示异常,比应该有的 23.7% 多出了 0.0015%,我们现在不知道这是什么造成的,但如果数据是真实的,这件事将会对世界造成质变。同时,在强切发生的一瞬间,王敬民和张帆分别爬到一个高台,跳到一个肉眼看不到的平面上,随即消失,我们现在无法解释他们消失的原理,也不知道他们去了哪里。另外我们还得知,全球的 20 中心发生了不少于 20 例此类事件。

"除此之外,我们现在知道瓦西里有能力实现意识读取共情,那么我们对他的所有应对思路他都应该清楚。所以不论我们做什么,可能都是徒劳。

"另外,事已至此,我必须承认,联合国以前从来没有公布过瓦西里的具体信息,官方口径一直是敏感信号需要屏蔽,可我个人一直在怀疑,联合国项目总部很可能压根查不到这个信号。我们面对的所有处境都是被动的,且毫无头绪,在这样没有任何希望的境地中,我真的无法估计 20 项目最后的结果。"

"冯老师，我想问一个问题，可能比较敏感，希望您不要难过……"许释贤说道。

"你问吧。"

"20 项目开始到现在，所有关于瓦西里的子任务，我们是不是从来没有成功过？"

冯岚顿了几秒，终于开口回答："是的，尽管我们不想承认，但我们确实找不到他的肉体，不知道他的沌太可控技术用的是什么底层逻辑和系统，不知道他是怎么把人关进意识监狱的，也不知道他是如何让王敬民与张帆消失的，更不知道未来会变成什么样。这一切都发生得太快了，现在外面仍然不断有人在发生感官意识觉醒，安全部的人都快不够用了，我真的不知道接下来我们还能不能应对。"

何军岳低下头，他的双手紧紧地抓着头发："走一步看一步吧，今天是 11 月 20 日了，摆在我们眼前的是，再过 1 天时间，瓦西里就要过来接人了。我有个想法，如果让大家停止思维意识，是不是就不存在'坚定'一说了？"

杨驰站起身来问道："'停止思维意识'？你想怎么做？"

"有没有可能，让大家在这段时间……都处于深度睡眠状态？"何军岳抬起头望向二人。

听到这儿，冯岚疲惫的眼睛闪烁出了一丝光亮，她站起身来对杨驰说："这可不是咱们随便定一条规则制度这么简单的事，这关乎联合国项目的发展方向，更会牵扯到道德伦理上的许多问题！大杨，走，咱们去看看信安恢复普通通信的进度，一会儿还要开大会！"

第十八章

"我可以去搞接入，去面对风险，去和瓦西里谈判！"

📍 2026 年 11 月 20 日，栾屏地下实验室，西川，中国

"郭老，联合国项目全体第一次 PL 离线会议马上就要开始了，以我这边看到的进度，新疆、北京、广西的通信都准备得八九不离十了，在做最后的加密安全确认，咱们现在可以召集实验室全体人员集合准备了。"郭宇童的助手伏在他耳边说着。

郭宇童年岁已高，他的身体已经禁不住最近没日没夜地折腾，只能靠轮椅行动。

"好，把我推到大厅，然后你就去跟进一下准备进度吧。你也关注一下新疆那边的情况，他们人员多，需要的准备时间要更长一些。"

经过一番修整，洪伯贤和张敏拖着疲惫的身体到达大厅，在大厅中间席地而坐，再也看不出一丁点儿老教授该有的学术矜持。

"全球实验室已经百分之百完成了应急任务和卜算子托管改造，这次应该能消停一会儿了。"洪伯贤说着。

"刚想睡个安逸觉，哪个晓得又要开啥子全球会议，人家瓦西里现在的

能耐是咱们搞几个会议就能应付的吗？你看，安全部的人又荷枪实弹地把大厅围起，这还哪有人权噻！"胡子拉碴的张敏皱着眉头按着自己浮肿的小腿一阵吐槽。

"哼，人权？我跟你打赌，会上一定要聊人权的事！否则不会让所有人都参加！"洪伯贤嗤笑一声，朝着大厅里信号接入的屏幕翻了个白眼，"以现在的情况，我们要思考的问题已经不是任务目标怎么实现了，而是这个项目方向是否正确。昨天联合国搞的那个无差别匿名调研就很有说服力，明显是上面也不知道该怎么搞了！"

"你看你又说这种带有敏感色彩的话，如果郭老头儿听到，一定又要用拐杖打你喽。"

洪伯贤继续歪嘴笑着："我怕他那个？现在 PL 全面离线，除了瓦西里谁也不知道我说了什么、想了什么！就算以后 PL 重新搞了接入，他也不能随便查我的私人生活信息！我活了这么大岁数，混了这么多年，还能让他们随随便便拿捏了？！"

"中国西川棶屏地下实验室全员集合完毕，全体身份核验完成，信息加密验证完成，安全监管确认完成。"郭宇童通过全球连线汇报了会议准备情况。

"中国新疆阿托普勒心理研究院第二实验研究中心……6 人意识失联，2 人整体失联，其余人员集合完毕，全体身份核验完成，信息加密验证完成，安全监管确认完成。"当连线传来冯岚明显沙哑疲惫的声音，坐在轮椅上的郭宇童身体微微颤抖，他灰色的眸子里闪着湿润的光芒。

"加拿大多伦多第二核子实验研究中心全员集合完毕……"

"兰姆帝国……"

"芬兰……"

随着所有项目分部集合确认完成，会议正式召开，联合国 20 项目总部的负责人斯雷登出现在大屏幕上,语音信号通过实时传译同步给各语种国家分部。"各位 20 项目的同僚,大家好,我相信每个人都清楚,我们现在还有 14 个小时就会迎来瓦西里对人类的第一次公开袭击,可截至目前,我们的应对措施还远远不够,这一切发生得太快,留给我们的时间太少了。项目个体的综合评测数据其实并不乐观,我们中间也出现了诸多不同的看法和声音。今天这次公开会议,希望可以本着不回避、不退缩、尊重意愿、尊重选择的原则,探讨得出我们下一步的方向性结论。"

俄罗斯的项目负责人率先申请了连线发声:"我的发言不代表我的国家的立场,我仅表明我方实验室的研究需求。我们并不认为现有的项目发展方向的思路是客观的、正确的,因为就算现在瓦西里从世界上消失,我们也要面对意识觉醒、意识异体互换的可能性。他的出现只是加速了这个进程,并提出一些他视角下的应对措施,如果卜算子的预测结果属实,瓦西里甚至会对结果有正向影响。所以我认为我们不能再掩耳盗铃,要重新思考项目的本质、人类文明的发展本质!而思考的依据,也就是数据和事实,必须是公开透明的!"

白国的代表打断了他,发起连线,发言的人是政治家武校田:"在这样一个大会上,俄方的发言人实在勇气可嘉。刚才的发言提及我们需要对项目的正确性重新思考,这种思路仿佛是项目发霉腐烂的结构上的新油漆,可腐烂的结构上不仅有油漆,还有另一种东西,那是失联意识、失踪人员捍卫生命权利的'鲜血'!这其中,也有昨天刚刚失联的 5 位白国研究员的'鲜血'!我国必须在项目进行的同时保障我国所有民众的基本权利,我们坚信联合国项目总部已经有足够的智慧来负担起全人类基本生命安全的权利和责任,并清楚地将这作为首要考虑要素,避免迫在眉睫的灾难。"

看到这儿,洪伯贤又是扑哧一乐:"呵……人家俄罗斯老哥就是一个研究牵头人,客观表明项目事实,管项目组要真实数据,我刚还寻思这说的真没毛病啊！可一转头，好家伙，这白国直接出来个政客，把人家发言角度切了，张嘴就是这么一套……怎么着，丢了意识找不着人了，你们不干了，要向联合国项目组问责？当年你们干的那点儿反人类的事，对其他国家老百姓可没有这种'尊重生命基本权利'的态度！"

俄罗斯的项目负责人再次冷静地连线发声："我认为现在没有必要在这里以这种带有个人情绪的语言去影响项目发展方向的探讨，目前我们面对的最棘手的问题是14小时之后瓦西里要来带走更多的意识志愿者，而对意识志愿者一事的态度又取决于我们对瓦西里口中'沌太熵辇'问题的考量，而我们现在手中的信息不足以判断'熵辇'问题是否属实。所以现在最重要的是把事实公布于众，如果事实是瓦西里确实是在危害人类，我们就应该尽最大努力做出应对打击；可如果事实证明瓦西里是对的，客观来讲，我们应该重新考虑是否要和瓦西里站在一起面对危机。凭着一些带节奏的话混淆视听是在耽误时间！我们要事实！"

"我们要事实！乌拉！乌拉！乌拉……"屏幕中，俄罗斯发起连线的大厅里，所有人员集结在一起，振臂高呼，引得洪伯贤、张敏压抑已久的情绪也为之一振，手中的拳头紧紧攥了起来。

可接下来，兰姆帝国的接入又令人百感交集："从安全的角度，联合国项目总部在项目开始前便联合各参与国签署了安全协议，但鉴于目前本项目引起的一系列问题，我们不得不对人类社会的发展方向表示担忧，恐怕事态正在朝着不可控的方向发展。我方将时刻关注可能侵犯我国主权及民众生命安全的风险，同时，作为大国，我们不排除在必要时采取行动的可能性……"

洪伯贤继续用看热闹的语气发表评价："你看吧，有的人就喜欢挑事！你跟我们说这个有什么用？今天敢让非政治身份的人员发言就没打算吃你那套！有能耐你跟瓦西里叭叭去！你找得着人家吗？你看看人家搭理你吗！怎么着，想借着这个由头搞侵犯？就那么喜欢打仗？回头给人家瓦西里惹急了,一个回身给所有人魂儿都收了,你跟谁打?"

联合国 20 项目主席斯雷登打断了接入:"在这个项目中,我们只有团结一致,没有私心,才能共同取得最终的胜利。我有必要在这里再次提醒各国项目分部,今天我们是来解决问题的,请就问题本身发表言论……"

此时,接入画面中的联合国项目发言人接过了一沓厚厚的报告,他清了清嗓子,继续说:"我手中是所有项目人员对于本次危机的态度的调研结果,本次无差别调研采用匿名形式,对被调研者本人的项目发展不构成任何影响……其中,关于 14 个小时之后的意识志愿者一事,有 43.8% 的人员表示应切断所有相关信号,尽最大努力避免瓦西里带走任何人员;有 9.7% 的人员表示应尊重意识志愿者的意愿,剩余 46.5% 的人表示无法确定。对于瓦西里本人的行为,14.1% 的人持支持态度,39.0% 的人持反对态度,46.9% 的人表示无法确定。对于人类文明发展方向,45.2% 的人表示现在应尽最大努力阻止变化,直到我们拥有稳妥、可控的技术支持,9.1% 的人表示我们应拥抱变化,及时应对,45.7% 的人表示无法确定……"

"我们要和瓦西里谈判!"突然,一个男人的声音打断了正在播报调研结果的联合国发言人,"对!我的意思是……我们需要谈判!正如俄罗斯的发言人所说,我们现在看不到事实,你念的所有调研结果都是基于大家的猜测!你要拿着这玩意说事儿吗?"

"哦豁!猛啊!"张敏明显被年轻人的魄力震惊到了,他盯着屏幕,拽了拽旁边的洪伯贤。各地的参会人群开始骚动,议论纷纷。

"在 PL 强切的那一瞬间,和我从小一起长大的哥们儿被瓦西里整个人带走了,现在还不知死活……就算我是这个世界上除他爸妈之外他最亲的人,我也不知道他是否有所谓'坚定意愿',但是事实是他已经消失了……我想说的是,我必须把我的哥们儿找回来,我愿意做志愿者,不是做瓦西里的志愿者,而是咱们 20 项目的志愿者!我可以去搞接入,去面对风险,去和瓦西里谈判！我要问问他'事实'到底是什么！哪怕他也把我带走，哪怕我也将面对肉身不在、魂飞魄散！"

是的，这个在全球项目实时会议上向所有人表态要搞自杀式接入的人，正是何军岳。

联合国 20 项目负责人斯雷登被这个突如其来的接入打了个措手不及，他推了推眼镜，目不转睛地盯着屏幕上这个年轻人坚定的脸。

这时，接入画面里何军岳身边又多了一个人："我陪他！他没了就换我来接入！最坏的结果不也就是个死吗？反正每个人最后都得死，这辈子来人间走一趟，经历点儿不一样的也算没白活。"许释贤淡然一笑。

何军岳和许释贤在全球会议前，和正在忙着系统确认的陈辰凑到了一起，三个人以修复王敬民、张帆数据的理由通过了中心特殊申请，在信安部的数据中心独立接入参会。

看到他们在会议接入中的发言，杨驰立即叫人，准备去数据中心阻止三人，却被冯岚按了下来。

"这俩人怎么看着有点儿熟悉？他俩干吗的？"崍屏地下实验室大厅中的洪伯贤盯着屏幕说道。

"你忘了？前些日子说是新疆那边有四个小伙子偷了设备私自搞接入查瓦西里，咱们实验室还帮他们一起搞信息，就是他们几个！"张敏回复着。

"据说以前全是玩摇滚的，还有点儿名气呢！"旁边的人也凑了过来。

"我的天！这是要做敢死队啊……"

"不知道上面啥态度……"

"万一总部说他们不够资格就要闹笑话喽……"

人群中七嘴八舌的议论终于被联合国 20 项目总部负责人打断了："感谢中国 20 总部基地人员的无私奉献……此事需要立即详细商议，会议暂停……"

何军岳、许释贤、陈辰在杨驰和冯岚的带领之下立即接入了联合国 20 项目总部的专项内部会议，参会的其他人员是项目各口径的最高负责人。

何军岳与许释贤这才终于明白，现在的联合国 20 项目总部不是故意不作为，而是确实缺少信息量，确实没有应对瓦西里的能力。可他们就是不愿意承认，也不允许自己承认——全人类的智慧聚合在一起，都不如瓦西里一个人的智慧。而在这样绝望的处境中，总部给出的解决方案只能是给大家的离线 PL 加载信号屏蔽功能，尽管项目组也不知道那是否真能拦住瓦西里。除此之外，项目组人员可"自愿"注射安定类药物，以在瓦西里入侵之时尽量保持深度睡眠状态。

"也就是说到时候……原则上所有人都会入睡，只有咱们仨醒着，对吧？"何军岳低着头说着。

"嗯，冯岚和大杨申请了陪咱们一起守夜，可被中心驳回了。"

陈辰疲惫地笑笑："嗯，这次守夜行动，唯一能帮上忙的只有被托管的卜算子。托管系统是一套新的智能逻辑，它会全方位评估危机情况，并根据情况决定是否为使用者开放卜算子的高级权限，这套东西可是扎扎实实折腾了信安部和科技部大半年，我们对它还是很有信心的！"

"接入了托管系统是不是就相当于把卜算子变成人工智能了？"许释贤问。

"首先，我们这里说的人工智能，不是咱们还是普通老百姓时，被大卖场卖电器的那帮小子忽悠的什么智能、智慧家电，那种东西说白了还是用遥控器的家用电器，真智慧你主动给隔壁老赵找个后老伴儿解闷儿啊对吧！咱们现在讨论的人工智能，是技术和意义上都有门槛的，比如之前很火的那个深度学习模型，你给它提个问，它就能主动用人话实时回复你，尽管回复内容的权威性、具体性、准确性、深度都相对一般，可确实省下了提问者去网上到处搜索的时间。这类人工智能大多还是基于人类认识经验编写的程序，它基于海量的数据，深度学习不同层次的语言表示，再经过一系列的预训练模型、语言模型，以及不断修正，就能智能地与你对话。而这海量数据背书的获取逻辑不管怎么变，还是离不开最早那套爬虫逻辑，对，就是靠超文本传输协议①去获取并解析网页内容的那玩意。

"不过说实在的，程序永远是程序，还是不具备自主思维的能力，之前的科学家一直在说怕人工智能觉醒给人类造成灭顶之灾，说实话，就之前那个水平……科学家们真是想多了。不过，现在有了沌太可就不一样了，如果不做好限制，还真的有这个风险。你可以这么理解……托管系统相当于造了个假人，用脑子管卜算子，注意是用脑子不是用程序！我们的系统相当于给这个人设置智商水平、道德底线和法律红线，并通过很长时间的教育，使他形成了稳定的人格。同时由于这个无形的人被'编辑过基因'，先天带下来的思维模式很难改变，所以他造成威胁和风险的概率极低，目前上线的托管系统仅仅用了假人的极小部分能力，所以目前来看还不用太过担心。

"守夜行动是它的第一次实操，说实话，我心里也没有百分之百的把握……嗐，既然风险评估都没啥问题，那就硬着头皮上吧，也没别的办法啊。"

📍 2026 年 11 月 20 日 23:30，中国 20 项目总部基地，新疆，中国

"还有半个小时，真不知道到时候会发生什么，总部给准备的这堆谈判材料也不知道到时候用不用得上……陈老师，你卸掉 PL 了吧？"何军岳低着头说道。

"祖宗，您问了七遍了，卸掉了，我今夜什么装备都不用，'裸奔'着完

---

① 超文本传输协议（Hypertext Transfer Protocol，简称 HTTP），指客户端浏览器或其他程序与 Web 服务器之间的应用层通信协议。包含命令和传输信息，可用于 Web 访问、其他互联网 / 内联网应用系统之间的通信，从而实现各类应用资源媒体访问的集成。

成留守。"

"我们哥俩要是真回不来，就跟我妈说我们为科学献身了，她这个年纪'练小号'估计费劲了，你帮着多照顾点儿……还有，给你的衣服你拿好，到时候给我们弄个衣冠冢，清明、中元节你帮着多烧点纸钱。"许释贤也开始小声叨叨。

"哎哟！你们俩够了啊，少发表这种'大搞封建迷信'式的言论……"

"等会儿……他……好像来了。"何军岳望着门口。

陈辰紧张地吞咽了下口水，望向何军岳盯着的方向，可是，他什么都没看到："哪……哪呢？我……我怎么没看见啊？"

许释贤也看到了，在瓦西里全球播报信号中出现的高高瘦瘦的人影，从远处的门口缓缓走进了他们所在的实验室。瓦西里的形态与常人无异，踩在地上的脚步每一步都坚定而有力。瓦西里的人影走到三人面前，在他们对面的椅子上坐了下来。

何军岳、许释贤、陈辰三个年轻人，就在这样一个夜晚，有了这辈子永远不会忘记的经历。

第十九章

"格什鲁生命体将首次尝试化体，展现出类似人类的像，这将是历史性的时刻。"

📍 一年多后，2028年1月25日，中国20项目总部基地，新疆，中国

"这是来基地之后的第二个春节了，时间过得真快。"何军岳点起一支烟，眯着眼睛说道，脸上挂着微笑望着身旁的王敬民和许释贤。

"是啊，还挺想念北京的冬天，要是在北京，估计咱仨正在聚宝源涮羊肉呢！"王敬民看着窗外大雪纷飞、银装素裹的新疆大地也笑着。

今天的天空一直灰蒙蒙的，天地仿佛混混沌沌地融合在了一起。

20基地山的旁边，早已多了一座无比庞大的重工建筑，这座建筑的上半部分是一个灰色的椭球，下半部分是个中间凹陷的立方体，像一个底座。中国20项目总部的20人给这座新立起的超大建筑起了个形象而又诙谐的外号，叫松花蛋。

在PL接入者眼里，今夜窗外迷蒙的天空中不仅有密密麻麻的飞行器，还有不停绽放着的五颜六色的礼花，礼花炸开的一瞬间，展现出各种美丽的图案。

许释贤趴在窗台上，朝玻璃窗哈了口气，用手指在雾气上画了个笑脸，

水珠歪歪扭扭地从玻璃上滑了下来，映出楼道里装饰的红色福字和小灯笼挂穗。

"终于有点年味儿了，你们听这楼里放了一下午欢度新年的曲目了，这才是老百姓该有的生活。一会儿还有活动，中心组织包饺子，咱们都去吧，我听陈辰说，今儿准备了五种饺子馅！晚上还可以在大厅围炉打地铺，咱们哥几个得好好喝点儿！"

如今的基地已发生了翻天覆地的变化，日子似乎在这一刻终于回归难得的平静。

格什鲁文明已经和地球文明实现沌太共处快一年了，地球生命似乎已经准备好逐步接纳与这种文明共存的生活方式。

格什鲁文明发源于拉尼亚凯亚超星系团中的超大质量矩尺座星系团中的格什鲁星系，那是一片人类在之前一直没有建设性答案的巨引源①区域。格什鲁文明曾经是星系级别的沌太文明，可以面向整个星系群获取能源，具备很高的智慧水平。

格什鲁生命体的存在方式和人类完全不同，他们用沌太控制物质，大面积铺设在星球表面。由于他们可以分离存在，也可以组合成一个整体，因此在一定程度上，这种文明之下的生命数量可以是无限，也可以看作"1"。

而地球生命的存在方式是一个个独立的个体，生命通过自身的感觉器官获取世界的信息，形成个体认识，再通过符号进行信息传播，并在这个过程中改造世界。待生命消亡后，意识携带信息回到沌太里，增加沌太的熵犇值，让地球文明内涵不断丰满。而格什鲁生命由于可以看作"1"，因此没有个人认识信息后理解传播的损耗，在认识世界上更加高效而具体，它的沌太更像一个庞大的知识库，或者说，沌太就是它的记忆，供它随时调取并

---

① 指位于拉尼亚凯亚超星系团重力中心的引力异常区域，几亿光年外的星系亦可受到它的影响。

使用。

在漫长的宇宙时空中，格什鲁文明剩下的一小部分沌太就像一个被流放在洪荒世界的智者，孤独地守到了今天。而它所缺少的，则是地球个体生命群体生活累积出的社会性信息，这也是他们在遇到地球文明后最感兴趣的部分。

"我一直纳闷儿，为什么来地球搞沌太联合的这部分格什鲁生命要叫'神鹫特遣队'啊？他们以前的世界并没有秃鹫这种生物啊！"许释贤问道。

何军岳望着窗外的烟花回复道："讲这事儿的时候你趴在我旁边的桌子上睡得跟死猪似的……现在的 PL 信息同步又没了当年的强制共享，你不主动探究是不可能知道的，这就是不好好听讲的下场，现在迷糊了吧！格什鲁生命在了解地球信息之后觉得秃鹫是地球上最伟大的生物，它们专吃腐肉，用人类 10 倍以上强度的胃酸清理了自然界中的尸体，假如没有秃鹫这种生物，荒野上会尸体成山，犹如炼狱一般，腐肉之下疯狂繁殖的病菌还会传播疾病。同时，最重要的一点，秃鹫没有伤害存活的生命本身，所以格什鲁生命说它们是真正意义上的'不入因果'。所以格什鲁派到地球上准备搞文明体验的这部分生命便给自己起了'神鹫特遣队'的名字作为代号。"

王敬民也点了点头说："过了年之后，格什鲁生命会逐步进入化体阶段，到时候，格什鲁纤维体外面包裹的沌太膜会在人类眼中投射出人形的外观，也就是化体成人形，正式成为双方文明交流使者，这群使者就是神鹫特遣队。'神鹫行动'的第一阶段会尝试造出 4 个化体生命，他们将分别了解人类文明的人文科学、社会科学、自然科学、文化艺术。

"如果第一阶段一切都顺利，第二阶段会再制造出 28 个化体生命继续研究每个细分领域。具体说来就是由第一阶段研究人文科学的化体带领另外 9 个化体，分别探究人文科学下的哲学、历史学、宗教学、语言学、心理学、精神分析学、文化人类学、神话学、民俗学、考古学 10 个细分学科。第一阶段研究社会科学的化体带领另外6个化体分别探究政治学、经济学、社会学、法学、教育学、统计学、企业管理学。第一阶段研究自然科学的化体带领另外8个化体分别研究物理学、生物学、化学、数学、医学、工程学、信息工程学、航空航天工程学、地理学。第一阶段研究文化艺术的化体带领另外5个化体分别研究文学、建筑、音乐、美术、电影、摄影。在这过程中，人类也会通过化体认识学习格什鲁文明。

"等真正到了第三阶段，人类和格什鲁文明如果可以真正实现两方沌太融合，那我们组成的'1+1>2'的文明共同体，就可以带领双方文明实现全面跃迁，共同迈向新的阶段。

"20化体计划的风险基本是可控的。毕竟格什鲁不像弗雷格，它的文明历程比较干净纯粹，没有脏历史，和地球文明共生进步也确实互补、目标一致。哎，其实这种问题轮不到咱们操心，毕竟经过了这么长时间的评估和制度建设，问题……应该不会太大。"

何军岳听着，不由赞叹起来："嘿，咱们现在一个个脑子里都这么多信息，有时候睡醒觉我都犯迷糊，可你别说，咱家老王的思维一直还都很清晰，真是智商超群啊！你以后改名吧，别叫王敬民了，叫王超群吧！"

王敬民笑着转过身，朝房间走去："你小子又岔我！行了咱别贫了，PL发信号了，可以去参加活动了，咱们走吧，先回屋，把酒灌进水壶，咱们随身带着，别人也看不出来。"

"鬼，你真是小机灵鬼，谁也鬼不过你！"

当他们到达大楼办公区的时候，发现大灯几乎都暗着，用作照明的是四处点缀的灯笼和小彩灯，它们一闪一闪，颜色各异，充满着节日的气氛，映得楼里实在是温馨。这样的灯光下，人们在工位上喝着茶水，嗑着瓜子，吃着零食，谈天说地，讲着八卦趣事，也有人看到他们过来打起了招呼，还有的同僚放倒了椅子躺下睡着觉。

意识机制・第十九章

　　王敬民轻轻皱起了眉头，嘴角却也真实地带着笑，因为这一瞬间，一切似乎都变得轻松无比，他在恍惚中想起了当年在国科院心理研究所上班的日子。在那些岁月里，大家只需要自顾自地去度过自己漫长琐碎的几十年研究生涯，还了房贷，生了孩子，孝顺父母，应对好不知道什么时候会袭来的病痛，其他的，似乎也都只有在岁月中寻找各种能让自己快乐与欢愉的事了。

　　他想起很多年前，在他32岁时，一次在单位与同事聊天，他算了算，居然还有28年自己就要到60岁退休，实在是令人难以置信，因为他感觉自己从出生活到32岁也没有多久，可接下来只要度过更短的岁月自己就要步入老年。王敬民打趣着说一辈子太短了，还没活够呢，准备先活个100年，然后"向天再借500年"。

　　后面的前辈听见了他们的对话，凑过来说他们是在制造焦虑，因为只要再过10年，前辈就要步入生命中的老年阶段，领取退休金，回家带孙子，再平静地度些时日，没准就要入土归西了。当时的王敬民嘴上应和着，其实心里沮丧极了，他想到了自己视如珍宝的岁月，想到和自己从小到大形影不离的何军岳一起经历的大大小小的事，更想到了自己年迈的父母，该是会在他衰老前就离开他吧。

　　而现在王敬民的焦虑似乎少了许多，不仅是因为了解了生命结束后意识在沌太中的存在方式，也因为沌太可控技术，今后的人们也许可以实现给生命消亡的意识设置包裹膜，以在保留前世记忆的前提下流转到下一次生命旅程。王敬民也想过，如果真的实现了这种技术，死前他就会与父母、亲人、朋友约定好，带着记忆和誓言流转到下一世再团聚。

　　他想起那句方文山的歌词："一生行走望断天涯，最远不过是晚霞，而你今生又在哪户人家？欲语泪先下……"

　　"领导要来了！领导要来了！大家快准备！"王敬民的思绪被办公区响

起的声音拽了回来。人们开始从工位站起身来，拿出事先准备好的花束和彩带，更有人居然从屋子后推出了手工搭建的小花车，隔壁信安部的陈辰也带着穿了舞狮服装的年轻人准备承担气氛组的工作。

"早就听说总部老头子要来体验中国新年，全中心都在准备，没想到这么大阵仗啊！"许释贤从同事的桌上抓起一把瓜子，和王敬民、何军岳一起凑过去看热闹。

这次，联合国20项目总部的新上任没多久的主席康斯坦丁带领着团队到达中国20项目总部基地，同行的还有另外三个国家的代表，以及哈维大学、卡斯林研究所和维尔康辛大学的项目组负责人。

"康斯坦丁是首位尝试把托管系统接入PL的真实生命，真猛啊！他这相当于一半脑子都不是自己的了吧？不过不说别的，这老小子还真帅！连我一个老爷们儿都不得不服！"何军岳从许释贤的手掌心抓了几颗瓜子小声八卦。

康斯坦丁是一个人高马大的男人，他有着壮如牛犊一般的身体，深邃的眼眸仿佛能洞穿一切，高挺圆润的鼻子下面是浓密的络腮胡，粗壮有力的手臂仿佛在告诉世界他拥有力量。

"看他长得那样儿就是咱们惹不起的人哪！他那一条腿抡过来就能要我半条命，啧啧啧，吓人喏！"许释贤又拿出他那个阴阳怪气第一名的表情，撇着嘴说道，"不过据说这康斯坦丁不光有体格，脑子也优秀，克格勃出身！"

"还克格勃呢？什么年代了，现在人家叫联邦安全局！局长与副局长直接由总统直接任命，听命于总统。人家那儿装备先进的特种部队、武装直升机、装甲车、舰艇、火炮一个不少，现在据说还有了最先进的沌太信号处理装置和相关武器。联合国20项目总部搞身份审核、搞选票，这长得跟熊一样的康斯坦丁碾压式赢得了胜利，而且他还签署了自愿协议，以身试法让自己的意识接入了托管系统，现在他上位了，真有点儿制衡20项目中当年那些保守派和政治派的意思，话说我要是能参与选举，我也选他！"王敬民说。

"来，都安静一下……让康主席给咱们讲几句吧！"中国20项目总部的接待员清了清嗓子，拍着手把情绪热烈的群众的目光聚集了过来。

接待员略带谄媚地笑着，那阿谀奉承的嘴脸在彩灯的映射下绽放着，引得许释贤又是一阵嫌弃："哼，真是不论到哪儿都有这种人……"

康斯坦丁站在荷枪实弹的保镖中间，语言信息通过实时转译同步给了在场人的PL："首先要祝福大家春节愉快！今天很高兴来到中国20项目总部，体验到了美好的节日气氛，相信我们同行的每一个人都会铭记这个美丽的夜晚。在中国新年过完之后，项目就要迎来一个重要的时间节点，格什鲁生命体将首次尝试化体，展现出类似人类的像，这将是整个人类发展史上最具历史性的时刻。中国20项目总部在此次子任务中将承接化体落地，基地二期的孵化楼将成为化体生命的产房，咱们这里就是任务的最前线！目前各国、各部的负责人、研究团队已经进驻中国20项目总部，希望我们团结起来，争取更大的胜利！以前的重大节点中，中国的20人都表现出了令人赞叹的坚定，像当年的守夜行动，你们其中的几个年轻人无私地站了出来，救回了队友，避免了危机，为项目乃至全人类都做出了贡献，也请你们为自己鼓掌！"

此时，氤氲的灯光下，掌声雷动，何军岳清楚地知道康斯坦丁褒奖的人就是他，可他心里没有骄傲，只有感慨万分，回忆起那段时光，如今的他还心有余悸："是啊，多吓人啊，差点儿就没有今天了。"

"我说哥几个！又激起痛苦回忆了吧，别想了！给你们拿点这玩意！滋那康斯坦丁去！让他知道知道什么叫中国年的气氛！"陈辰突然挤过人群凑到他们身边，搬来一个大箱子，里面装着的是彩带喷罐、亮片礼花纸筒。

"嚯！这玩意哪儿淘来的！运到这儿来可真不容易！这赶上咱们当年

171

上小学时的联欢会了！"许释贤扔掉手里的瓜子，连忙抓起几个喷罐猛地摇晃。

"我可回去了啊，你们给大伙分一分，一会儿听我口令啊！"陈辰转身又挪到了康斯坦丁一行人附近。

在其他几位负责人发言过后，终于，伴随陈辰一声"同志们！燥起来！"，20项目总部的人们拿起手中的彩带喷罐，朝着康斯坦丁等人喷去，五颜六色的彩带四处纷飞，大家在楼道里追跑打闹，你追我赶，肆意欢声笑语，仿佛这些年来所有的压抑、焦虑、痛苦、亲人分别、生死危机，都在这一刻全部释放了。

大年三十的夜晚，总是充满着欢乐与温馨，大厅的大屏幕上播放着春晚，不少人搬着被褥到大厅围坐一团，吃着饺子，打着扑克，谈天说地。王敬民、何军岳、许释贤、陈辰也抱着被褥凑到了一起，在大厅的角落絮了窝。

何军岳今天喝了许多酒，他侧着身子歪在靠垫上，昏暗温馨的灯光下，大厅里装饰的彩灯在他已经醉得无法聚焦的眼睛里微微闪烁着，他脸上带着笑，迷迷糊糊地看着身边耍贫嘴的三个人，他拿起酒，和盘腿坐在他身边的王敬民碰了杯，又回想起了当年的事。

因果执念

第二十章

"被侵略的生命会在毫无察觉的情况下变成意识俘虏，一直生存在假象里。"

📍 2026 年 11 月 20 日晚 00:00，中国 20 项目总部基地，新疆，中国

当年的守夜行动，刚过夜里十二点，何军岳与许释贤就在自己的视角里看到瓦西里真真切切地走过来坐在了他们对面。

瓦西里微笑着说道："你们好。"

"您……您也好……"何军岳和许释贤试探着回复。这可把旁边的陈辰吓得不轻，因为在陈辰眼里，他的两个哥们儿正在朝着空气说话，他能做的，只有在无数个无死角的监控设备和应急安全设备的保护下，一边观察着两位兄弟的情况，一边咬着手指紧紧盯着屏幕上细微的信号变化。

瓦西里意识到了陈辰的恐惧，对许释贤和何军岳说道："他看不见我，因为我没有改变他的意识。是的，你们的意识信号已经被干预，就好像在一幅画里加了个蒙版。"

"那我们看到的所有东西都是可以被改变的吗？"许释贤问道。

瓦西里没有回复他的问题，反问道："你怎么能证明你感受到的一切不是仅你可见的像？"

"这……这也太唯心了吧？宇宙138亿年的历史都是仅我可见的像？那我身边的许释贤也是仅我可见的像？"何军岳也问道。

瓦西里反问："你怎么证明他不是？"

"我……我确实证明不了……"

瓦西里眉头轻轻皱起，继续说道："这个问题解释起来有点复杂，以后我们再慢慢聊，先告诉你我的答案吧。我们和这个世界确实是客观存在的，意识是客观存在的真实反应，可是你们别忘了，沌太及其作用机制也是客观存在。也就是说，你们的意识被干预这件事也是客观存在的。我们现在面对的一个最棘手的客观事实是，人类的意识觉醒之后，吸引到了其他文明，而其他文明在感知世界这件事情上已经越过了依赖客观物质发展意识的鸿沟。"

"老瓦你说的这些也太绕了，能不能详细解释一下？"

"之前我预警过，我们的意识觉醒吸引了其他文明，这其中威胁最大的文明叫弗雷格，他们具备非常灵活先进的沌太控制能力，可以任意改变其他生命感受到的'像'。这种能力的可怕之处在于如果他想侵略一个文明，完全可以悄无声息地完成。被侵略的生命会在毫无察觉的情况下变成意识俘虏，一直生存在假象里。这些生命并行在不同的意识宇宙中，帮弗雷格指数型发展文明。可在主体生命消亡之前，意识俘虏永远也意识不到这件事，永远无法突破弗雷格设置的认知屏障。"

"这不变成资本家了吗？"许释贤愤愤地说道。

"比资本家凶狠，资本家的剥削毕竟是可见的，人们还可以有反抗或者'躺平'这些选项，可意识俘虏意识不到自己生活在造像时空里，是根本没有选择的，只要意识存在，就要经历永无休止的痛苦轮回。

"具体来说，弗雷格文明给意识俘虏造出的不同'平行宇宙像'里的世界，不仅彼此完全不同，甚至连物理定律都是完全颠覆的。如果你所在的像里的宇宙时空秩序是错乱的，那么你的意识可能会永远存在于无休止的痛苦循环中，也可能会看到无数个自己，分不清哪一个是真实的，又或者无休止地经历时空中随机叠加的乱象，永远生活在'脑髓地狱'。如果你有幸刚好分配到了舒服一点儿的平行宇宙像中，你甚至有可能变成神明，主宰像中的世界。但实际上，在像之外的真实世界中，灵活运用沌太控制技术的弗雷格则真的像个神明，俯视操纵着像中的芸芸众生。被奴役的生命宇宙，则像一个巨大的精神病院，致幻的生命沉浸在自己的世界中无法自拔，永无天日，到死也分不清他眼里的到底是不是幻象。"

许释贤眯起眼睛，他害怕极了："那我们岂不是也有可能已经在不知情的情况下被弗雷格统治了？"

瓦西里很认真地继续解释道："是的，普通人类的能力与弗雷格文明相差甚远，确实无法分辨和对抗他们。除非，我们赶在他们操纵人类意识之前跨越能力鸿沟，带领全人类实现文明跃迁。不过请各位放心，不论如何，起码我现在已经可以脱离肉体并浅显地操控沌太，因此弗雷格无法轻易给我造像。只要我还没有魂飞魄散，我一定会尽自己最大的努力阻止一切威胁人类文明的事发生。"

何军岳冷静地看着瓦西里说道："这些事为什么不通报给20总部呢？"

瓦西里站起身来，安静了几秒，继续开了口："我已经尽自己最大努力把信息同步给了20总部，可他们不信，并把我当成反人类的恐怖分子。其实我能理解，他们的不信，更多是因为他们不愿意、也没有能力相信。历史不也大都如此吗？按以往的经验，出现一个突破性的物理发现，就算有着足够充足的论据都至少需要几十年才能被逐步接纳，更别说这种完全突破人类想象和能力的事了。所以，我没有其他选择，我只有背负一切，做真正对的事，而事实总有一天会被世界看清楚。"

这时旁边的陈辰碰了碰何军岳的胳膊，小声说："你们在交流吗？说到哪了？你们别忘了问田邵波和罗伟那6个人是怎么回事！抓他们做什么？他们现在怎么样了？还有王敬民和张帆现在是什么情况？"

瓦西里看着陈辰略显慌张的脸笑了起来："关于他提出的问题……我不得不说，那6个人确实不是我抓的，他们的意识误入的MH369黑洞正属于弗雷格文明的范畴。你放心，你们的朋友王敬民、张帆现在很好，他们的肉体已经被妥善保管在时空中，而意识已经在准备执行任务了。"

"你需要意识志愿者做些什么？"

瓦西里没有直接回答问题，转而说道："我没办法用一两句话就让你们完全理解，走吧，我带你们去深入了解一下我说的事……"

何军岳转过头望着许释贤，没说一句话。可许释贤从何军岳那闪烁着的眼睛中分明看出了坚定。

许释贤笑了，开口说道："你想去咱就去，我陪你。"

"别啊，什么就'陪你去'？你们这儿说什么呢？去？去哪啊？你们哥俩怎么还深情对视上了？"此刻旁边的陈辰有一百个问号，他一把抓住许释贤的胳膊不知所措地问。

许释贤轻轻拍了拍陈辰的手，回答道："我们去办点事儿，正事，我们也不知道会遇到什么，不过没关系，不去瞅瞅就永远也不会知道。"

陈辰依旧急躁着，甚至声音带出了一丝哭腔："你们好歹也得说明白你们去哪吧？二位大哥！现在失踪的几个人还一丁点儿信息都没有呢，你们这一言不合就又走了算怎么回事啊？"

"行啦，我们就去看看。你放心，就算回不来了，我们也尽量给你托梦，实在不行你找个靠谱的道士招呼我们出来。"

话音落下，瓦西里的身影渐渐在空间中消失，何军岳、许释贤二人站起身来，他们眼中的世界逐渐变得混乱不堪，时空的叠加像汹涌而来。

何军岳逐渐感觉呼吸困难，窒息感汹涌袭来，他喘不过气，面容痛苦，眼睛布满了血丝，血液像被泵机推动一样一下一下压入他的大脑，他的头又涨又疼。

"你们的状态极速下降！"他隐隐约约听到外面的空间中响起了陈辰惊慌失措的声音，"血氧只有84了！老何！老许！你们撑得住吗？别吓我！"

何军岳感觉自己的身体异常沉重，仿佛在把他的灵魂向下拉扯，那种真切的坠离感让他完全不知所措。他对时间失去了感知，仿佛这痛苦无穷无尽，他眼前叠加在实验室场景上的蒙版越来越乱，就在他快要撑不住的时候，他的世界中从左到右驶来了一个冲浪板形状的平台，停在他的胸前，冲浪板散发着耀眼的颜色，像极了在无忧无虑的童年时，午后悠然躲在屋中看到的窗外的阳光，灿烂热烈却又温暖安宁。何军岳的意识已经在痛苦中丧失了大半，他隐约觉得，只要到这个冲浪板上，痛苦就会消失，他只能用自己最后的一点意志爬上了实验室的桌子，冲浪板似乎缓缓移动到了桌边，他用尽了自己最后的力量，纵身一跃，跳了上去。

一刹那，何军岳所有的痛苦突然全部消失了，迎面而来的释放感让他瞬间松懈，他感到从未有过的舒适，只觉得身体轻飘飘的，一直在向上升，刚刚的痛苦挣扎让他十分困倦。可执念让他快速保持清醒，开始观察身处的环境。他低下头看到了自己趴在发光冲浪板上的身体，而此时的意识视角则悬浮在肉体上方1.5米左右，仿佛变成了一个只有意识的点。他和自己的身体随着冲浪板朝前方飞速前进，从周围环境流转变化的速率中，他猜测此时应该是在弯曲的时空中穿梭。

片刻之后，冲浪板穿梭时空的速率减缓，停在一座巨大的灰色建筑中，这座建筑空间极大，内部挑高近百米，呈现出一个椭球形状的超大空间，像极了一个巨蛋。此时巨蛋在虚化的环境影像中，装修工人的虚影在他的身边穿梭。

"时空标记已完成，你的肉体在客观世界中将一直处在时空穿梭状态，直到预定的时空标记真正到来，再恢复到地球生物的统一时空速率。"何军岳的意识接收到了瓦西里给他的这个信号。

何军岳盯着眼前的一切疑惑地问道："那就是说我面前的这幅图景是未来一定会发生的？所以一切都是注定的了？那我们还在挣扎什么？还是说挣扎也是注定的必经之路？"

"不，"瓦西里答道，"这幅图景是按我们的努力方向，未来时空最大概率的像，是概率，不是必然。我们是可以影响概率的，如果事物在发展过程中有了变化，你的肉体坍缩进普世时空的预定标记点是可以被改变到其他位置的。"

"那我现在的意识是什么？"何军岳继续问。

瓦西里停顿了一会儿说道："你可以把自己当成一个沌太中被压缩的意识质点。由于没有肉体，你不可以亲自影响和经历世界，或者说不可以参与时空事件，只能通过纠缠原理用大脑远程感受信号。"

"你差异化精准对话我们，在王敬民和张帆体内实现意识共存，是不是都用的这个原理？"

"是。"

"被接入的主体是不是精神分裂了？"

"不，精神分裂是这个人的本体意识发生了断层割裂，不管割成几部分，宏观来看这些东西加在一起都是他自己的。而意识质点的进入则是外物入侵，性质不一样。不过……如果被入侵者足够清醒，意识到自己出现了问题，可能会怀疑自己得了精神疾病。"

"太烧脑了，真的老瓦，我算是明白了，20人不是不愿意懂你，是他们真懂不了，更别指望普通老百姓能懂了。要不然算了吧，人类爱怎么着怎么着吧，累了，毁灭吧。"

瓦西里一阵沉默，时空尴尬了一会儿。

何军岳倒是妥协了："行吧行吧，你乐意怎么着都好，我都听您的，行吗？反正我这意识也脱离肉体了，说吧，接下来让我干吗？我给您老人家执行去。"

一瞬间，时空景象飞速流转。

"嘿，您倒是实在！说了行就真不客气！"可还没等何军岳话音落下，他们已经到了一片看似虚无的区域，幽深寂静的空间中好像空无一物，何军岳的意识质点悬在这片空间之中，他尝试调整感官精细度，可不论如何拉进调远，不论朝哪个方向看，似乎都只有无尽的黑暗。

"这……这是什么地方？老瓦！老瓦？"何军岳精神战栗地发出意识信号，"我刚才的确说了一些打退堂鼓的话，可那都是开玩笑啊，表达情绪而已，你可不带这么吓唬人的啊！老瓦！我怕你了还不行吗！"

何军岳似乎终于理解了那年和王敬民去度假旅游时，王敬民为什么死活都不选游轮，非说自己有深海恐惧症，在海上漂着都害怕。此刻的他深深共鸣了这种无力而恐惧的感受，他甚至开始担心如果王敬民的意识质点也在经历这些，是否能撑得住。

"你在宇宙中。"瓦西里回了话。

"宇宙？快别闹了，宇宙不是应该充满各种星体吗？在 20 项目中，我们可天天发射意识信号，我现在进宇宙可比回北京还熟呢！"

瓦西里没有理睬何军岳的玩笑："你现在所处的位置是一个直径 10 亿光年的宇宙空洞，属于弗雷格文明意识殖民地的核心区域。人类由于能力受限无法探究此类宇宙空洞，就算接入了 PL 的 20 人也是一样，不论再怎么感到不可思议也无法解释这种空洞形成的原理，只会觉得这是一个单纯的、空无一物的区域，仅此而已。"

"所以你又行呗？"

"是的，接下来我将在保护好你的意识的前提下为你展示弗雷格文明的殖民世界。"

瓦西里话音落下，何军岳感觉自己的意识被压缩得更小了，随后好似被一个看不见的薄膜包裹住，这感觉很奇妙，像极了穿上防水服后下水的感觉，能感觉到身边有水，却又无法直接感受水。

"这就是……沌太膜？"

"对。我理解你很喜欢说话和交流，可现在你要集中注意力好好感受一切。"

何军岳扑哧一乐："怎么着，老瓦，您这是嫌我话多呗？我跟你说，我还真……我靠！"还没等何军岳要完贫嘴，他就被眼前的一切震惊了，只见看似空无一物的空洞深渊，开始展示出密密麻麻的、透明度很高的纤维结构，像极了人体之中的神经纤维，它们呈现出不同的色彩，弥漫发散，延伸向远方。

瓦西里的信号依旧淡定地陈述："你现在的视角是宏观的，可以在大尺度上看到'像群纤维'，当你把你的感受视距调近，或者亲自去附近感受一下，可以看到一个个类似于细胞体的内容，那就是一个个被俘虏的意识体所在的造像时空，他们正沉浸并经历着弗雷格限定的一切。你现在的视角应该很像地球文明中宗教里的神，俯视着芸芸众生。"

震惊使得何军岳说话变得磕磕巴巴："那……我们在这里，这些意识体……会……会发现我们吗？弗雷格呢？弗雷格会发现我们吗？"

"因为你们现在变成了一个无限小的、被沌太膜包裹的意识质点，所以如果你什么都不做就不会被发现，就像你其实发现不了你身边还有很多和你一样的意识志愿者，你那个好朋友王敬民也在你身边。"

"啊？"何军岳的意识立马开始四处寻找，"老王？王敬民！老王头儿！你在我身边吗？你在哪呢？"

"老何？老何！是你吗？"

何军岳的意识里突然感受到了王敬民的信号，一瞬间，所有的激动、挂眷、担忧……全部释放，王敬民那熟悉的感觉顿时让何军岳的意识泪如雨下。何军岳的意识体，那个渺小的质点，在深渊巨兽一般的宇宙空洞中，又无形地与他的挚友相会了。

何军岳用尽全力平复着自己的情绪，可信号中仍带着止不住的颤抖："老王！老王！是我啊！我是你的老何啊！我在你身边啊！你也变成意识质点了吗？你……你人没事就行！你吓死我了！话都不说一句你就跟哥几个玩消失，你可太孙子了！把我们担心坏了！"

"我在，我在你身边！"王敬民回复道。

何军岳又开始到处寻找他的另一位伙伴："老许！许释贤！你在哪儿呢？洞幺洞幺，我是洞拐！收到回复！收到回复！"

"洞幺收到！洞幺收到！哈哈哈哈！没想到咱们这样团聚了！"

此时瓦西里的信号充满尴尬："呃……那我……可以继续往下说了吗？"

何军岳继续情绪激动地冒着傻气："哎哟！哈哈，哦对对对，咱这还有老瓦呢！快快快，您说您说，咱们先办正事。"

瓦西里继续说："已经被弗雷格俘虏的意识体大多来自低等级的生命，甚至连视觉、听觉可能都没有，沌太熵辇值极低，正是因为这样，他们会被弗雷格轻松控制并造像。但除此之外，最重要的是，之前中国 20 项目总部基地……"

"你之前去沉浸式看过哪些像吗？"王敬民打断了瓦西里问道。

"时间不够，没有完整经历过。"瓦西里回复。

听到这句话，何军岳都快骂街了："你没去过你让我们去？你开什么星系玩笑？"

瓦西里又是尴尬了几秒钟，继续说："我一个人没办法完成这么多事，而且就算完成了，把问题解决了，20 项目组也不会相信，所以我需要意识志愿者，需要你们这些有坚定意志、伟大理想、磅礴大爱的人，我们共同背负保护人类文明的使命，携手前行，并肩作战。"

何军岳听到这几个把他夸得像花一样的词，顿时气消了大半，甚至还有点儿高兴："你说得太对了，我还真是个无私的、高尚的、脱离了低级趣味的人。"

瓦西里现在只感觉自己脑瓜子嗡嗡的，他真不知道为什么要找来这几个爱说话的意识志愿者，他努力平复情绪，继续说："听我说完……关押意识的 MH369 黑洞就像个弗雷格放在宇宙中的粘鼠板，如果有路过的意识体经过或者误入了里面，就会被弗雷格抓取，而之前中国 20 项目总部基地执行 MH369 黑洞任务的 6 个意识体，现在也在这里面，他们不仅被造像，而且被研究。一旦弗雷格用这 6 个人作为突破口深入了解了人类文明，我们将很难再翻身。所以我们要在预定的时空标记到来之前，完成两件事，第一是解救出 6 个人类意识俘虏，第二是完成地球沌太的熵辇跃迁。我们现在有 20 项目中来自世界各地的 27 个意识志愿者，你们几个先救人，其他人辅助你们，同时梳理地球文明的短板，尽快有针对性地完成能力提升。"

第二十一章

"这位罗大师用一碗葱花面和一个炸鸡腿，就打开了欲望世界的潘多拉魔盒！"

瓦西里把他们带到"像群纤维"的一小片特殊区域，这里与其他大范围的像群间隔较远，且有着明显的区别。

瓦西里说道："6个意识体已经被造像了，现在就在那个特殊区域里。被造像前他们已经被弗雷格做了记忆提取，但毕竟人数少，且都来自同一国家、同一时代，生活脉络和共同经历大体来说比较类似，因此弗雷格认为提取到的记忆信息不能覆盖整个人类文明。他们便继续让6个意识体亲身经历一些群体潜意识中的特殊时代节点，并对他们的意识思维路径做细致的观察和分析。"

何军岳又不耐烦了："哎哟我的老瓦，你说的每一个字我都认识，但是组合成一句话怎么那么难懂啊！太绕了，真的太绕了。"

瓦西里只好继续解释："你看，中国20项目总部基地的6个意识俘虏大都出生于1980年前后的中国，20世纪80年代末90年代初开始上学，学习内容和社会经历较为类似。另外，那个年代，互联网和手机还没有出现，人们获取信息的方式低效、闭塞，大多依赖于电视、报纸、书籍、聊天，人们的世界观形成过程就更难突破信息茧房。所以在大时代背景种种要素的影响之下,他们的意识在宏观尺度来看非常类似,像极了人类文明中的一个小片段,不足以说明问题,弗雷格便决定进行深入挖掘。但也正是因为这个'片段式文明'的干扰项,为我们现在的解救工作和沌太跃迁争取了时间。"

"那被造像的几个人呢?正在经历什么类型的像呢?"许释贤问。

瓦西里继续说到:"弗雷格在了解了他们的记忆后发现数学、物理、生物、化学、天文等真理类科学信息的发展水平取决于认识上限,而抽象文明和社会系统则理解起来更为复杂,因此弗雷格抓取了6个人记忆中社会文明历史中共同的、重要的,且并没有亲身经历过的重大场景,分给他们去分别重新经历,想以此得到一些结论。这6个场景节点分别是洪荒时代与臆想世界、社会关系、因果定律、战争与政治、科技爆炸、宗教与神学。"

何军岳恍然大悟:"我好像懂了!那现在田邵波他们知道自己处在造像时空吗?"

瓦西里顿了顿,说:"换位思考,如果我是他们,进入了黑洞之后,在经历了一段时间的混沌期后,到了某个历史时期或者未来时期,比起被造像,我更会觉得自己实现了时空穿越。"

王敬民思索片刻说道:"老瓦你说得很有道理,那我们怎么让他们意识到他们正在经历造像时空,而非真正的时空呢?我们不是像的一部分,应该很难对像造成影响吧?"

"对,咱们现在的存在方式是意识质点,你可以进入他的造像时空,和他共同去经历,但是不能武断改变像内时空。其中,直接与他们对话也属于改变造像时空,这不仅会让他们强烈怀疑自己得了精神病,还可能适得其反,让他们的意识永无安宁。根据我之前的观察,我想我们现在需要在这6个人处于潜意识的时候或者最脆弱的时候,告诉他们事情的真相。而且去解救他们的人,最好是他们的旧相识或者了解他们的人,所以,最合适做这件事的,正是与他们共同在中国 20 项目总部基地执行过任务的你们。"

瓦西里话音落下,何军岳恍然大悟:"原来在这儿等着我们呢!"

"所以,你们先去这些造像时空看看吧,了解了具体情况,再考虑如何做解救工作比较好。"

在广阔的宇宙空洞中,何军岳、王敬民、许释贤、张帆,还有其他几位意识志愿者的意识质点缓缓靠近了 6 个造像时空,他们心中有紧张、有激动、有恐惧,但更有对未知造像时空的好奇。

"怪吓人的,老何,咱们一起吧!"许释贤说着,拉着何军岳钻进了罗伟的意识造像时空。

王敬民则钻进了田邵波的造像时空。

罗伟所在的造像时空——洪荒时代与臆想世界,冥古宙,地球

造像时空中的罗伟正在感受着颠覆认知的一切。他在一片荒凉而灼热的景象中醒来,环顾四周,他发现自己趴在一块红褐色的岩体上,岩石巨大、滚烫而干燥。

他头昏脑涨地站起身来,发现整个世界似乎都是红褐色的。天空充斥着密密麻麻的岩石碎片和灰烬,翻涌着、搅动着,被灼热的岩浆映得通红。罗伟的视线越过灼热的岩浆海,看到远处的山脉起伏兀立,如沉睡的巨兽一般。他走到岩体边沿,低头望到悬崖下面翻滚的岩浆,一阵胆寒。此时地动山摇,天边隆隆地不断响着闷雷,震耳欲聋。

"我……我是在某个星球上着陆了吗?还是说,这就是地狱?"

"有人吗?"他向四周喊道。

没人回应,耳边只有天空咆哮的声音。

他继续喊,仍没人回应。

罗伟叹了口气，情绪中充满了阴郁与恐惧，他缓缓转身小心地向内陆方向走去，脑海中努力回忆着刚刚度过的意识混沌期发生的事：在执行20基地的黑洞任务时，他在毫无准备的情况下被吸入了MH369黑洞，而后便仿佛坠入了脑髓地狱，他完全失去了时间感知，极度混乱的信息充斥他的大脑，毫无逻辑的画面、片段在他意识中闪瞬而过，他甚至来不及感受痛苦，来不及思考如何挣脱，他能做的，只有承受一切。

"我的意识大概是着陆到了某个星球上，幸好没有肉体，感觉不到这里的高温灼热和砸向地面的密密麻麻的碎石，不然我一定早就灰飞烟灭了，根本不会醒来……"

此时厚重的云层裹挟着雷电压了过来，突然，云层中间划过一道极亮的光，随后传来一阵犹如冥界巨兽咆哮一般的雷声，让刚刚苏醒不久还没缓过神的罗伟为之颤抖。

他走到一块较高的岩石上，在这里，他试图让意识起飞，以便尽快逃离这个不毛之地，他尝试了各种方法，甚至在岩石上起跳，可不论如何努力，都是徒劳无功。他精神疲惫地瘫坐到岩石上，望着眼前的洪荒之境。

他自言自语地说着："我现在的意识状态和在基地做任务时的感受完全不一样，我无法实现意识自由行进，这感觉太奇怪了，很像正常肉体耦合状态下的体验，可我又没有真实的肉体。难不成我要永远被放逐在这个不毛之地？"

他抬头望向天边，想找寻到沌太的踪迹，可他能看到的，仍只有映着岩浆颜色的云层黑压压地翻滚着，朝他的方向袭来。

罗伟开始尝试调整时间感知，尽管在造像时空中存在速率上限，但好在，这次操作有效。他明显感觉到时间的流逝速度加快，岩浆快速翻腾变化的景象使他头晕目眩，天边的景象波谲云诡，大雨来了。

倾盆而泄的大雨让能见度几乎为零，这滚烫的大雨溶入了大气中的氯、硫等元素，散发着强酸性的刺鼻气味，罗伟庆幸自己没有嗅觉感知，可在这炼狱般的世界中，他却终归无处避雨躲藏。

在罗伟的造像时空观望的许释贤已经认出了这便是地球冥古宙的大降雨时代。早年间，因为热爱，许释贤报考就读于地质大学，尽管那些地球历史、地质演化知识已经是十几年前学习的，但已经确确实实深刻印在他的脑海里，他无数次在夜深人静的睡前闭眼幻想过40多亿年前地球诞生之初的景象，今天，他终于在罗伟的造像时空中得以亲身经历。

在46亿年前的冥古宙初期，地球诞生，并受到了来自原始太阳系中不断袭来的微行星的巨大撞击。这些微行星由漂浮在宇宙中的尘埃构成，直径小到几千米，大到数百、数千千米，且数量极大，在原始的银河系中甚至可达百亿颗，它们或零零散散，或冲撞融合，形成原始行星，但都在肆无忌惮地撞击着地球。

在这可怕的撞击之下，原始地球上的岩石融化形成岩浆，蔓延覆盖了整个地表，灼热的岩浆散发出水蒸气和二氧化碳，形成了污浊厚重的大气层，包裹着初生的地球，锁住了地球妄图散发到宇宙的热量。由于温室效应，云层下的温度急剧上升，甚至可达到1200摄氏度，初生地球上的一切似乎都融化了，只呈现出一片岩浆海。

许释贤还记得教授在课上讲过，根据"大碰撞说"，在那个时期，一颗火星大小的原始行星撞击了地球，碰撞产生的大量碎片崩到了地球外侧，并绕着地球旋转，它们继续碰撞、互相吸引，最终形成了一个新的天体，就是后来的月球。

"这小子加快了时间感知，这片灼热的土地终于开始下雨了，"许释贤继续想着，"这场雨，持续了1000年才让地球冷静下来，同时造出了原始海洋，成了8亿年后生命形成的摇篮。"

此刻的罗伟像个落魄的游魂，在46亿年前的大雨中号啕大哭。暴雨形成的原始海洋真是猛兽，幽暗的世界中，大海啸形成了千米高的巨浪，黑压压地不断向他的意识体袭来，恐惧和无助让他的身体团成一团。此时他的脑海里，孩童时期在山里的生活、长途跋涉求学的剪影、夜晚躺在房顶仰望深空的画面、终于考出大山重启人生般的解脱、第一次感受意识觉醒的惊恐、在 20 基地的研究生涯、得知父亲病痛的沮丧和思念……也如洪水猛兽一般涌上罗伟心头，他只得任由所有的情感化作泪水倾泻而出，冲刷此刻心底的无助和绝望。

不知过了多久，大雨终于渐渐停了下来，这冥古宙时期持续千年的降雨形成的原始海洋逐渐归于平静。厚重灰暗的云层裂开了一条缝隙，金色的阳光似圣剑一般穿透了空间，初生的地球迎来了第一束真正意义上的阳光。

罗伟发现自己所在的位置原是一个超大陨石撞击地球表面形成的环形山口，高于海平面，除此之外，地表上目之所及的一切，皆是汪洋。

云层的裂缝被扯得越来越大，金灿灿的阳光洒向了整个海面，罗伟坐在岩石边，眯眼望着波光粼粼的海面，情绪平静了下来，甚至体会到了从未有过的舒适感。

他躺下身来，接受着炽热的、金黄色阳光的洗礼，他自言自语地说道："'神说要有光，于是便有了光'，那种'光'如果真的存在，便应如此吧。这里有阳光、有海洋，经过漫长的岁月后，一定会孕育出生命，我降落在了一个可以孕育碳基生命的星球？还是说，这是经历过末日洗礼后的地球？又或者……这根本就是生命产生之前的远古地球？"

想到这里，他坐起身来，继续调整时间速率，想找到证据解答自己的问题。

这一时期，在幽深的远古海底，尚不稳定的地质结构中在不断喷涌热源，海底被加热的部分甚至可达几百摄氏度，有机物在这样的环境中经过几亿年的漫长演变，终将在奇妙的化学反应之下形成最初的生命。可这段时间

• 20 任务·沌太熵辇 •

实在是太长了，不论此刻的罗伟怎么努力，在受限的时间速率之下，他现在都必须经历漫长孤独的等待。

罗伟的目光一直在寻找天边沌太的踪迹，可这晴空是那么透彻，没有一丝沌太中情感和信息的痕迹，这种纯粹的感受让罗伟仿佛置身天堂，他像个婴儿，降临在没有一丝杂念的世界，他低头看着自己周身的光晕，是那么明亮、金黄，似圣光一般。

"如果这世界上真的有神，想必就诞生在这个时代吧。"他独自说着，起身准备慢慢下到陨石山的最下面看看，"科学上说宇宙起源于一个奇点的大爆炸，炸出了空间时间、天地万物。中国神话说万物由混沌开始，盘古在混沌中开天辟地，便有了世界。西方《圣经》中神说要有光，于是便有了光，接着神创造了万物。佛说一千个小千世界是为一个中千世界，一千个中千世界是为一个大千世界，这大中小三个世界称为三千大千世界，一个三千世界是为一尊佛土，无数佛土是为宇宙，宇宙空间上无边无际，时间上无始无终，一切事物缘起而生，缘尽而灭。道家说天地万物始于虚无，虚无即为混元一炁，混元一炁即为道，道可生阴阳，阴阳生万物。'有物混成，先天地生，寂兮廖兮，独立而不改，周行而不殆，可以为天下母。吾不知其名，字之曰"道"'……这些我都想过，但我不明白让这大爆炸、这开天辟地、这说要有光、这缘起缘灭、这混元一炁的原初之力又是什么。"

走着走着，他望着远处波光粼粼的海面，沉醉不已，在一块小小的平台上盘腿坐了下来，周身散发着金色的灿烂光芒。

在罗伟造像时空观望的许释贤见到这番景象大为震惊："嚯，这罗伟，简直要成神仙了啊！"

罗伟突然想起了远方生病的父亲，一丝惆怅涌入心头："不知阿爹吃了没有，过得怎么样……唉，好想念小时候母亲做的那一碗榨菜葱花面……"

突然，罗伟感觉视线边缘他盘坐的位置前方多了什么，低头一望，居然是一碗热气腾腾的葱花面！罗伟大为震惊，他用手端起面碗，小麦裹挟着香油的香味热气扑鼻，这就是母亲当年做出的味道。面汤清澈见底，点缀在上面的葱花嫩绿，他拿起旁边一同出现的筷子，在碗里搅了搅，犹豫了一下，还是送进了嘴里。顿时，好久没有受到食物刺激的味觉立即被温热鲜美的葱花面激活了，他大口吃着，榨菜在口腔中"咯吱咯吱"绽放着鲜脆，此刻的他是那样沉醉和满足，抬起面碗将汤汁一口饮下。

这时候，他才突然缓过神来："天哪，难不成我现在的意识世界中可以想啥来啥？那我……还想要一个炸鸡腿！"

这种食物看似平常，可却是从小生活清苦的罗伟做梦都惦记的食物，以至于在长大工作挣钱后，他拿到了第一份工资，便是买了五个炸鸡腿，回到宿舍，一口气风卷残云般地全吃了。

他在脑海中构想出炸鸡的画面、味道，随即他的面前又出现了一个快餐店的小餐盘，上面摆着一个刚刚出锅的金黄酥脆的炸鸡腿。罗伟伸出手抓住鸡腿，送到嘴边，炸物的香气顿时让罗伟口水四溢，他张开嘴咬了上去，炸鸡"滋滋"冒出的汁水充满了他的口腔。"真香啊！"他说着。

在这之后，罗伟又吃了各种山珍海味，酒足饭饱的他仰在岩石上望着远处的海面，脸上挂着满足的微笑。

"想啥来啥的话，倒也不算无趣。"

罗伟望着大海，想起在工作时，一个家境优渥的同事利用五一假期去了热带海岛旅游，并在社交平台发布了许多美景的照片和视频，那是罗伟第一次知道这个世界上还有这么美丽的地方。同事分享的画面中，银白色的细腻沙滩在阳光下闪着光芒，清澈碧蓝的海水如活泼的女郎，一边热舞一边用白色的浪花裙摆挑逗着海滩，椰子树的叶片也在微风中随着节奏摆动。同事在海滩边豪华度假酒店的泳池旁，一脸享受地抱着西瓜汁躺在沙滩椅上，耳边响着美系音乐热烈的节奏，身边不时经过穿着不同颜色比基尼的外国度假客，她们晒成小麦色的皮肤在热烈的阳光下那么好看，这画面第一次成功挑战了罗伟的审美认知。而关掉社交软件，放下自己用了五年的旧手机，抬头望望，罗伟只看到了家里破旧的老屋和年迈的父亲。

这一次，在这个想什么来什么的造像时空，罗伟决定为自己造出一幅奢望中的度假图景。

他把脑海中惦念过无数次的热带海岛图景构想出来，他身处顶级豪华的度假酒店中超大的海景房，房间的大露台延伸向海的方向，随之，画面在罗伟的视角中成了真。

他站起身来撩起随海风摆动的白色纱帘走到露台，眼前就是那个他日思夜想的热带海滩，他在阳光下眯起眼睛，满脸是灿烂的笑容，他是那么激动和兴奋，他一刻也等不及了，现在就想下去踩一踩那细腻的沙子，蹚一蹚那透蓝色的海水。

罗伟转身开门走出房间，眼前是布置了热带植物的大厅，酒店服务生在成群结队地忙碌着，度假游客们自由懒散地走着，他们都会和罗伟打招呼，仿佛他是个知名人士。

走出酒店通往海滩的大门，罗伟迫不及待地冲向大海，清凉的海水拍打着他的脚背，使得他起了一身鸡皮疙瘩，他像个童真的孩子，沿着海岸线疯跑跳跃，肆意撒欢。而关于意识被困、自己到底是降落在某个未知星球还是被流放到了某个时空节点的问题，已经被他全部抛到脑后。

罗伟跑到海边一个超大的透明管道入口，登上了停在管道里面的游船，这艘船大概能装下 20 个人，他坐在了左侧中部靠窗的位置。管道在浅海区弯曲延伸，船下的水流开始推动他们前进，逐渐加速，船随着管道的走向，忽上忽下忽快忽慢，好似过山车一般，引得船上的游客欢乐地大叫。罗伟在透明管道里看着身边颜色各异的热带鱼和各式各样的海洋生物，打心底迸发出无限的快乐。

因果执念·第二十一章

　　罗伟又在脑海中构想出一个顶级大美女出现在他身边。这个姑娘柳叶弯眉樱桃口，一头乌黑亮丽的头发如瀑布一般披在肩上，身上的白色碎花小裙子轻轻随风摆动，散发出丁香花的香味。大美女温婉动人，她用微凉细腻的手指轻轻搭着罗伟的胳膊，带笑的眉眼略微传递出羞涩，勾得罗伟百爪挠心。

　　看到这儿，在一旁观望的许释贤撇着大嘴阴阳怪气地说道："好家伙，大兄弟您可是真会玩儿啊！活脱脱的妄想之神！"

　　在罗伟构想出的真切体验中，水中的管道逐渐穿梭到城市之中，街上人来人往，烟火气十足，管道慢慢消失，水道变宽，罗伟领着大美女在一处中转站下了船，许释贤认出来了，这座城市像极了成都，这俩人居然溜溜达达吃火锅去了！

　　看到这里，何军岳不由感叹："罗伟这小子可真是在自己造像时空里玩儿了个痛痛快快，他在什么都没有的洪荒世界，让潜意识里那些俗世的欲望痛痛快快绽放了个遍，'开局'就给自己置办了海岛度假之旅，这之后又是吃喝玩乐，又是挥金如土，又是名利双收，又是美女相伴……反正吧，俗世的欲望，人家享受了个淋漓尽致。我估计，他过了半辈子苦日子了，执念一定更深，我现在就算趴他耳边跟他说我是20项目中的何军岳，来救造像时空中的他，他也绝对不乐意走！"

　　许释贤望着罗伟臆想画面之外洪荒世界的天空边缘，也感慨道："这个世界一开始是完全干净纯粹的，一丝杂念都没有，这位罗大师用一碗葱花面和一个炸鸡腿，就打开了欲望世界的潘多拉魔盒！你看现在这个造像时空的天空边缘，沌太形态开始变化，和地球上一般沌太看起来完全不一样，它呈现了七种颜色，我刚才还琢磨这是不是对应着人性欲望的七宗罪。"

　　何军岳回复道："咱俩看了这么久，才仅仅停留在地球诞生的初期，想把整个造像泡回传，那得花多长时间啊？按这个路子，咱俩就像两个游魂，默默在一边猥琐地关注着罗伟'如此生活30年，等他大厦崩塌'？"

许释贤若有所思："意识造像时空是一个整体、一个合集！这整个造像时空可以被比喻成……一张电影光碟，里面的内容是不会变的，刚才咱们就好像让电影以正常速率播放，想更快获取信息，咱们需要调快造像泡里的时空速率。"

何军岳明显没有理解"合集"的意思："合着咱俩现在跟这儿看光盘呢？我不理解啊！那罗伟这个人的意识，就这一刻，这一秒，在造像时空里经历什么？"

许释贤答道："这事儿就相当于我们比他高半维，他时空里的时间和我们时空里的时间不等效，在他自己来看，他经历时空的过程应该是可以被时间衡量的，也就是每一刻都有过去、有现在、有未来，可我们是跳出他的造像时空宏观来看的，他完整的一生所有发生的事件、经历的事、产生的思维都可以被看作一个合集，等他死亡后，这个合集内的所有信息不会烟消云散，而是以意识信号的形式存在在沌太里，这样每一个人的人生经历越丰富，思想内容越深刻，人类的整体沌太熵辇值就越高。"

何军岳恍然大悟："哦！我终于明白了！那这回甭管是不是像，咱也算是能完整看一遍别人的一生，还顺道深刻理解了瓦西里说的那个熵辇值！那咱们直接调快时空速率吧！尽快把'这部电影'看完！"

在加快时空速率的过程中，许释贤与何军岳发现罗伟持续了很长一段时间奢靡的生活。

他住在根据心情变幻风格的城堡或者别墅中，吃着珍馐美味，穿着绫罗绸缎，身边是成群结队的女仆和侍者。每天午后，罗伟会安排按摩师在庭院中给他做全身SPA，然后用带着花香的牛奶泡澡，之后便开始进行各种各样的娱乐体验。

他有时开着私人飞机游走在不同景象的上空，俯视一切；有时沉醉在不同情节的爱情游戏中，浪漫至极；又有时他会体验古代帝王的一天，翻云覆雨、只手遮天；再有时又摇身一变，成为江湖大侠，享受刀光剑影；后来实在灵感匮乏，他便根据记忆里的电影大片情节编排自己的体验，一会儿当蜘蛛侠，一会儿当灭霸……罗伟玩得可真是太快乐了，他觉得自己仿佛成了世界之王。

可令何军岳和许释贤没想到的是，罗伟并没有在欢愉的享乐中沉浸太久。的确，如果肉体的所有凡俗欲望都可以在有需求时便被立即满足，那等他玩够了，所有的有趣便会统统回归到无趣。

在罗伟的造像时空中，他的脸上渐渐不再有绽放的笑容，城堡和别墅也不再每天变幻风格，仆人也越来越少，直至全部消失。

甚至最后，他的住所变成了一个普通公寓，房子仅仅50平方米大小，他独自居住，卧室只有一张床和一个大书架。

他不再出门，不再游玩，不再沉醉于食欲和肉欲，只是每天点上一盏暗黄色的灯，盘腿坐在窗边抱着书读。

"干什么都没劲、没意义，这人活着究竟是为了什么？我现在可真是生无可恋懒得死。"他自己常常这么念叨着。

再后来，罗伟准备了简单的干粮，背上了相机，骑上一辆摩托车，独自一人从老家出发，一路向北，准备奔向荒无人烟的北国之境，旁观普通人的平凡生活，他给自己的这段旅程冠上了一首他很喜欢的歌名——《平凡之路》。

他的摩托车来到一座安静的北方海滨小城市，每逢夏日，周边省份的市民常来这里体验海滨生活，度过短暂的假期，尽管夏日的这里热闹一时，但终归左右不了这个小城市骨子里的沉默。

普通人生活的琐碎和漫长先是让人疑虑，后是压抑，最后可能是沉默，他们把这种气质带给后人，渐渐沉淀在这片土地。工业化的背后，意味着人们要承受更多的灰色，这灰色又在辽阔的华北平原上空慢慢扩散，而后和它融为一体，笼罩大地。

　　厂房里的机械隆隆作响，令人燥热难耐，但人只要稍微远离，便觉得清凉舒爽，不久之后又发觉其实厂房外面也一样让人焦躁不安。人们终究不能永远在这两者的交替之间寻求短暂的畅快，可却没有办法挣脱和离开，只能在夏日的傍晚任由浑浊的冰镇啤酒从食道冲进胃里，打个冷战，发自内心地说句"痛快"，便趿拉着拖鞋提着酒瓶觅食去了。

　　夜晚长长的海滨小路挤满了摊贩，他们挂出的灯火协力照亮了整条拥挤的街，远来的人们来这里消遣，享受这里的拥挤与热闹。木炭被烤串儿大哥手中的蒲扇扇得发红，随后变成灰屑随着炙热的灰烟腾空，没飞多高就落了下来，使得远来的人们眯着眼往后倒退几步，然而他们又不乐意走远，站在一边没耐心地等待，盼着大哥早点儿放下手中的蒲扇给烤熟的肉串撒上辣椒和孜然。罗伟坐在路边凝望良久，鼻腔中充满了短暂的焦香的烤肉味，但对于烤串大哥，那味道可能一直不会消散。摊贩第二天起得很晚，却依旧重叠着生活，像被困在同一天。

　　待暑热消散，寒气渐生，这里又变回一片沉寂。华北地区四季分明，人们早已习惯这种交替与轮转，四季各有不同，可又完完整整组成了一年。人们在这片广阔的土地上劳作，将劳动人民的朴实沉淀在这里，长出新的庄稼，喂养着子孙后代。

　　罗伟在这座小城里度过了不少时光，他已经深深爱上了这片辽阔的平原，它平坦、坚实、安稳，夏日每一片土地平等地接受太阳的炙烤，冬日的农田可以一眼望到地平线。那感觉似乎真能让人坚信老祖宗口中的地方天圆，让人坚信鹅毛大雪的的确确能覆盖整个华北平原。罗伟在深夜躺在广阔的农田之间，仰望深邃无边的夜空。

　　看到这幅景象，许释贤和身边的何军岳说："漫长的地壳运动，使得太行山及以西的黄土高原缓慢抬升，以东的地势逐渐下沉，海河、黄河、淮河每年携带大量的泥沙，自西而东冲刷和堆积到东部的低洼地区，使古冲积扇的面积不断向东扩大延伸，最后形成了坦荡的华北平原……以前我上大学在地质队到野外考察的时候，经常来这片土地，有时候方圆几十千米一丝信号都没有，娱乐活动就是坐在老乡家里看黄鼠狼打架、鸡吃米、耗子偷东西，当时真是孤独，那会儿还年轻，坐在地上我就想啊，不知道到底有多少青年在这里思考过历史，怀疑过今天？可我只知道，生活的漫长和琐碎会在一代代人的生活中传递。"

"老许，你行啊，挺大个老爷们儿还挺文艺，小词儿一套一套的，那你是什么时候改学的汽修啊？"何军岳厚着脸皮开玩笑道。

"对，你不说我都忘了，我还有这门儿手艺呢！帮您偷PL设备时候我就无师自通了！天赋！绝对是天赋！谢谢您老人家，帮我焕发了事业第二春！"如果肉体在，何军岳估计又能看见许释贤翻给他的大白眼。

何军岳继续说："不过说真的……老王有时候下班回家会和我念叨念叨他们专业上遇见的那些案例，我多少对心理疾病有一些了解，我看这个罗伟的状态，八成是抑郁了……"

的确，宣泄过所有欲望之后的罗伟，脸上再也没出现过笑容。他现在一定是全宇宙中最孤独、痛苦、矛盾的灵魂，他完全失去了存活于世的精神支柱，找不到人活着的意义，可他又极度想家，想念曾经那平凡逝去的每一天，他只能用尽全力把潜意识中真实的人类社会生活在臆想中展示出来，在那场景的边缘徘徊、观望，试图找到一丝安慰。

他骑着摩托游走在世界各地，见过落后地区恶臭的贫民窟中里满地横流的污水，见过毒品横行的地区在街头躺在排泄物里失去意识的年轻人，见过因偷窃被活活打死的四五岁的儿童，见过轮奸妇女、赌博嫖娼，见过残暴掐死婴儿的恶徒，也见过被病痛折磨却没钱治的苦命人……

"这个世界太脏了，真的太脏了，我不知道为什么会变成这样……"罗伟总是这样自言自语。

他游走到一个陌生国家的街区，从便利店走出来，蹲下身来，给躺在便利店门口的年轻混混递上一瓶冰镇可乐："为什么不挣脱出来呢？你只有一辈子啊，难道就要这样挣扎着度过吗？你无法选择出生的条件，但是可以选择生活的方式不是吗？"

"我现在的生活不好吗？自由快乐，可以做想做的任何事，我很满足。"这个外国年轻人说罢微微一笑，和街对面的混混抬手打了个招呼。

罗伟若有所思，继续说道："在我们国家，像你这么大的年轻人大多数都在努力过上更好的生活，而且只要……"

年轻混混打断了罗伟，说："我不知道你的国家是什么样子，也不知道你们的生活方式怎么样，但我知道你们努力过更好的生活一定是为了快乐，我也是为了快乐，可我现在已经过得很快乐了。谢谢你的可乐，上帝保佑你！"

"上帝真的存在吗？"

"我不知道，我没见过他，但我妈妈和我说，不论我做什么，都不可以伤害别人，要做个善良的人，上帝在看着你。"年轻人笑了笑。

年轻混混的眼神是那么清澈，罗伟甚至不敢直视，他只能有点尴尬地站起身来，挥手告别，跨上自己的摩托车，发动，离去。

此时臆想世界之外的天边，沌太流转速度变得更快，颜色也更加明显，可罗伟压根顾不上这些，他已经完全无法处理自己的思维和情绪，只能任由自己在飞驰的摩托车上痛哭流涕。但其实他潜意识里已经愈发明白，只有获得更多信息，努力了解世界的全貌，自己才有可能想明白活着的意义。

许释贤与何军岳又加快了对罗伟的造像时空中的时空感知速率，他们发现看过世界众生相的罗伟选择放弃对普通生活的臆想，回到了造像时空原本的地球初生时期。

造像时空里的沌太运动流转更加强烈了，它们不断扩散搅动，整个时空似乎都在被罗伟的孤独意识影响。这一刻，慢慢等待溶于海洋中的低等分子聚集起来的罗伟，终于明白了在这个造像时空中形成原始细胞的原初之力是什么。

他开始利用臆想能力窥探宇宙的法则。时空的弯曲、引力的量子化、空间的扭曲、粒子的存在方式……在他面前一一呈现，他忘我地站在四十多亿年前的孤独悬崖上手舞足蹈，像个诗人，像个讲演者，更像个时空指挥家，努力探索着人类定义F宇宙的所有真理。

"说真的，老何，我看了罗伟的造像泡真的感慨万分，我似乎也明白了为什么弗雷格要给这个造像泡设定这样一个主题，因为如果进去的不是罗伟，而是你，是我，是任何人，也许，最后的结果都差不多，这便是一个有感官、有感情、有欲望、有思想能力的正常人类都会有的结果。"许释贤百感交集地说。

"确实。所以如果把他的造像时空看作光盘的话，他这盘对于弗雷格文明来说应该算是'干货'了吧？"何军岳答道。

许释贤沉默了一会儿，严肃地回复："不，关于宇宙的法则，想必弗雷格的了解要比人类透彻得多，罗伟只不过是把这些内容用人类的思维符号总结并留下了推导过程，他的情绪变化、思维变化才是这个造像泡的价值。而真正有助于理解狭义人类文明的'干货'，应该是隔壁老王正在获取信息的造像时空——社会关系。"

第二十二章

"如果这条规律变成'德不匹位，原地爆炸'，这个世界早就大同了！"

钻进田邵波的造像时空的王敬民观察了一会儿，便把注意力从田邵波身上挪开了，因为，在这个看似和普通世界无异的造像时空中，他居然看到了瓦西里。

📍 田邵波所在造像时空——社会关系，2020年12月7日，欧洲

"这帮混蛋！我不管你说什么'你觉得'！我也不会说'我觉得'！我不要任何人的'觉得'，我只相信事实！客观事实！"

一个高高瘦瘦的俄罗斯年轻人，皱着眉头把手机狠狠摔在桌子上，把房间里正在熟睡的小猫咪吓了一跳。

"娜塔莎，我的情绪真的到达极限了，我的研究构思，在去大数据中心考察当天就有了灵感，我用了一天时间就把平台设计完成，但用了两年潜移默化、苦口婆心汇报了几次，那些所谓的领导就是不明白！我真的不明白，这件事的前景、意义这么伟大，可行性有这么高，就算做应用性研究，经济上的精算转化和发展前景也这么好，为什么不论我用什么方式、用多浅显的

语言，他们就是不能理解！更不要提咱俩自己在做的那些研究了，我真的不明白，他们是真的听不懂，还是根本就不在乎！那他们认为人这短短的一生，到底该在乎什么？"年轻人痛苦地用双手抓着头发。

一头浅色短发的女人，放下手中的游戏手柄，一边抱起被吵醒的小猫咪，一边对年轻人说道："先不要考虑那些意识形态的问题了！现在，最重要的是，你需要集中精力理清眼前的事！就你们研究中心来说，你的两个直系领导，其中那个叫罗琳丝的女人，尽管经验丰富，但她现在的人生重点根本就不是科研，完全就是在家庭上，她看起来无害又能干，可多年来她仅仅靠着频繁抢你的研究成果就混得风生水起，领导不仅不知道，还对她评价非常高，并警告你不要挑起事端，这种风气实在不敢恭维。还有那个最近突然冒出来的大领导，那个中国人田邵波，刚刚上任想必很难把注意力放到你这种年轻人身上，我建议你还是不要想从单位立项了。"

"可是，我这个项目想要做大，真正发挥它的意义，最好的选择就是从单位立项，我还能借着这个项目升一升职称，因为我现在才三十多岁，现有的职称等级已经是极限了，想要做大事，真的太难了，我完全没有发言权……你知道的，对于我来说，这么多年最累的就是应付工作和生活中的人际关系，对付各种固执的、稀奇古怪的老东西，而科研本身对我来说完全不难，别人想破脑袋都想不明白解决方案的事，我一个转念就有了思路，毕竟你的丈夫去做医学认定的智商测试时可是无法评分的！因为我刷新了完成速度记录，而且每道题都做对了。"

说到这里，年轻人的手机响了，电话那头传来一个温柔带笑的英国女人的声音，是他的直系领导罗琳丝。

"你好，瓦西里，我有一个好消息告诉你！你向我说过很多次'F宇宙'大数据平台的事，之前的领导一直不给出明确答复，其实我觉得很好！是的，我一直认为你的想法非常厉害！而你也知道，最近研究中心新来了一位中国领导，你可能认识，因为他来到中心后就向我们打听了你的情况，以及你的研究现状！你今天好好准备一下，明天我找机会帮你申请汇报。"

"好的！太好了！谢谢。"

瓦西里挂断了电话，虽然难掩高兴但也确实摸不到头脑，因为，他压根就不认识这个新来的中国领导田邵波，更不知道他为什么会来打听自己的项目计划。

而在这个造像泡里，在经历过吸入黑洞后意识混沌期的田邵波，以为自己实现了时空穿越，回到了 20 项目还没发起之前，而他"穿越"后的身份，让他以为自己是天选之子，可以在瓦西里还不被世人所知时，拿走他的技术，自己单干，领导全人类完成感官意识觉醒，在未来统治世界。

📍 田邵波所在造像时空——社会关系，2020 年 12 月 8 日，欧洲科学研究中心会议室

"是的，正如刚才所说，借助目前的卫星系统以及定点设备获取数据，再通过我设计的这个算力平台转换，首先可以完成 F 宇宙内真实世界的建模，之后通过真实世界的数据不断录入累计，把世界各维度的真实规律总结成算法，这样就可以推演出各维度的未来事件，这个平台技术可行性并不难，如果完成了，会引发相关理论性研究的爆点，更会有各类应用性研究和商业转化的入驻投资。"瓦西里关闭了演示文稿，坐下身来，刚想继续讲解项目计划细节，却被罗琳丝打断了。

"是的，教授，我们也做了完善的现状研究、风险评估、投入预测，这个内容在全球领域都是最新的。不过这个项目是个特别大的工程，需要安排长期的工作计划、大量的工作人员，我们按照中心目前现状整理了一个进度清单……"罗琳丝语速很快，滔滔不绝，她笑眯眯地打开了电脑里瓦西里做

好的计划清单。

瓦西里紧皱眉头，因为虽然罗琳丝是他们研究分院最大的领导，但她汇报的语言，让别人感觉这个项目完全是她规划的。事实是，这个项目的所有想法，甚至进度清单，都和罗琳丝一点儿关系都没有，而在之前的汇报中，瓦西里花了很多时间讲解才终于让这个什么都不清楚的罗琳丝理解了项目的概念和意义，可年轻的瓦西里，终究没有办法越级向整个中心最大的院长汇报。

他也想过和大领导搞好关系，让自己的研究更顺利，可经过无数次尝试，他发现，职级差异太大，且院长根本没有时间。而且，最重要的是，在和自己相差近三十岁的领导的概念里，他压根就是个孩子！无论他提出多少先进的理论，领导也不愿意花费时间去平等地了解。而他自己，倒不如用这些工作以外的时间踏踏实实地搞自己的前沿研究，另谋出路，大显身手。可真当在面对工作中的不平等待遇时，瓦西里仍无法消除自己的愤恨。

"做得好，罗琳丝，你很优秀！"田邵波装作没有看见瓦西里愤愤不平的表情，笑着赞赏罗琳丝。

他当然明白所有的想法都是瓦西里一个人想出来的，可在造像泡里以为自己穿越回来的他深刻明白，如果想实现自己的目的，一定要极致打压这个危险人物瓦西里。

"田教授，这是我已经写好的立项材料，里面有一些重点需要向你……"

可此时罗琳丝再次打断了拿出文件的瓦西里："哦天哪，这些内容太细了，这次我们就不向教授汇报了，否则天黑都说不完。"

"可是影响立项的最重要因素还是有必要说清楚的……"

"嗯，放在那里吧，我抽空看。"田邵波微微一笑，轻蔑地示意瓦西里把报告放在桌角。

身心俱疲的瓦西里回到家中，瘫在沙发上，感叹道："中国有句话说'德不匹位，必有殃灾'，可如果这条规律变成'德不匹位，原地爆炸'，这个世界早就大同了！"

他又骂了几句脏话，失魂落魄地抱起小猫。他暗暗下定决心，自己真正在意的研究重点——天边的颜色，以及将妻子娜塔莎在卡斯林研究所的意识提取技术加入进 F 宇宙的计划，不会告诉任何人。

半年以后，F 宇宙平台的研究论文发表，瓦西里仅是 6 位共同作者之一。研究中心项目立项完成，田邵波给 F 宇宙的底层算力系统起了个名，叫"卜算子"，瓦西里仅是项目成员之一，负责平台系统设计，而总负责人，是他的直系领导，那个英国女人罗琳丝。

这段时间的田邵波其实心急如焚，因为照这样的效率发展下去，去联合国申报 20 项目这件事根本不可能成立，可他确实是按照自己之前在现实世界中的工作经验，以最高效率推进工作的。他开始在工作之余刻意引导瓦西里谈谈关于人类意识的相关想法，可不论如何暗示，瓦西里都绝口不提。

的确，尽管在现实世界中的田邵波是中国 20 项目总部基地 SE 的研究成员之一，但在意识进入黑洞前，作为意识发射者的他在信息屏障的限制下，压根对项目的理论基础、研究现状不理解，他甚至不知道沌太的定义、熵辇的含义，更别提什么沌太控制技术、意识量子提取了。

而造像泡中的田邵波也并不知道，项目中瓦西里设计的系统架构，并不是他认为最好的版本，瓦西里会另外做出最完美的版本，并一字一句背诵下来，存储在自己的意识里。

田邵波开始利用之前在 20 项目中地外组的工作经验发表研究成果，可越是这样，瓦西里对他的设防就更重。终于，心灰意冷的瓦西里选择了离开研究中心。

离开后的瓦西里并没有闲着，他每天只睡 4 个小时，扛不住，就靠着咖啡"续命"。他用所有的时间投身研究，在自己建模完成的 F 宇宙内，他搭建了极度复杂的世界演变算法，并完成了抽象体系转换。他把人类认识符号下的所有学术知识分门别类地整理好，分成了四大体系，分别是人文科学、社会科学、自然科学、文化艺术，并将每类学科分别细化，最终形成 28 个学术领域，再把每个学术领域的每一条具体研究数字化，备注进 F 宇宙的每个细节。这样，他便拥有了一个人类视角下的、具体抽象耦合的算法宇宙，在完成的那天，他惊呼自己可能逆推出了地球上"造物主"建造世界的规律，尽管，他对"造物主"概念，一直持反对态度。其实，这件看似伟大的事情，在他的眼里只是研究的第一步，他真正的目的是从高维视角看这个世界。

"人类无法理解已有感官以外的人和事，那么，如果我们想更加深刻地理解这个世界，就让我们去开拓新的感官。如果我们的肉体做不到这些，那我们就干脆离开这个肉体吧。"他把这句话写在了日记本的第一页。

"我能看到天边的颜色，也能看到围绕在生物体周边的颜色，通过长时间的观察，我发现了这东西和已完成建模的 F 宇宙之间的动态关系，这太伟大了！这颜色里面一定存储了宇宙信息！你知道的，一直有一种理论说宇宙中有个'阿卡西记录'[①]。相传这个世界亘古至今的一草一木、每个微粒原子、每个生物、每一缕细微的思维，都从来不会随着时间消失，它们的信息都以合集的形式完完整整地存储在这个宇宙的生命之书'阿卡西记录'里。印度史诗《摩诃婆罗多》、佛教中的阿赖耶识、早年间科学家口中的'以太'似乎都与这个内容有关，甚至有传言说那些著名的、伟大的人，像尼古拉 - 特斯拉、达·芬奇、拉马努扬等人都说自己的知识和灵感来源于它，但不论如何，从没有任何人真正看见过这个抽象内容，在发现天边的颜色之后，我似

[①] 阿卡西记录（Akasha Records）又称为生命之书、阿卡西档案，传说中的宇宙生命信息数据库，是一种记载着每时每刻所产生的一切思想、言语和行动的宇宙档案系统。

乎了解了这个信息的存在方式，我们确实好像生活在一个合集里！宇宙信息确实不会消失！我一定要搞清楚天边多出来的颜色和这个世界的关联！"那天下午，他兴奋地抱着妻子娜塔莎，滔滔不绝。

他很感谢娜塔莎，因为换一个人，听到他口中的这些言论，一定会以为他精神出了问题。而娜塔莎不仅没有质疑他的研究，更把自己在感官研究方面的经验和盘托出。

在对天边的颜色展开深入研究后，瓦西里给它用人类的符号命名为"沌太"，并用"熵""辇"两个符号翻译了沌太两个最基本属性的抽象概念。接下来，他要做的就是把这项研究拓展到宇宙。另外，他已经在规划让意识脱离肉体，融入 F 宇宙。

他在日记中写道："如果用我设定的抽象概念'沌太''熵''辇'来思考这个世界，在伟大的人类文明中，有很多次熵辇值激增的节点。比如，人第一次直立行走，第一次使用火焰，第一次运用符号，第一次有国家政治的概念，第一次讨论唯物与唯心，第一次把语言符号唱成歌曲，还有工业革命、科学爆炸、文艺复兴、互联网浪潮……每次沌太的激增都让人类的存在方式产生翻天覆地的变化。

"对于那些重要的、意义非凡的历史时刻，尽管在当下我无法回到过去切身体会，但它们并没有消失，都的的确确存在于历史的时空中。我一定要想办法获取这个宇宙信息的历史数据！同时，我一定要用最快的速度突破感官限制、实现维度跃迁，看看这个世界本来的样子，让沌太的熵辇值真正实现质变！"

而此刻的田邵波，虽然不知道瓦西里在做什么，也没有得到瓦西里的帮助，但短短两年内发布的无数前沿研究成果，已经让他名声大噪，获得诸多奖项，他和他的得力助手罗琳丝名利双收。

在 2022 年的夏天，田邵波第一次在新闻中听说有普通人突然产生了幻觉，能看得到生命体散发的光，他知道，时机到了。

田邵波找来记者，在实时播出的访谈节目中谈到了"我们要打通脑机接口，把意识发射到宇宙中去，去探究宇宙的历史事实""我们要通过 F 宇宙预测推演未来发生的事""我们以后可以在 F 宇宙中永生"。在这之后，田邵波这个名字火遍全球，有人嘲讽他是个疯子，有人说他说的可以实现，有人说他一定是全宇宙中最智慧的人。2022 年 10 月，田邵波作为欧洲科学研究联合会主席，登上了《时代周刊》的封面。

此刻，在造像泡中观望的王敬民，内心百感交集，他完完整整看到了田邵波这个坏种是如何利用瓦西里的理论成名，如何利用身份侵占研究学者们的各种科研成果，如何打压异己，如何在地位高涨后贪图享乐，进行权钱交易，又如何道貌岸然地站在世界之巅，完全不在乎是否能带领全人类完成文明跃迁。

所以，这个造像泡内的世界，没有日内瓦的联合国 20 项目总部，没有新疆的中国 20 项目总部基地，没有 PL 设备，没有斯雷登，没有冯岚，没有杨驰，没有漫天的飞行器，没有 2026 年这个世界上伟大的思想学术爆炸，只在欧洲有个名叫 20 的研究院，表面在专心做感官研究，实际上，负责人田邵波利用它与各大 VR 公司、游戏公司、网络开发公司签订了诸多合作项目，赚得盆满钵满。

可是地球生命发生感官意识觉醒的现象并没有消失，率先发生觉醒的人们有不少被当成精神病医治，每天服用各类副作用强大的药物，情绪激烈的觉醒者甚至被关进精神病院，更有甚者要遭受电击，人们痛苦着，费解着。王敬民注意到某天的一个新闻："北京摇滚乐手袭击乐迷重伤判刑"。王敬民此刻难过极了，他看着这个世界因为感官意识觉醒变得一团糟，社会动乱频发，人心惶惶。

而在辞职后，和妻子搬回了莫斯科乡下老房子的瓦西里，才不管社会上发生了什么。他和妻子花了全部身家倒腾回来一个超大计算机,每天对着机器又拆又改,从早琢磨到晚,直到一个炎热夏天的午后,瓦西里与妻子手牵手,跳入湖中游泳纳凉,可在一个猛子扎入水中后,他们俩的身体凭空消失了。

在这天之前,瓦西里销毁了每天摆弄的计算机,并发表了一部小说,书名叫《20任务·沌太熵辇》,试图告诉这世界一些事。在书的最后一页,他用圆珠笔写下了一句话——"需要我时,我一定会再出现,我是万物,我也是你。"

而结仇太多的田邵波,没过多久就被杀害,这个造像泡,便永远停滞在了2026年的冬天。

的确,这个造像泡里的信息并不多,却让王敬民难过不已,本就容易多想的他脑子很乱,在回传信号后待在造像泡内久久不愿出来。他试图从弗雷格的角度思考这个造像泡,人类——这个只能靠肉体认识世界并改造世界的个体,是否就活该因为个体的私心和信息传播的低效,一直苟延残喘在自己短短的一生中,在规律里稳定地生活,无暇顾及抽象世界和并存的高维世界。

第二十三章

"既然他已经知道那两个人的所有因果债都清了,为什么要主动把这因果续上呢?"

📍 马谦所在造像时空——因果定律,2026 年,北京

何军岳与许释贤离开了罗伟的意识宇宙,钻进了马谦的造像时空。此时的张帆正默不作声地观察着其中发生的一切。

"老张!你在吗?你这边情况怎么样啊?"何军岳喊道。

时空远处传来了张帆的答复:"哎!军岳,释贤,你们好!你们也来探究马谦的造像时空吗?我提醒一句,这里比较复杂,一味增加时空感知速率的话可能会主观漏掉许多重要信息,所以一定要有耐心。"

"可……这和目前地球上的普通人的生活看起来没什么区别啊!弗雷格搞出这个造像时空不是为了探究因果定律吗?这哪儿能看出因果啊?"许释贤不解地问道。

张帆回复说:"起初我也困惑了很久,后来才发现马谦的视角可以获得一些我们通过旁观得不到的信息,你们要是想快点了解情况的话,建议直接去看他的日记,马谦有记日记的习惯。"

何军岳与许释贤便找到了马谦的日记,开始探索。

20 任务·沌太熵辇

📍 马谦日记，2026 年 11 月 1 日，周日，北京，晴

  太可怕了！我刚刚在妹妹租住的房子里苏醒过来，可我的记忆还停留在 20 基地执行 MH369 黑洞任务，我只记得一瞬间我与基地失去联系，我还没来得及做出任何反应就好像堕入了意识深渊！我能感觉到身边还有数量众多的意识体，因为他们经历过的片段、情节、思想毫无逻辑地堆叠在我身边，我们挤在一起，全部都混混沌沌，失去了自主能力，完全无暇顾及彼此！现在想来，我一定在泊入吸积盘时发生了意识失措并被吸入了黑洞。

  我完全失去了时间感知，不知道那如意识地狱一般的困境持续了多久。突然，我感觉到一个灰色的圆球靠近了我，那圆球并不光滑，呈现半透明状态，逐渐把我包裹起来，意识炼狱般的痛苦终于结束了。在那个圆球中我人生中经历过的所有事、有过的所有思想活动都在重演，仿佛我变成了一个合集。我感觉有一种力量在拼命地拉扯我的思维，可我实在太疲倦了，立即失去意识昏睡了过去，等我再醒来，就躺在了马薇的床上。

  在我的记忆里，马薇一个人在北京租房住，互联网公司的工作很忙，我进了 20 基地后就没再见过她了。醒来见到亲人我真的非常惊喜和高兴，我连忙冲上去给了她一个大大的拥抱，可她的反应让我十分吃惊。她一把推开我，露出从小到大一点没变的不耐烦表情，质问我是不是有病？

  经过一番询问，我得知在她的视角里我从没离开过，从来没有外出参加过什么保密工作，一直和她住在一起，每天照常去医院上班，从没有一天出现过异常。不论我怎么帮她回忆去 20 基地前我向家里的交代嘱托、聚餐团圆的情节，她都丝毫记不起来！我拿起临行前送她的香水质问，她却说这是她生日时我送她的礼物。我问他我脱离了黑洞之后是如何从 20 基地回到家中，她却依旧斩钉截铁地说我从没有离开过，而且还强调了前一天晚上我们曾一起吃了夜宵！

这真的太可怕了！要么就是这个世界出现了漏洞，要么就是我疯了，而所有 20 项目的事情都是我臆想出来的！我翻箱倒柜地搜索了自己所有的东西，的的确确没有找到任何 20 项目存在的痕迹，连手机里大杨和冯岚的电话号码和通话记录也不复存在！难不成真的是我疯了？不可能，这绝对不可能！我自己亲身经历过的事情绝对不可能出错，我记得项目组每天朝夕相处的同事，我记忆里还有在 20 项目发射任务中获取的那些正常人根本不敢想象的信息，我记得天边沌太的模样！对！沌太！

沌太还在！我刚才跑到了窗边，看到了天边的颜色！20 项目相关的一切不可能是假的！

单位群里的消息响了，说是明天有个会诊，需要我参加，我试探着问了同事前几天我有没有什么异样，可答案依旧和马薇给的一样！这太可怕了，难不成 20 项目组搞出了什么新的技术把无关人员的集体记忆篡改了？现在这可能是最好的解释了！

📍 马谦日记，2026 年 11 月 2 日，周一，北京，晴转多云

今天我开车去医院上班，吃惊地发现副驾驶座位上的一张购物收据，纸条上显示的付款日期是 4 天前，上面还有我的签名，那的的确确是我的字迹！是我口袋里随身携带的这支蓝黑色碳素笔签下的字！可 4 天前，我的意识分明还处于混沌时期！这太奇怪了！难道我的意识坍缩进了平行世界中的自己？

最近两天发生的事真的完全颠覆了我的世界观，可我没办法和任何人交流！如果这么贸然地说出来，别人一定会觉得我得了精神病！我现在唯一的选择就是不露声色，继续上班，继续过平凡的生活！

另外，今天最重要的是，我发现我的沌太解读力和控制力好像变得更强

了！我不仅可以看到急诊大厅里每个人身上的不同颜色，而且如果我努力感知，居然可以读到他的家住在哪里、环境是什么样的、身边的家人都有谁、都是什么样的性格、彼此有什么样的相处方式！甚至我可以清晰地读到他们之间复杂的爱恨情仇！

今天有个中年女人，送一个腹痛的老太太来急诊，诊断为急性肠胃炎。这个女人对老太太照顾得无微不至，又是搀扶又是端茶倒水，陪诊的时候蹲跪在老太太脚边，满脸担心地给老人擦去头上的汗水，护士长见状还夸赞生孩子还得是闺女，小棉袄真知道心疼人。可我一眼就读出了那个老太太其实没有生育能力，她压根不是中年女人的亲妈，而是她的伯母！

我能读到中年女人叫魏英华，她的亲生母亲是个瘦弱的女人，很早就因为胃癌过世了。而这个伯母由于没有生育能力，当年在魏英华生母生产的时候撺掇家里老人对她说孩子生下来就死了，可实则却将孩子偷偷抱给了自己，直到现在魏英华还不知道这件事情。

我还能读到魏英华的亲生父亲，他脸上都是皱纹，佝偻着后背，经常穿一件深蓝色的旧毛衣，在原配死后又找了个女人，住在京郊的一个小平房，生活并不富裕，晚景凄凉，他的第二个孩子，也就是魏英华的亲妹妹，早就嫁到山东去了，压根不再管他！

当时我就站在急诊室的门口盯着坐在座椅上的那两个女人，这些内容出现在我脑海里！如果不是当时有患者问我药房在哪，打断了我的思绪，我想我一定可以了解她的祖宗十八代！我到现在还极为震惊！我不知道从哪里得到的这个能力，但确实，每一个人，只要我想读，我都可以读到他身上的所有爱恨情仇、缘分因果、人生经历！

我今天回家后努力尝试读了马薇，这姑娘居然骗我说工作忙没找男朋友！可她这几年分明都谈过4次恋爱了！她现在的对象虽然人长得不错，可明显品质有问题！自私自利，满口谎言！马薇也不知道哪根筋搭错了，就是喜欢这小子，还给人家花了不少钱，让人家拿捏得死死的！我一定要找机会好好敲打一下马薇！岂能让她这样瞎胡闹！

📍 马谦日记，2026年11月3日，周二，北京，晴转多云

我发现我的感知能力好像更强了！昨天下班的时候，我们急诊一个护士的老公小孟来接她，小孟远远走过来，我就看到他身上胸腔的位置散发着黑气，颜色十分明显，而且我从他身上感受到了很不好的气场！望着他我便感到周身阴冷、十分压抑！我提醒了小孟最近要去查查肺部，他也说最近胸口不太舒服，可能是因为最近加班熬夜，烟抽得凶，咳嗽、声音嘶哑的状况都比以前要严重，鉴于我是医生，他便没多想，今天乖乖去做了检查，检查结果显示肺部状况很不好，准备安排进一步检查了，恐怕是癌症。

急诊科每天人又多又杂，有了感知能力后我要承受更多的信息，有时候脑子非常乱，我便尽量不出诊室，但遇到了状况严重而不自知的病患我一定会提醒一句，一定要多做善事，毕竟救人一命胜造七级浮屠。

📍 马谦日记，2026年11月5日，周四，北京，大雪

昨天夜班，救护车拉来了一个满身是血的女人，只有邻居和警察跟着，没有家属。女人叫庄梅，她试图在家中割腕自杀。

警察在了解具体情况后才知道，庄梅的儿子去年在玩耍时一不小心被失控的车子撞死了。庄梅开始精神崩溃，丈夫起初每天给予她很多安慰和关怀，可她依旧无法控制情绪，丈夫终于受不了了，签了一纸离婚协议，抱着女儿离开了，从此杳无音信。独自生活的庄梅精神更加崩溃，可物极必反，慢慢地，她变得默不作声，安安静静。

213

早年间，热心乐观的庄梅一直与街坊四邻相处和谐，所以发生意外后，邻居都表示理解和心疼，并对她施加了更多关注。可前几日邻居发现了庄梅的反常，她经常独自坐在楼下的花园里哭泣，夜晚站在阳台打开窗子自言自语。事发当日夜里一点，邻居被庄梅屋里突然响起的歇斯底里的哭声吵醒，便去敲门，可一直无人回应。于是邻居回屋睡下，可没多久又听到了尖厉的哭喊声，邻居便报了警，警察到了发现门没锁，一行人进去看到庄梅躺在客厅的沙发上，落在沙发边的手腕已在不断淌血，还用个塑料盆接着，茶几上是安眠药和遗书，遂叫救护车，到医院抢救、洗胃。

在抢救时，我在庄梅身边，居然看到了一男一女两个小孩的影子，旁边还有一个中年男人！女孩年纪稍大，八九岁的样子，男孩只有四五岁，中年男人的穿着打扮和体态很奇怪，并不像这个年代该有的样子。他们站在护士身后的墙角，面无表情地盯着庄梅，我当时汗毛都立起来了！我不敢直视他们，只能用余光瞟，装作若无其事，硬着头皮先救人！虽然参与过 20 项目后我相信沌太里的信息会留有意识的执念，可我仍然不信有鬼！我不知道那三个影子是不是鬼，但我确确实实看到他们了！而且可以感知到那两个小孩就是庄梅的孩子，吓死我了！不是说只有小儿子出车祸被撞死了吗？为什么他身边还有一个女孩？那个男人又是怎么回事？

好在不论如何，庄梅的命总算救回来了！明天上班我要再看看她的状况，希望别再遇见什么突破认知的事儿了！

看到这里的何军岳难以置信地问许释贤："老许，这马谦……是看见鬼了吗？"

"别闹了，现实世界中哪儿来的鬼……你小子可少发表这种'大搞封建迷信'式的言论！不过的确，他在造像时空里，一切都是像，还真有这个可能……你想，既然弗雷格是以人类集体潜意识为基础搞出来的造像时空，像里有鬼也是合情合理的，你就当咱俩现在看的这部电影刚好是部恐怖片罢了。郭德纲那句话说得好，'演电影一男一女一被窝睡觉知道是假的，拍电视剧拿枪突突突死好多人知道是假的，怎么到我们这儿就什么都成真的了？'所以，咱们就把自己共情成弗雷格，看看热闹别入戏，差不多得了。"

"像里的妖魔鬼怪、爱恨情仇、贪嗔痴念全是他们的心魔呗？"

"你瞅瞅！还得是咱家老何，这一解释，让大家解读造像时空里的意象一下就提升了一个层次！"许释贤笑呵呵地夸赞着何军岳。

📍 马谦日记，2026 年 11 月 6 日，周五，北京，晴

今天庄梅已经苏醒过来了，晚些时间转到了普通病房，傍晚下班后我去探望了她。那两个孩子还在，正在病房的角落玩耍，男人站在庄梅的床边，他们的人影和昨天相比更加清晰了。我克制住自己恐惧和焦虑的心情，努力平复状态，在庄梅的病床前坐了下来。

庄梅非常虚弱，脸色惨白，她目光穿透了男人所在的位置，静静地盯着窗外。

"今天感觉好些了吗？"我小心地问道。

她没有回复。

"的确，那么多重要的亲人都离自己而去，换作谁也不可能平静地生活。"

她依旧没有转头，但我清晰地看到一行泪水从她的眼角泻下。站在她身边的男性人影试图用手为她抹去泪水，但不论他怎么努力，终归接触不到庄梅的肉体。

我静下心来努力尝试感知这个男人，得知他生前叫储继兰，住在村里，是个货车司机。这个男人忠厚老实，与庄梅青梅竹马一起长大，两人渐渐互

生情愫，待年龄合适，便顺理成章地谈起恋爱。

可庄梅的父母一直反对这门亲事，原因是储继兰的家庭条件不好，他父亲是个没有固定收入的残疾人，母亲又成天打牌，家里只有一间小房子，实在不是庄梅能托付终身的人。

可年轻时的庄梅倒是个敢想敢做的女人，因为这事可没少和父母争吵。庄梅最终怀了孩子，想奉子成婚，可她的父母非但不同意，反而把大着肚子的女儿锁在家里，私下买了流产药物，想给庄梅掺在早饭的粥里喂下去。

谁知前一天的夜里，一向懦弱的储继兰不知哪里来的胆量，借着夜黑风高砸了庄梅家的玻璃，两人便私奔了，大货车开在山间的小路上，载着两个年轻人的狂热爱恋，奔向了自由之境。

两个人用不多的钱在县城边缘租了一间小屋，昏黄的灯光照亮了整间小屋，也照亮了他们的生活。几个月后，一个可爱的小姑娘呱呱坠地，庄梅给她起了个好听的名字，叫储春阳，她多么希望自己的女儿可以像春天的阳光那样明媚灿烂。储继兰靠着开货车养活着娘俩，日子清贫，倒也温馨快乐。

可好景不长，在一个炎热的夏天，适逢孩子暑假，储继兰决定带着娘俩去外地游玩，货车在山间小道上驰骋，突然一道闪电划破天空，随之便是倾盆大雨，储继兰放慢了行车节奏，可还是没有躲开一块山间的巨大落石，这块巨石实在是太大了，重重地砸在储继兰和储春阳的头顶，货车的顶棚完全支撑不住，庄梅副驾驶位置的门框被砸得扭曲变形，她整个人被弹了出去，滚下了山坡。待她拖着满身伤痕爬回车子的时候，才发现丈夫和女儿早就没了气息。

庄梅的天塌了。

不知怎么，在我尝试感受他们的过往之时，我可以完全共情他们的情感和情绪，我感觉自己的心脏仿佛被撕裂了，实在是太疼了，我的眼泪止不住地往下流。储继兰的人影知道我在感知他的过往，没有拒绝，反而站到了我的身后对我和盘托出。

我仰起头，试图止住泪水。

我又看到庄梅独自生活了一段时间，拿着家里的一点儿微薄的积蓄，又跟街坊四邻借了些钱，靠着针线活的手艺开了小裁缝店。她手倒是巧，衣帽鞋袜、居家用品都能做，慢慢地开始自己进货做一些服装，县城的女人们都喜欢买她做的衣服。

再后来，她卖了自己的小裁缝店，坐上了南下的火车，做起了服装生意。这个心灵手巧、敢作敢为的苦命女人，日子终于开始有所转机。在一个仿佛注定的傍晚，在街角的十字路口，她遇到了另一个男人，我能感受到，那是她后来的丈夫。

这个男人仿佛是来报恩的，对庄梅的关心无微不至，满眼都是掩饰不住的爱恋。庄梅一直幽闭的心终于被男人的温暖打开了，两个人互相扶持，终于打下一片天地，成立了服装公司，品牌化的生意越做越大，家庭也温馨幸福，从来都是甜甜蜜蜜没有任何争吵。男人更是好像着了魔，眼里只有庄梅一个人，两人又先后生了两个孩子，小儿子便是我抢救庄梅时，在她身边看到的男娃娃。

为了给孩子们更好的教育，一家四口在两年前来到了北京，买了房子，继续着幸福而富足的生活。

可一次男人晚上归来，在马路对面停了车，正在玩耍的儿子突然似是魔怔一般地朝父亲疯跑，庄梅没拽住儿子，就这样酿成了又一次惨剧。

那一瞬间，庄梅没有号啕大哭，没有震惊崩溃，而是愣在原地，盯着那个躺在血泊中的小身体，说了一句："为什么……为什么又是车祸？"

从那以后，庄梅开始变得神神道道，经常念叨自己的两个孩子，说他们在身边玩，有时候还会看似自言自语地和他们说话，把男人吓得不轻。男人对庄梅的爱恋也似乎在一天天变淡，不再如前，终于在一个雨夜，他签完了离婚协议，就抱着庄梅仅存于世的唯一一个孩子，也就是庄梅的二女儿离开了，没有留下任何联系方式。

我只知道，我面前的这个试图自杀的苦命女人，本不该承受这一切，不知是因为我感受到了她的为人，还是因为共情了她的过往，又或者是出于我自己的善良，我很想帮她。

"不要再哭了，爱你的人就算离开了这个世界也在一样惦念着你。"我尝试着对她说道。

庄梅依旧躺在病床，脸朝着窗外，可我能清晰地看到她的目光开始闪烁。

"所有的一切都已经过去了，一直沉溺在往事里没有意义，小屋里那温馨的灯光、他收车后藏在口袋里让女儿高兴好几天的小文具，都藏在岁月里了。至少你们曾经幸福过，不是吗？"

庄梅吃惊地转过头来，难以置信地盯着我，而后便是又一次号啕大哭，我能感受到我身后的储继兰同样伤痛的情绪，储春阳的影子也不再玩耍，凑了过来，站在妈妈身边。

我能感受到储继兰非常希望我替他给庄梅一个拥抱，好好安慰这个与他阴阳两隔的妻子，他似乎在对我说："请帮我告诉她，我和春阳在一起，我们永远爱她。"

庄梅趴在我的手臂上，泪水湿透了我的袖子，我拍了拍她的肩膀，传达了储继兰的话，女人的泪水更加汹涌，哭声响遍了整个病房。

"你认识他吗？你为什么认识他？"庄梅终于开了口。

我对她说："不要问，也不要想那些过往了，你不该承受这些事，人生充满了起起落落、爱恨情仇，但过去了终归就是过去了，只要记住那些幸福和爱就好。"

庄梅的哭声实在是太大了，护士长带着两个小护士赶了过来，我诓骗她们说庄梅是我的旧相识，最近心情不好，我正在安慰和开导。可为了不打扰病人休息，护士长还是把我这个全医院都基本能混个脸熟的急诊科马大夫轰出了病房。临走前，我让庄梅好好养身体，等她康复时，我送她出院。

📍 马谦日记，2026年11月9日，周一，北京，小雪

可能是因为感受能力增强，我感觉自己的情绪受到他人影响变得愈发不稳定，我在努力克制自己，减少对身边无关人员的感知，可当我看着急诊室那些焦急万分的病人和家属，我仍忍不住尽自己所能提醒他们一些潜在的风险。

下午快下班的时候，庄梅来急诊室找我，她的状态似乎好了很多。我帮她办理完出院手续，便与她一起到医院附近的烤鸭店吃个便饭。

刚坐下点完菜，庄梅便迫不及待地问我："你……是不是知道我过去的事？可那些事，我从没和其他人说过。"

我迟疑了一会儿，答道："我只能告诉你，你曾经的爱人、你的孩子们，虽然过世了，但都没有离开过你。你不是孤独的，他们都爱你，你要好好活下去。"

"孩子们！你说的，是孩子'们'！你知道我还有个大女儿！"庄梅的眼里闪烁着乞求，"你能……看到他们吗？他们一直在我身边是吗？"

"嗯……我知道你很思念他们，放不下那些过去的日子，可你的执念，仿佛一直在呼唤他们，把他们绑在了身边，尽管他们也爱你，可这……毕竟对你不好。"

"没关系！我不怕，他们是我在这个世界活着的意义，是我最爱的人，

219

他们怎么会伤害我？我又怎么会怕他们？他们现在真的在我身边吗？"

"是的，储……先生正在你左边的椅子上坐着。"我答道。

庄梅的眼泪再一次如洪水般泻下，她侧过身子，用单薄的手抚摸着看上去空无一物的空气，这一举动使得隔壁桌的顾客一阵侧目耳语。

我继续说道："你是个很善良很有勇气的女人，你不该承受这一切，你还有现在的丈夫和二女儿，你要……"

庄梅打断了我："不，我对后来这位先生的感情更多是……"

"更多是愧疚，对吧？"

庄梅满脸落寞和疲惫，她点了点头，对我说道："是的，他对我太好了，我甚至觉得自己亏欠他。其实在我小儿子出车祸的那一刻我就不想活了，我不知道为什么我爱的人会一个个离开我，我不知道我到底造了什么孽？难道只是因为我当年没有听父母的话离开继兰？如果不是因为二女儿还在，我可能早就结束生命了……我先生怕我对她造成不好的影响，带着她走了，音信全无，我找了这么久，依旧没有一丝线索，我真的失去精神支柱了，所以前几天我便选择了结束生命。其实我还有不甘心，也想找回现在的丈夫和女儿，继续过幸福的生活，这也是我为什么在割腕时留了门。"

我叹了口气，给庄梅卷了一卷烤鸭，递到她面前说："我不得不告诉你，我其实看不到你和你现在的先生、二女儿后续还有联系……但我个人来说并不希望你这样在痛苦中生活……"

庄梅真是个聪明的女人，她接过烤鸭，迫不及待地说："就是说……其实……你是有能力看到他们的，并帮我找到他们对吗？"

"先吃饭，吃了饭我们换个安静的地方慢慢聊。"

今天马薇加班，估计晚上她要睡在单位了。因此吃过饭，我带庄梅回到了家中，在客厅前摆好了地图，要来了她丈夫随身的物品。

"这像里的马谦，不会是'出马出道无师自通'了吧？"何军岳的声音里全是震惊,"这也太吓人了!怎么还开始玩这套了?他这日记可越看越像灵异小说了,你别说,他文笔还真挺流畅,这写法,这剧情,签约连载应该能挣不少钱!"

可许释贤压根没接何军岳的话茬,反而说道:"说真的,我总觉得,这马谦做事的路子不太对劲!既然他已经知道那两个人的所有因果债都清了,为什么要主动把这因果续上呢?我真的非常不理解……对了,现在对于马谦的情况了解了个大概,咱们脱离日记,直接转读他造像时空中的像吧。"说罢,许释贤拽着何军岳到了马谦带庄梅回家的时间节点。

只见马谦把屋里的灯调得非常昏暗,点燃了一支黑白两根蜡体交织扭曲在一起的蜡烛,他用左手将蜡烛放在庄梅的眼前,让她盯着火焰,右手拿着庄梅丈夫离家前最喜欢佩戴的手串。

"我不知道是不是我最近太累能力下降,我很难感知他,请你盯着烛光,脑海中努力想象他的样子或者生活片段,越具体越好……"马谦紧皱眉头,眼神恍惚,"我感觉到了,这是一个高高瘦瘦的男人,皮肤很白,戴个金丝边眼镜,头发很短很硬,看起来非常斯文,在外人看来他性格很温柔不张扬,眉眼带笑,实际很有心机,甚至……有点儿无情。"

"的确,"庄梅咽了下口水,双手紧张地攥在一起,"所以其实我对他的感情就蒙着一层纱,非常矛盾,因为我可以真切感受到他对我很好,可我又知道以他的性格本不该那样对待我。还是先别聊他了,快请帮忙看看孩子怎么样了。"

马谦又是一阵沉默和恍惚,屋子里安静得像是凝固了,突然,蜡烛的火焰开始跳动,马谦眯起了眼睛说:"小姑娘叫佳佳,穿着一件粉色的裙子,抱着一个毛绒玩具,我看不清那是什么,画面非常模糊……"

听到这,庄梅紧咬双唇,泪水再次涌了出来。"那是一只小兔子玩偶,她睡觉都抱着。佳佳过得好吗?健康吗?"庄梅哽咽着问道。

"她这个年纪，没有上学的画面，不应该啊……似乎她学业终止了，不是非常开心的样子……画面中他们所处的环境和我们很不一样，从植被和建筑的风格来看……似乎在更温暖的地方，那里雾蒙蒙的，水汽很重，我隐约能看到一些奇特的建筑，似乎有着宗教色彩，街道上人们的皮肤似乎都被晒成了小麦色，路并不宽，有很多电动车和带棚子的三轮车，男人牵着女孩的手正在街上走，在一个便利店的门口停了下来，男人在四处张望，和另一个男人说了什么，躲躲闪闪地拐进了一条小路……我的头好晕，画面更加模糊了，我感知不到什么了……"马谦放下了庄梅丈夫的手串，闭着眼睛揉着太阳穴，"今天看来只能到这里了。"他缓缓睁开眼，吹灭了蜡烛。

"他们现在在南方吗？云南？海南？广东？还是什么地方？"庄梅焦急地问着。

马谦摇摇头，并没有马上开口，而是把手掌贴到悬空于地图上面两三厘米的位置，试图感知庄梅丈夫与小女儿的踪迹。"不，似乎更像是在这个部分。"马谦用手指在东南亚部分画着圈，这个区域包含了越南、老挝、泰国和柬埔寨。

庄梅立即露出了震惊和担心的表情："我好像知道他们在哪里了！我先生前几年做生意认识了一些泰国人，起初我没在意，可后来有一次我不小心听到他躲在卧室打电话，从他的语言里我感觉那并不是什么很正当的生意，更像是带着一点灰色产业的意味，我就和他严肃地聊了这件事，在那之后他似乎已经和泰国那边的老板断了联系……现在他这是带着孩子过去了吗？做的什么生意呢？不会有什么危险吧？佳佳还那么小！"

此刻的马谦一分钟也撑不住了，疲惫的他起身歪到了旁边的沙发上，对庄梅说道："我实在太累了，需要睡一下，如果你口渴，厨房有水，如果回家帮我带上门。"

庄梅痛苦地趴在桌上，房间里又是一阵沉默。

造像时空中传来何军岳略带颤抖的声音："老许，我不知道怎么回事，但是……但是……马谦描述的地方，我似乎梦见过，就在老王消失去当意识志愿者的那天晚上！这梦里……你也出现了！咱俩似乎在找着什么……"

"好家伙，老小子你别吓唬人了！你偶尔梦见咱俩去趟东南亚，也不算什么稀奇事吧，巧合罢了，你怎么老入戏这么深啊！哦对，我想起来了，那次你出事，在JUNGLE GYM旁边的新疆饭馆的时候你说过，你有联觉对吧？一天到晚神神道道的……"

"不！我没开玩笑，是真的！我真能隐约感受到这梦与这件事的联系！当时梦醒了之后我完全摸不着头脑！"

"嚯，俩人跟这儿周公解梦呢？"突然，马谦的造像时空里响起了王敬民的声音。

"哎呀哈哈哈，王老头，您出来啦？怎么样，田邵波的造像泡什么情况？"何军岳笑嘻嘻地问道。

"真是老天有眼！你别看这货前面猖狂，后面也没少遭报应！造像时空里的田邵波算计了大半辈子，可人算不如天算，他那'鸡贼'且猖狂的劲儿已经渗透进了人格，你说谁见了这样的人不提防？就算他再有思维前瞻性，和他共事的人也不是大傻子！人们对他处处设防，甚至以牙还牙，让他遭了不少罪，可他固执啊，觉得自己是穿越回去的，是天选之子，根本无心悔改，到了最后就是不得善终！另外，我已经把田邵波的造像泡里的信息全部回传给了卜算子，相比其他造像时空，田邵波的信息其实比较简单，细节就留给20项目组慢慢解析吧。"

"哎哟，你看看咱家老王，真是有文化，说话真有深度！"

"不光有文化，还饱含深情！真是令人着迷！"

何军岳和许释贤两人一唱一和地逗着王敬民。

王敬民没好气地念叨着："嘿！你们俩又开始！时间紧张，咱就别闹了，你们快说说马谦所在的造像时空是怎么回事,你们看懂什么了?"

何军岳的回复里带着一丝纳闷:"这里说的是'因果定律',可我怎么看着更像是在讲'通灵技巧'啊?反正我是没太看懂这想表达什么,挺邪乎。"

"敬民,你好!"张帆的声音响了起来,"我这边发现了一个非常奇怪的事,不知道你们回传的造像泡有没有这种现象?就是……就是……11月21日之后,马谦的造像时空里就是空的了!什么像也没有了!这……不符合逻辑吧?"

的确,在造像时空中,2026年11月21日,天还未亮,马谦的车就驶入了机场,他请了年假,准备和庄梅一起踏上去往泰国的飞机。是的,在马谦的帮助下,庄梅锁定了丈夫和二女儿的具体位置,他们决定前去寻找。

这一天北京的天空灰蒙蒙的,似乎大雪就要来临,可飞机仍然照常起飞了,消失在迷蒙的天空中,在此之后,造像时空中便再没有景象出现,只有一片无穷无尽的灰色。

第二十四章

"各位注意！请快速撤出造像时空！时间节点要来了！"

突然，除去'因果定律'，其他 5 个造像泡内部开始加速转动，泡内的信息似乎融合成了一个整体，远远望去，呈现 5 个色彩各异的时空球，异常壮观。

"各位注意！请快速撤出造像时空！看来时间节点要来了！"瓦西里在造像泡外面喊道，"弗雷格在设定造像内容之后留出来的这段时间，是为了让造像时空内的信息细节自发完善，提升熵辇值。现在应该已经达到他们想要的状态了！接下来会他们应该会把这些造像泡压缩成质点，拽回去进行读取分析！拽回去的过程会留给我们一些时间，在这期间，我们要执行最重要的任务了！"

待所有意识志愿者撤出造像时空，瓦西里极度冷静地说道："20 项目组收到你们回传的信息后，卜算子会在复制保存后把造像泡里的信息全部打乱，在附近我预先安排好的区域造出 6 个假的、毫无逻辑的造像泡，压成质点，由 20 项目中其他国家的几位意识志愿者'闪送'回来，在弗雷格抓取质点前完成替换。到时候，弗雷格将很难消化理解人类文明，而我们就带着失联的 6 个意识，回家！"

• 20 任务·沌太熵辇 •

　　如果肉体在，何军岳一定可以体会到从脚趾到天灵盖全部汗毛直立的感受。从小只知道在鼓楼东大街喝酒、晃悠、玩音乐的他从来没有想到，自己的人生中会经历如此惊心动魄、波澜壮阔的时刻，他紧张万分而又充满了使命感，他现在多么想看到发小和哥们儿的面孔，多么想抽根烟冷静一下，可他能做的，只有在看似空无一物的宇宙空间和看不见的战友们站在一起，执行一个看不见的伟大任务——完成 6 个造像时空质点的"狸猫换太子"。

　　"托管系统隶属 20 项目组，会帮咱办事吗？可就 20 人现在的态度来看，我怎么心里那么没底啊？"张帆小声说道。

　　瓦西里舒了口气，回答："托管系统已经被我用沌太摘选技术造出来的'符号'全面接管了，所有权限都在咱们手里，放心吧。管不了那么多了！20 人现在还停留在'不知道这一切是不是真的''分析要不要这样做'的阶段，更别说那些连意识觉醒还不知道是什么的普通老百姓了！等他们想明白了，人类文明都要灭亡了！我们没的选，必须先救人，事成回去他们把我捆十字架上烧了都行！当然了，以我的能力，他们还嫌点儿！"

　　"'洪荒时代与臆想世界'造像时空信息确认回传完成，托管系统已收到并开始处理！"

　　"'战争与政治'造像时空信息确认回传完成，托管系统已收到并开始处理！"

　　……

　　"等我一下……马上……好了！'宗教与神学'造像时空信息也确认完成，托管系统已收到并开始处理！"

　　"'因果定律'这边怎么样了？信息回传了吗？为什么这个造像泡没反应？"瓦西里焦急地喊道。

　　"我已经把所有信息回传了，符号已经收到，可他回复……这个造像泡缺少信息要素！因果不平衡导致无法闭环！确实，造像时空内的一切，马谦和庄梅上了飞机之后就停滞了，空无一物，没有后续的剧情了！这就像一部电影拍到中间发现逻辑错误无法进行下去，只能停滞，更别说拍完之后给弗雷格去转换格式归档发行了！如果这样的话……马谦……马谦有可能会一直困在这里回不来。"张帆的声音有些颤抖。

这时，符号传来了语音信息："按你们正在经历的时空感知速率，大家必须在17分钟内完成所有质点替换。接下来，对于真质点，读过信号的意识志愿者需要进入真的造像泡内，让被造像的人相信这一切是像并跟你们走，一旦他们相信，真质点就会发生破裂，意识俘虏变成自由态。

"与此同时，闪送员需要把假质点放置在路径的原位置上，让一切继续进行下去。特别注意，'说服'和'调包'的过程都需要把对应的局部时空感知速率拉到趋近于静止，这样一来，在外部的时空速率下，你们被弗雷格发现的概率才能降到最低！

"我已经将每个人需要完成的任务及要求同步给了各位。同时，我已经操控卜算子，对任务完成概率做出了评估，成功率为99.9999%，所以请大家放平心态，不要紧张，相信自己，经历自己该经历的，一定可以成功。"

人群沉默了一会儿。

"那'因果定律'里的马谦怎么办呢？"张帆打破了寂静，问道。

符号停顿了一会儿，继续说："现在有两种方案，都需要适当放弃一些重要的东西。方案一是放弃马谦的造像泡，并在送还给弗雷格的5个假质点中加上精神摧毁类型内容，也就是这些质点信息中刨除那些混乱无逻辑的假信息外，唯一可以被理解的就是摧毁类信息，这样在他们了解分析假质点信息时就会思维扭曲、抑郁、疯魔，最后自我摧毁，这个原理你们可以理解为是MAX版的'蓝鲸游戏'①。

---

① 蓝鲸游戏通过互联网进行传播，控制受害者完成一系列任务，直到其心甘情愿地自杀。这种游戏的受害者群体以缺乏归属感、自我价值认同感较低的青少年为主，危害巨大。

"这个方案下，弗雷格不仅无法理解人类文明，无法发起下一步进攻，更大概率会在我们的精神培养之下完成自我摧毁！可这样一来，不仅风险巨大，更必须放弃马谦，他将永远在冬日云层的像中混沌着。

"而方案二，是需要你们之中的一个意识志愿者进入马谦的造像泡，与他一起经历造像并改变造像时空，让这部'电影'顺利'拍完'。同样，真质点破裂后，会有闪送员送来假质点完成调包。

"这个方案的问题是……这位进入造像时空平衡因果的意识志愿者，会因此承受原本不属于他的因果，由于影响要素过多，我们很难快速评估出未来在他身上会发生什么，但我可以确定，大概率不是什么好事……

"客观来说，如果启动方案二，我们的损失更小，可需要其中一个意识志愿者承担本不需要他承受的伤害，这的确不公平，除非……他自己真的愿意。系统已经评估完成所有意识志愿者中最适合完成本任务的人员，但我不会公布这个人是谁，所以你们现在可以理解为是你们每个人。

"现在请各位设身处地地去认真思考'如果这个最合适的人选是自己，你愿不愿意？'，接下来将有五秒倒计时，倒计时结束后回收各位意愿，一旦预选人员有坚定的肯定意愿，方案二开启；不匹配，则采取方案一！时间紧迫，请各位注意，倒计时……开始！"

"五……四……三……二……一……"

"意向回收中……"

"匹配……成功！我宣布，方案二开启……"

符号顿了顿，努力调整着自己的情绪，而后继续开口说道："我已经给这位意识志愿者同步完成了他的特别任务书。谢谢你！你是我们的英雄！下面……请所有志愿者注意！从现在开始，请每个人严格按照自己的子任务开始工作，时间紧迫，请大家各就各位，祝我们好运！"

正当何军岳对许释贤和王敬民分享自己的任务时，他发现，身边的许释贤，没了回音。

"老许，我跟你说话呢！你小子怎么没动静了？干吗呢你？"

"'因果定律'造像时空开始改变了！'电影'有后续了！"张帆打断了他们的交流，大声喊道。

王敬民也把注意力放到了那个逐渐开始转动的造像泡，问道："进去的是谁？能看到吗？"

张帆又钻进了'因果定律'造像时空，准备回传新的时空信息，他对外面喊道："我现在不知道那是谁！为了减少马谦的认知不协调，进去的意识志愿者应该变化了形象！所以虽然剧情已经继续发展了，但我无法马上判断究竟哪个才是自己人！"

📍 马谦所在造像时空——因果定律，2026年11月22日，泰国，芭堤雅

飞机降落的城市是泰国的芭堤雅，它在中南半岛与马来半岛之间的暹罗湾附近，以阳光沙滩、娱乐美食名扬天下，有"东方夏威夷"之称。

在马谦感知的画面中，庄梅的丈夫与一位经常往返泰缅两地的中国女人频繁碰面，可这个女人仿佛设置了什么屏障，让马谦无法深度了解，只在她醉酒的一个片段，让马谦捕捉到了她的面容。她身材高瘦，留着干练的短发，眼窝深邃，鼻梁高挺，耳垂上的黑色耳钉十分显眼。和其他女性打扮自己的审美风格不同，她总是穿着价格昂贵，但造型简单的T恤和短裤，脚上踩着一双人字拖。她身边跟着一群手下，气场强烈，不说话时不怒自威，让人不敢靠近，对待熟人时却又性格外放，甚至热爱幽默。说她像个假小子，可在她身上能感受到母亲般的温柔，说她是个女人，可她身上的狠劲和果断似乎却比大多数男人都要强，可终归，马谦无法感知她是做什么的。

"她是个中国人，经常往返于东南亚的几个国家，我看不清她具体在做

什么，可我感觉那似乎是什么地下产业。"

庄梅听到马谦的这句话，着实吓得够呛，她不知道自己的前夫在和这个女人搞什么勾当，也不知道自己的女儿会受到什么牵连。

芭堤雅这座城市热闹非凡，可庄梅和马谦丝毫没有心思游玩。

"这个城市里的能量太乱了，我的感知能力下降了很多，咱们只能凭借片段化的信息和推理去寻找了，你丈夫和女儿经常出现在一个有便利店的十字路口，我锁定了几个比较相似的位置，咱们兵分两路去蹲守，一定记住，安全第一，如有任何消息或者突发事件，随时手机联系。"从酒店出发前，马谦反复嘱咐着庄梅。

马谦来到了最像他感知画面中的十字路口，这个路口右转便是一条小吃街，琳琅满目、颜色各异的泰国美食着实吸引了不少度假游客，画面乱得让马谦一阵头晕。

他在街角的摊贩那里买了一份杧果糯米饭和一份新鲜水果，边吃边坐在街口盯着十字路口的行人。忽然，他在美食街另一侧的人群后面望见一个瘦削干瘪的小老头，这个老头坐在后方一个不起眼角落里，正目不转睛地盯着自己。那眼神，犹如一把烧得通红的利剑，灼热而笔直地戳向他的心脏。

马谦连忙低下头去，大口地吃着杧果糯米饭，待酒足饭饱，他又瞟了一眼对面，发现小老头仍在面无表情地盯着他。马谦心里一阵发毛，站起身来离开，朝着小吃街深处走去。

马谦尽量让自己与其他游客无异，实则注意力仍在便利店和街口，正当他准备买一件配饰给妹妹马薇带回去当纪念品时，一个苍老沙哑却又中气十足的声音叫住了他："年轻人，你等等……"马谦回头一看，正是那个刚才盯着自己看的小老头。"你……叫马谦对吧？"这句话听得马谦更是心脏狂跳。

"你随我到这后面安静的地方来，我有话和你说。"

小老头在路边搬来了两个塑料凳，两人坐了下来。

"我也是中国人，在泰国生活二十年了，叫住你没什么别的意思，就是看你有缘，想和你说说话。我不是给人算卦看相的，你不要误会……但我确实要和你讲些事，你要乐意听的话，就给我些什么……"老头抻了抻上衣，头都没抬地说。

"这……这个行吗？"马谦把手里的水果递到老头面前。

老头一笑，接过水果，用叉子插了一块西瓜送进口中，冰凉沙甜的西瓜让老头的脸扭曲了一会儿，待食物咽下，老头终于又开口讲了话："年轻人，你身上的能力似云似雾，如海市蜃楼，用好了造福身边人，用差了的话，你自己可要遭罪喽。"

"我……我不是很懂……"

"你心里分明懂得很！"

马谦似乎懂了老头的意思，犹豫了一会儿，还是开口说道："老先生……我最近发生了一些不可思议的事……"

"发生什么都不是你干涉无关因果的理由！"

马谦有点儿着急地辩解道："可她，还有我在急诊室遇到的所有苦命人，本不该承受那些啊！我看得到他们的过往，他们根本没做什么错事，为什么要承受那些平白无故的痛苦呢？这世界就这么不公平吗？"

老头嗤笑一声："这世间的所有本领，都要先明理再施用，否则，你的善良便会化作无知，害了你！世界上就没有什么事情是平白无故的！你怎么知道那些不是他们该经受的？每个凡人都有自己的冤亲债主，身上带着宿世的冤结、血脉、爱恨情仇，只要没清账，这辈子都要还，什么时候还清了，或者放下了，什么时候这因果就了了。那女人和丈夫本来彼此都放下了，你一个无关的人为什么还要强加给他们？你的行为不只影响了他们两个人这么简单！这可是最大的忌讳。"

马谦吞了下口水，用无助的眼神盯着老头："可……我不帮她，她会自杀啊！我这不是在积德行善吗？"

老头叹了口气，继续说道："我给你讲个故事……早年间，新中国刚成立不久，炼钢厂有两个人，一个叫张三，一个叫李四，他们因为争抢领导位置明争暗斗，这个张三坏得很，干不过李四，他气不过，就鬼迷心窍地往李四的饭盒里下了药，他以为不会有什么大事，顶多是拉肚子。可谁知道当天由于工作忙，李四的饭菜一口没动，拿回家去都让妻子孩子们吃了，家里三个孩子，死了两个，妻子也没挨过去。原来是张三不知道那药性这么毒，后来虽然没查出是谁干的，可这张三也是内心愧疚，一直默默地关照着李四，可再怎么补偿，张三这一世欠下的孽债也没公布于众，随着他的死亡埋进了土里。"

"这个故事是什么意思？"

老头继续叹了一口气，对马谦说道："你怎么知道这一世带着执念的他们又是谁？"

听到这句话，在芭堤雅炎热的空气中，马谦的汗毛都立起来了，顿时感到一阵晕眩。

老头继续说："她来求你，你好好帮她，那是积德行善，她不求你，你主动改变她的因果，后面的孽债便是你小子要承受的因果！"

"这所谓的因果……怎么才叫真的还清？"马谦颤抖着问道。

老头灰色的眸子闪烁了一下，望着熙熙攘攘的人群说道："放下……什么时候真的彼此放下了，才算还清了。这'放下'不是赌气，而是人家上赶着还，你却真的从心底里觉得无所谓了……所谓不入因果，方得清静。"

"我最近多了一些能力，正如您开头所说，我不明这其中的原理，它太颠覆我的世界观了，我甚至觉得它带有一些封建迷信色彩，您能给我讲讲这是怎么回事吗？"

"现在不少人眼里，封建迷信等同于未知玄妙的事物，可并不是所有的未知与玄妙都是封建迷信。举个例子，现在的互联网高科技对于清朝的人来说那就是未知玄妙的事物，他对着搜索引擎提个问电脑上就能显示答案，清朝人回家想了三年也想不明白为什么，那能片面地说互联网技术就是封建迷信吗？而利用他人的不解，靠着扭曲意义去诓骗，那才是封建迷信！比如以前的民间跳大神儿，说能帮别人抓小鬼，喷口水就能让鬼在纸上现形，原理无非就是酚酞遇碱变色；徒手下油锅不过是用硼砂！单说这些化学原理，有什么可封建迷信的？封建迷信的是那些害人的行径！

"另外在一些江湖骗子的影响之下，不少无知的人一听到天干地支、五行八卦就戴着有色眼镜说是封建迷信，可他们压根不知道这天干地支根本就是古人定义的历法符号，这甲乙丙丁戊己庚辛壬癸十天干、子丑寅卯辰巳午未申酉戌亥十二地支，其实性质上等同于阳历的一二三四五六七八……月，只不过阳历用了阿拉伯数字，中国古代用的是汉字，这原本记录年月时间的符号有什么可封建迷信的？现在的人从懂事起，父母就会教他们看手表看日历，大家便对时间、日期的计算习以为常，可上古时期本没有这些，人们日出而作日落而息，时间长了就发现了四季、节气的变化是周期固定的，同时伴随了天上星星的未知变化，古人就靠着日日夜夜不断观测天象总结出了时间历法，用上面这些文字符号区分标记。这又有什么可封建迷信的？好家伙！他又没有电子表、没有万年历，他不观测天象他还能观测什么？

"通过长年累月的总结，古人还丰富了经验的维度，加进去了生活、劳作以及事物发展的部分，比如农作物什么时候发芽、结果、收获，人在某个节气交替时容易染什么病、什么时节常见气热心烦，等等，形成了一套完整的指导经验。那么拿着这些经验，在未来的生活中，人们就知道到了四月该提前准备水稻的播种育苗，九月要提前准备收获，女子生产后不得受凉，燥热的天气时人们容易情绪不稳定，等等……另外，如果数据够多，还能总结推导出其他层面的结论，覆盖面和细致程度是你想都不敢想的，这和现在年轻人搞的大数据逻辑不也有些异曲同工之妙吗？当然，这种内容都是经验之谈，后人可以用作借鉴，不是百分之百准确，本质上就是让人有所依据，少走弯路罢了。

"而对于指导事物发展方向层面，你可以把这理解为一门专业课，比如市场营销，书里说了，卖货最重要的是选个好的区位，要选择交通便利、人流量大、目标用户消费水平高的地方，要在周末人出来逛街时候搞促销活动，有人就不信邪，说这都是封建迷信，偏选个夜黑风高的夜晚去没人的野树林摆摊，好家伙，那他卖得出去才真是闹鬼了！所谓要顺应天道、顺应规律，说的就是这个意思！老祖宗的智慧多着呢，现代人可以不学，但不要曲解。"

"那我再请教您，正如您说的，我的确没有那些基础认识……可我确实有这方面能力，这是怎么回事呢？"

老头继续说道："你别说，关于这件事，你要是离开了这个时空还真可以算是封建迷信。"

"我没有很懂……"马谦继续问道，"那您刚才说别人主动来求的可以帮忙，但不能主动地、片面地插手别人的事，可今天是您主动来找我的，这又是为什么？"

老头沉默了一会儿，眼睛望向芭堤雅湛蓝的天空，感慨却又无可奈何地答道："没办法，必须要有人这样做，以后……你就知道了。"

说着，老头从口袋里拿出一个挂坠，套在了马谦的脖子上："我把我的护身符给你，你随身带好，你主动过到身上的无关因果应该就不会害你了。你一会儿给那女人打个电话吧，就说人找到了，他们就是来旅游的，而那短头发女人是旅游公司的，缘分已尽，你们这次就当来芭堤雅体验一下热带风光，别再纠缠了。"

说罢，老头站起身来，在刚才马谦停留的饰品摊位上买了一个发卡，递到了他手上："这个给你妹妹。"而后，转身消失在了人群中。

马谦犹豫再三，努力装成十分激动的语气，给庄梅打去了电话。庄梅在另一个十字街口哭得像个泪人，可终归，还是平复了情绪回到酒店。

这天傍晚，为了哄庄梅开心，马谦带着她去了芭堤雅最热闹的"东方公主号"游轮上散心，庄梅在心底里多年的压抑，终于在这一夜释放了，她大口地喝着啤酒，在热烈的音乐中和游轮上年轻帅气的泰国小伙子跳舞，这个经历了诸多苦难的、人到中年的女人，终是放下了心中的执着，她笑得那么美。

待夜深人静把庄梅送回酒店，马谦来到海边，望着曾在 20 项目中每天穿梭的宇宙的方向，百感交集，他决定把后来深入感知到的庄梅的前夫与那短发女人的可怕勾当，永远地埋在自己的心底。

第二十五章

"那接下来，就请你在意识中放弃符号，体会那'本来无一物，何处惹尘埃。'"

此时的造像泡外，其他国家的意识志愿者押送着包含混乱信息的假质点回来了。

瓦西里再次向大家同步了信息："为保证各位可以清晰获知同伴位置和任务进程，我们将被迫调高大家的沌太形象感知能力，调整之后大家可能会有短时不适，请关注自己的状态，不要被无关景象干扰，集中精力完成各自的任务。"

此时罗伟的造像时空还在加速压缩，马上就要成为一个质点。

何军岳看到来闪送假信息的俄罗斯同伴原本不可见的意识质点，变成了两个纠缠的粒子，这种形态的粒子他从来没有见过，其中一个粒子在不断吸引着身边的一切沌太，另一个粒子似在往外吐着加工后的沌太，它们吸引着彼此在转动，远远望去像极了一个运动的太极阴阳球。

他仔细去感知那喷涌出诡异而斑斓的色彩的粒子，似乎切身感受到了这位俄罗斯战友生命未来的无限可能性，这巨大而怪异的信息量让何军岳一度眩晕，他转移开放在队友身上的注意力，发现自己也变成了同样的形态。

"再次播报，请各位注意调整状态！集中精力完成任务！"

"收到！"何军岳用尽全力喊道，因为他看到自己的目标——罗伟的造像时空已变得极小，阈值马上就要到了！他马上凑到造像泡边缘，做好了准备。符号会在阈值到达的那一刻将罗伟和何军岳的局部时空速率拉到可控的最慢值，让他们完成交流。

阈值终于来了，何军岳钻进了罗伟的造像泡。

📍 **罗伟所在造像时空——洪荒时代与臆想世界，冥古宙，地球**

何军岳来到了罗伟面前。与此同时，像中时空速率的屏障消失了，地球景象飞速流转，单细胞生命、植物、远古生物依次出现，在他们身边闪瞬而过，时空流转得越来越快，最后形成了一片白色的虚影。

何军岳的出现使罗伟惊慌失措，倒退着跌倒在看似空无一物的空白空间。

"你……你是谁？"

"哥们儿，我是谁并不重要！时间紧迫，MH369黑洞是其他宇宙文明的意识监狱，你们被造像了，我们来救你了！"何军岳蹲下身子抓着罗伟的肩膀说道。

"你在说什么？我……我好像见过你！但我真的想不起来了，你是？"罗伟惊慌失措地看着他。

"我是你在20项目中的同事何军岳啊！"

"20项目？20项目是什么？我经历了太多，我记不清了……"罗伟抓着自己的头发痛苦地坐在地上。

"20项目啊哥们儿！咱们表面上是新疆阿托普勒心理研究院第二实验研究中心的研究员！实际上咱们是参与20项目的意识觉醒者！2026年！我们发现了沌太，记得吗？我的天！大哥了，你不会失忆了吧？咱们是SE的，你是地外组的！冯岚记得吗？大杨？瓦西里？记得吗？你有个老乡叫田邵波，记得吗？"

罗伟皱起眉头，他痛苦地回忆着，可又无可奈何地哭着说道："我已经像个消散不了的游魂在这里孤独地生活了46亿年，46亿年啊！我……记不住你说得那些细节，我……想死，我尝试过很多方式毁灭自己，可我办不到啊！办不到啊！你……你是来杀我的吗？你能杀了我吗？我求求你了！"

何军岳一看情况不妙，连忙换了一种思路："好好好，我们不回忆了，不去想了……你现在听我说，我是来拯救你的，我会帮你脱离这个痛苦的世界，接下来你跟着我一起，咱们打破这种困境！但先说好，要是想出去，你一定要无条件地相信我，好吗？"

罗伟哭得像个无助的孩子，他攥着何军岳的衣角，满眼都是祈求和无助："好……好的……"

何军岳盘腿坐到了他身边，示意罗伟和他一样，他慢慢说道："你看，你现在已经看过了世间万物，经历体会过了所有俗世中的欲望，并已经能放下那些贪嗔痴念，那我们接下来就试着一起放空大脑思维，什么都不想，让自己彻底放松和解脱，好吗？来，让我们尝试什么都不要想……"

何军岳继续慢慢地小声说道："来，呼吸先慢下来，让自己保持宁静，消除掉自己所有的情绪和感知，万事万物对你肉体的所有感官输入的信号都屏蔽掉……来，慢慢地……"

罗伟叹了口气，带着哭腔无助地抽噎着："不行，我的情绪平静不下来，我……我已经很努力地告诉自己什么都不要想，可思维中一些奇怪的想法像是不听话的蚂蚁，随机地跑出来干扰我，我该怎么办……"

何军岳从来没有这么耐心过，他轻轻抚着罗伟的后背，继续说："好的好的，我们先来平静情绪，一起深呼吸，来，吸……呼……吸……呼……"何军岳见罗伟的情绪已逐渐平稳，继续轻声而缓慢地说道："放空的意思是脑子里什么都没有，连'什么都不要想'都没有，你看，你的思维是在对符号理解的基础上发展的对吧，咱们中国人的思维凭借符号是中文，你脑子里'什么都不要想'就是中文符号，而不同的画面，不同的气味，也可以理解为思维符号。可'菩提本无树，明镜亦非台'，在你理解和定义那些符号的意义前，本没有那些意义，一切都是虚无。那接下来，就请你在意识中放弃符号，体会那'本来无一物，何处惹尘埃。'"

罗伟深深呼了一口气，在白色的虚无空间中闭上了眼睛。

何军岳继续说："视觉看到的画面，也是思维需要的符号，下面请放弃它……好，接着放弃嗅觉……再来，放弃味觉……继续……放弃触觉……最后，放弃听觉……"

在几次尝试之后，罗伟的躯体和意识渐渐变得十分平静而安宁，他的思维已静如止水，感受不到俗世万物的存在，似乎化作了虚无，从这世界上消失了。

慢慢地，罗伟所处的造像时空的边缘开始变得模糊，他身边的白色景象开始变淡，渐渐消失。就在这一瞬间，托管系统连接到了罗伟的信号，恢复了他的沌太感知！强烈的干扰让罗伟一下惊醒！瓦西里用最快的速度为他加上了沌太膜。

与此同时，在接近停滞的时空速率中，俄罗斯战友将假质点重叠在了罗伟的意识质点上。随即，符号把他们的时空速率调回了普世状态。

"天哪！成功了！老何这边第一个完成！牛啊！"何军岳耳边传来了战友们的呼喊。

何军岳望着旁边不知道怎么回事的罗伟的意识粒子对。"这哥们儿太苦了，没个三五年，估计很难缓过来！"他笑着说道。

接着，其他的四个造像泡一个个破裂，瓦西里和他的符号，带领着意识志愿者见证了一个个成功，何军岳已经能想象出在中国 20 项目总部基地的人们欢呼雀跃的样子。

"还有最后一个，兄弟们，加油！"瓦西里说着。

"自然时空感知速率下我们还有 6 分钟时间，绝对够用了，对吧老王？"何军岳和王敬民来到了'因果定律'时空边缘，望着这个搅动流转的造像泡。

正在这时候，造像泡的流转速度又开始逐渐变慢，有趋于停止的意味。

泡内传出张帆的声音："'电影'又卡了！而且，这剧……剧情，有点儿让我摸不到头脑。"

"这又是怎么回事，不是已经有人进去了吗？对了……也不知道老许那边任务完成了没有，一直没见他。"王敬民说着。

"是啊，老许他……我天！我有种不好的预感……进去干涉因果的那个人不会就是老许吧！"何军岳惊呼，头也不回地钻进了造像时空。

"老何，你别冲动！千万别搞出什么乱子！"

"放心吧！我就看看！"

马谦所在造像时空——因果定律，2026 年 11 月 22 日，泰国，芭堤雅

何军岳一眼就可以确定，造像时空中那个与马谦交流并给了他护身符的老头，就是许释贤。许释贤告别了马谦，离开了十字路口，招手上了一辆出租车，坐了靠右边的位置。此时的天空变得雾蒙蒙的，逐渐开始飘起小雨，出租车发动，穿梭在并不宽敞的街道，街边的房子不高，大多都是店铺，旁边布满了树木和植被，门口装饰着花花绿绿的招牌，停着不少电动车和摩托车，街边的人们慵懒随性。

何军岳发现，上了车后，许释贤仿佛陷入了无限的循环，七拐八拐的街道似乎没有尽头，剧情就在这里停滞了。

何军岳看准时机，提前出现在出租车要经过的路口，等车过来时，挥手拦截。

"师傅稍等……停车停车！这是……我朋友！"许释贤被忽然出现的何军岳吓了一大跳，他犹豫了一下，还是叫停了车子。

何军岳跨上了车子，坐在许释贤的左边，老旧的出租车继续行驶，速度很快，发动机声音很大，何军岳注意到前面司机驾驶位鲜艳的粉红色椅背，椅背后面有一种带有特殊圆形花纹的低矮钢架隔出乘客位。这不就是他之前在梦里见过的场景吗！

"你怎么来了？"许释贤问道。

何军岳转过头，望着身边这个陌生又熟悉的老头的面孔，开了口："没办法，'电影'又停滞了，就在这条路上，我不可能眼睁睁看着你也陷入循环。你……接下来要去哪儿？"

"我有感觉我必须要上这辆车，它会带我找到那个短头发女人，我不知道为什么要这样做，也不知道会发生什么，我只能凭着感觉继续。"

何军岳看着时间一分一秒地流逝，焦急万分，一个劲儿地催促司机加快车速。此刻的张帆也在对何军岳拼命大喊说时间就快不够了。

突然，在一个路口，一辆黑色的商务车"鬼探头"一般地冲了出来！出租车没有任何反应空间，径直撞了上去！

这一撞实在是太狠了，出租车的前脸被完全怼瘪了，后车来不及刹车也撞了上来。出租车被夹在了中间，顿时，刺鼻的汽油味道充满了整个空间。许释贤的头被磕出了鲜血，出租司机趴在方向盘上，大概已经没了气息。

这时，一直紧闭门窗的黑色商务车，终于拉开了车门，爬下来一个满脸是血的短发女人，随后，商务车里又钻出来一个双手被绑在身后，嘴上贴着胶带的年轻男人，这个人一瘸一拐艰难地站了起来，终于趁乱消失在了人群中。一群全副武装的黑衣男人们冲了过来，有人扶起短发女人，有人连忙去追逃跑的男人。

"老许，你撑住啊！我扶你出来！"没有受伤的何军岳绕到了许释贤一侧，拉开了车门准备救他出来。

"别……别动我，肋骨大概是折了，扎破了内脏……我被卡住了，出不去……你快走，油箱漏了，马上……马上就要爆炸了！你快走！"许释贤一脸苍白，用尽全力说道。

"不行！我哪能把你扔这儿！你坚持住，旁边已经有人报警、叫医护了！"何军岳急得满头大汗。

"老何，你看你又入戏了，"许释贤挤出了一丝微笑，"你总是这样，现在的一切都是像，是假的……时间不够了，你快……想办法出去，再晚……就来不及了。我左边口袋，里面有我妈当年在北京一个寺里给我求的护身符，这么多年我一直随身带着，我有私心，没舍得给马谦……我现在把他给你，你拿走，要不然……咱们出不去……听话，出去等我。之前的剧情发生了二次卡顿……我还在想卜算子是不是算错了……现在我才想明白……测算是准确的，他把……我的私心和你对我的情谊，也算进来了。"

何军岳凑过身子，艰难地从许释贤的左边口袋中拿出了护身符，正当再要开口的时候，发现许释贤已经断了气。

何军岳泪如雨下，他号啕大哭地攥着许释贤的胳膊。身边赶来的警察说着听不懂的泰语，把他拽出了危险区域。

三秒之后，汽车爆炸了。

何军岳挂满泪水的脸被燃烧的火焰映得通红，他不论怎么说服自己这一切是像，仍平复不了自己痛苦的情绪。

"老何，你必须要出来了，时间不够了！老何！"空间中响起了张帆催促的声音，把何军岳的思绪拽了回来。

何军岳抹了抹眼泪："我需要怎么做？"

"起身，找个没人的地方，就按……就用你带罗伟出来的那个方法！不用管马谦了，你现在已经干扰了造像时空，你出来他就出来了！"

因果执念·第二十五章

何军岳急忙站起身来，跑进了一个没人的卫生间，关上了隔间的门。随即，造像时空中的时空速率逐渐加速到极限，何军岳身边的景象飞速流转，最后形成了一片白色的虚影。

"老何，咱们还有不到两分钟，你再不出来，就要永远被困在那里了！"

何军岳在白色的空间中盘腿坐下，调整呼吸，试图依次放弃视觉、嗅觉、味觉、触觉、听觉符号，他用尽全力把大脑中的思维全部清空。可这一次，可能是因为刚刚经历车祸的创伤，也可能是惦记着他的挚友老许，不论何军岳如何努力，都一直不能进入状态。

"不行了，时间不够了！可能要重新启动方案一了！老何！"王敬民声嘶力竭的声音也响起来了。

何军岳突然想起了许释贤给他的护身符，他整理了一下，戴在了颈上，再次深呼吸，依次放弃视觉、嗅觉、味觉、触觉、听觉符号，把思维全部清空。

终于，"因果定律"造像时空边缘终于开始变模糊，何军岳身边的白色景象开始变淡，渐渐消失。就在这一瞬间，瓦西里用最快的速度为他们加上了沌太膜。与此同时，负责闪送假质点的队友完成了替换动作。

他们成功了。

"许释贤呢？活着吗？老许！你在哪？"恢复意识的一瞬间，何军岳的意识粒子对就像脱缰的野马一般四处乱窜，到处找寻着许释贤的踪迹。

王敬民凑了过来，情绪悲伤地说道："老何，我跟你说个事，你别伤心……老许……老许他……"

正当何军岳不知所措地愣在原地时，他身后突然钻出了一个调皮的粒子对："哥在这儿呢！哈哈哈哈！"

"你个老小子！你急死我了！我还以为你真死了呢！老王你还逗我，讲不讲武德？"如果肉体在，许释贤与王敬民现在大概率能感受到何军岳对他们发起的一顿玩闹般的、饱含深情的拳打脚踢。

243

"同志们，快快快！准备撤离！"瓦西里的信号传来，话语中十分焦急，"我们一定要在假质点被弗雷格读取前撤出这个区域！尽管我们现在可以算是微观粒子，但数量太多、停留时间过长、操作过多，仍然有被发现的风险，这只是时间问题！

"另外，各位都知道，我们现在用的是最保守的方式对付弗雷格，这是因为我们还没有完全了解他，在没有做好准备的情况下做对抗是对人民的不负责任！而现在，我们必须马上撤离！关于撤离方法，我不得不告诉大家，由于我们的形态已经发生了变化，所以我们无法沿用来这里时用的方法回家。我们现在只有一条路就是在地球附近的沌太空间中完成每个人的信息复制，在成功的一瞬间打散你在这边的意识，这样，就可以保证宇宙中只存在一个你，而等到你的意识在地球附近重生后，我们再坐'冲浪板'回家！符号会帮每个人完成肉体耦合。这项技术存在一定风险，请原谅我为了避免恐慌，当时没有和大家同步，因为我们真的无路可走！大家别害怕，毕竟我瓦西里也会和大家一同这样回去。"

此时的人群鸦雀无声，他们不知道这一切究竟意味着什么，不知道自己会不会在茫茫宇宙中魂飞魄散，也不知道自己会不会因此产生出一个分身，永远孤独地流浪在弗雷格这片意识殖民地边缘。

"收到！"

突然，良久的静默中响起了一个声音，随后便是此起彼伏的应答声。

"收到！"

……

"收到！"何军岳答复着，转身对身边的伙伴说，"现在也没有其他方法了，咱们只能选择毫无保留地信任同伴！走吧，咱们终于能回家了！"

随后，大家的周围出现一个包裹住所有意识体的巨大沌太膜，它慢慢收紧，扫描着其中的每一个意识体，意识粒子对在巨大的能量下四散奔逃，横冲直撞，他们的运动轨迹在空间中划出匪夷所思的运动路线。如果把这些意识体看作一个原子内部的微观粒子，这一定会让观测他们的科学家三天三夜睡不着觉，琢磨到白头也想不明白这究竟是为什么。

沌太膜加速缩小收紧，把这些眩晕的意识体挤压在一起。世界在坍缩，何军岳只感觉到自己的意识被挤压到了极限，那种感觉他完全无法用语言形容，他顾不上思考任何事，任由这一生获得的所有信息在"嗒……嗒……嗒……嗒……嗒……"的节奏中压缩到了一起，他知道身边的人是王敬民和许释贤，但他们完全无法顾及彼此。

这根在不断收紧的"弦"越绷越紧，终于，到了极限。突然，"砰！"的一下，何军岳仿佛体会到了自己的所有粒子在巨大的爆炸下四散奔逃的感受，他的每一个思绪，每一缕情感，每一个细微的认识，似乎在一瞬间，爆炸飞散到了宇宙中的每个角落，此刻的他似乎就是宇宙。何军岳一丝浅浅的意识在宇宙的深处，发现了一个疯狂搅动的沌太旋涡，旋涡极度明亮，照亮了附近的一大片区域，旋涡的中心呈现极度明亮的金色光芒，稍外是蓝紫色，再外侧以白色的光芒发散。

随后，何军岳的意识终于消失了。

在一刻空无一物的感受后，何军岳缓过神来，与同伴们出现在距离地球家园不远的位置。

"咱们……回来了？"

"回来了！我们！活着回来了！"

所有的意识志愿者欢呼雀跃，如果肉体在，他们一定会在缓过神来后在宇宙中抱头痛哭。

接下来，为保证安全，所有意识体将以卜算子评估出的最快速度返回地球并完成肉体耦合。而为确保刚刚被解救出的 6 个意识俘虏安全返程，他们将受到意识志愿者的全程看护。

在田邵波的视角下,作为穿越者,他已经过完了自己漫长的一生。在造像时空中,他每天顺理成章地看到太阳东升西落、按部就班地操持生活,没有发生过任何认知不协调。在这样的环境下,他在生命的后期甚至渐渐淡忘了自己是个穿越者,偶尔回想起当时在20基地执行任务的日子,甚至还有一种恍若隔世的不真实感。而被解救出来后,他觉得自己仿佛在死后又得以重生。此刻他充满了震惊和喜悦,亢奋无比。

返程路上的田邵波如演讲一般情绪激烈地为同路的王敬民阐述着自己在造像时空中经历的一切,他滔滔不绝,思维奔逸,充满了无比的自信,深刻地觉得自己是天选之子,觉得自己的经历一定可以称得上是世界之王。

此刻的何军岳正在担心与田邵波同路的王敬民是否能控制好情绪,可事实上,何军岳的担忧是多余的。王敬民的情绪非常平静,他一言不发地穿梭在深邃的宇宙中。

王敬民对田邵波的厌恶根本没有消除,也不可能消除。但作为心理学专家的他,已经凭经验大致判断出了此刻田邵波身上的严重的情感障碍疾病,王敬民没有做出干预,任由这潜行在田邵波大脑里的洪水猛兽袭击着他的思维。"这是必然的,也是他应得的!"王敬民心想,"如果我们真能回归肉体,继续正常生活,但凡田邵波有了孩子,这疾病会变成遗传因素中最重要的砝码压给他的后代,这便是他伤害别人的报应!"

此刻的许释贤领着马谦在另外一条返程的路上,俩人你一言我一语,好似有说不完的话。

"唉……经历过这一劫,我真是想明白了很多事,"马谦语重心长地说,"这世上的缘分因果,并不是简单的、单向的,我们每个人都会在这一生遇到无数的人和事,你遇到的那些人,也会有自己另外的经历和缘分,这人间啊,像极了一张错综复杂的因果网络,说不清啊。"

许释贤笑了笑回应着:"是啊,咱们普通老百姓,怎么也跳不出这三界五行，能做的，就只有认真去经历自己人生中的每一天，认真去对待身边的每个人，认真体会所有的喜、怒、哀、乐、成功、坎坷、骄傲、迷茫……这都是咱们人生中宝贵的经历，都体会过了，咱来这世间走上一遭也算值了！"

"谢谢你冒着生命危险救我出来，我真的非常感激你！"马谦认真地对许释贤说，"不过，我也有个疑问，你怎么懂这么多？是以前学习过吗？还是拜过哪家师门？"

"嗐！我呀，没事就喜欢琢磨，而且我觉得我可能天生就……有点儿慧根吧！你说呢？"

"哈哈哈！没错！一定有慧根！"

而另一条路上的何军岳则一直担心着身边一言不发的罗伟，他无数次试图开口搭话，可仍没有勇气。最终，身边这个经历过全宇宙最孤独、最漫长生命的人，缓缓开了口："军岳，我好累啊……我好想快点儿回基地宿舍睡上一觉，没有任务、没人打扰、不设闹钟，就这样睡个自然醒，做一个甜甜的美梦，睡醒了记不住梦到了什么的那种。"

何军岳有点儿紧张，他小心地回答道："好……好啊，咱们这不是已经在回家路上了，别着急，咱们一会儿就到家了。到时候等咱们都醒过来，你想吃什么？我给你送过去。"

罗伟犹豫了一会儿，笑着说道："我还是……想吃上一口热气腾腾的葱花汤面，最好再配上两个炸鸡腿。哈哈，你别害怕，这……上升不到欲望，这是因为……我真的喜欢。"

他沉默了一会儿，继续说道："我已经了解了所有的宇宙定律，看过所有生命的繁衍过程，但后来我发现，那些高深莫测的东西都不需要语言和文字，不需要数学和物理，它们只是简单的规律，我们现在的生命，仅能发现规律，可无法创造规律……军岳我问你，在你看来，人这辈子，最重要的是什么？"

何军岳一时不知如何回答："这问题太高深了，人家都说这涉及哲学范畴了，我念书不多，绕不过来。"

"这问题没那么复杂，不用扯那些哲学、科学、真理，也不用管别人说什么……反正我觉得，人这辈子最重要的就是真正用心地思考和对待自己的每一个当下，你听音乐，就认真去体会它想表达的情绪；你学习知识，就认真理解那里面的原理；去运动，就彻头彻尾地活动身上的每一块肌肉；听相声看小品，就畅快淋漓地哈哈大笑。认真体会每一种心底的情感，而不是囫囵地过了。"

"对了，老罗，在意识被打散的过程中你有没有注意到一个奇怪的星体？"

罗伟没当回事："你说哪个？那颗离弗雷格意识殖民地不远的、包裹着灰黄色和浊褐色沌太的星球吗？那颗星球上的生命应该正在面临生存挑战，或者疾病危机，才会呈现出集体意识都趋于此类颜色的状态。"

"不是那里！是一个疯狂搅动的、极度明亮的沌太旋涡，即使是远距离的观测，也能感受到那个区域极大的能量。"何军岳激动地说着。

罗伟却平静地答道："那里是沌太大量聚集的地方……你还记得那光芒由内到外有三种颜色吧？中间的金色代表联结宇宙智慧与灵性知识，那个部分更像是神的世界；稍外层的蓝紫色代表充满灵性、正在觉醒过程中的意识，是宇宙的智者；而白色的纯粹能量则是向着生命真理和目标迈进的意识。而我们这种类型的意识体，还在借助肉体经历和思悟世界本源的过程中，还没有资格融入那里面。不过，我们现在已经很棒了，毕竟在瓦西里做这些事之前，我们就算有能力用望远镜望到这片区域，也什么都发现不了。"

终于，在茫茫宇宙中，在所有人的视线里，一颗蓝色的星球出现了。

"我们回来了！"

人群又是一阵欢呼雀跃，所有的疑问、震惊、恐惧、后怕、担忧，都随着那个蓝色星球的出现消散了。

符号为凯旋的人们调低了运动速度，可大家不知道的是，等他们真正降落到地球上，迎面而来的将是更大的危机。

文明跃迁

第二十六章

"斯雷登下台！重启卜算子！"

📍 2027年1月13日，"111潮汐事件"两天后，欧洲量子研究中心会议大厅，日内瓦，瑞士

"西欧也发生了暴乱！这样下去我们没法交代！"

"全球的社交媒体都在报道，诡异的言论到处都是，我们撑不过那么多国家的问责！"

"它们繁殖太快了，似乎已经到了不可控的地步。"

"等到后天，瓦西里救回来的6个人，还有那些意识志愿者就该回来了，这可能是这段灰暗的时光唯——丝安慰了。"

联合国20项目总部乱成了一锅粥，新上任的负责人康斯坦丁愁眉不展地望着大屏幕上的数据。

在瓦西里和意识志愿者们解救6个意识的这段时间，地球上的人们，正在被一种不断蔓延的、纤维状的、白色的半透明生物骚扰，他们会平白无故地出现在人体附近，看得见却摸不着，繁衍迅速，蔓延极快，被人类称为纤维体。

文明跃迁·第二十六章

这一天，一位印度IT员工乔像往常一样在自己窗边的工位上专心致志地敲着键盘，忽然被身后的同事一声大叫惊得转过身来。同事发现，一种奇特的"生物"在以肉眼可见的速度顺着他的办公椅生长蔓延，逐渐扩散到他工位附近的地板上，并正在向着他的办公桌方向拓展领地。

"这是什么？这到底是植物还是动物？又或者是什么菌类？太恶心了！"同事惊呼。

乔见状也被吓了一跳，不由起了一身鸡皮疙瘩，连忙脱下自己的外套检查身上有没有粘连这恶心的东西。办公室里人都聚了过来，有人用笔戳了戳地上这层轻薄的白色纤维，感觉不到任何触碰感，可它却似乎像有了回应，向着触碰位置延伸出一些纤丝呼应着那支笔，引得人们不由一身冷汗。大家连忙叫来了保洁人员，用消毒水、抹布发起了猛烈攻势，终于打散了乔附近的这堆"白毛"。

"办公室的卫生状况急需改善！"乔抱着笔记本电脑生气地离开了这里。可当下午在另外一个楼层开会时，他身边的地上突然出现的半透明"白毛"再次引得会议室一阵骚动。

乔怒气冲冲地请假回了家，家里现在还是一团乱，电视坏了，玻璃器皿都被砸烂了，镜子也碎了，在墙上留下一个空空的镜框。当然，这是在"111潮汐事件"当天受到影响的乔自己砸坏的，好在，今天的他已经恢复了状态。他彻头彻尾地洗了个澡，把在公司穿过的衣服一股脑地全部丢进了垃圾箱，并用酒精对整个屋子做了消毒。当他精疲力竭地躺到床上准备拿起手机时，却发现放置手机的床头桌上又出现一片正在生长蔓延的白色纤维！

乔连忙收拾东西奔向了附近的高档酒店，他已经被这烦人的东西搞得头疼不已、极度敏感，近乎精神衰弱，他不顾身边路人的诧异眼神，每走一步都要来回检查身边、脚下。可最终，在酒店住下后，他仍然发现了蔓延在身边的纤维。他终于忍无可忍，站在房间中疯狂大叫，用浴巾拍打着这烦人的东西。可不论乔做什么，这片白色依然在他身边按着原来的节奏生长蔓延。

乔最终冷静了下来，用被子裹严了自己，连头发丝都收进了被窝，终于睡下了。

第二天，乔在一片白色中睁开了眼睛，它们已经覆盖了整张被子，开始在墙上生长。他从床上弹了起来，崩溃大叫，用最快的速度穿上了衣服，冲进了医院。

"和上次体检相比，你的身体没有发生任何异常，换句话说，你很健康。"医生盯着乔的全身体检报告若无其事地说着，可当他发现了坐在对面椅子上的乔脚边突然出现并开始疯狂生长的白色纤维，仍然吓得从椅子上弹起，惊恐地给报社打了电话。当日，这则"国内奇闻"传遍了整个印度的新闻和社交媒体。

"有形无型的新型生物""变异菌丝""新型病毒"等言论越传越邪乎。开始，人们还以为这则新闻会随着互联网层出不穷的消息逐渐淡出人们的视线，然而，这团白色迅速出现在了全球各地。

人们打开电视，到处都是关于它的报道。"我们无法对他进行生物检测，只能看到这坨恼人的白色像极了菌丝簇，我们暂且把它命名为'纤维体'。尽管我们目前无法解释它们为什么会凭空出现在人体周边，并与人如影随形，疯狂快速繁殖，但目前并未发现他们会对人类和其他动植物造成伤害，所以请各位市民不必过度恐慌。另外，我们目前无法理解的是，这种神奇的小生命没有神经系统，没有大脑，却显示出了惊人的智慧。这究竟是怎么回事，还需要我们的科学家进一步研究……"

另外，随着纤维体的扩散，它的"生命力"似乎也愈发顽强。不论人们如何用酒精、消毒液，甚至高温尝试击退纤维体，它仍然以自己的节奏与人如影随形，并跟随人的行动方向生长蔓延。市民家里、楼宇内、街道上逐步被这层白色覆盖。不少人开始全副武装，穿着防护服出门。护目镜、酒精、口罩，甚至雨衣都成了紧俏商品。

大家都不知道这奇怪而恼人的纤维体到底是从哪里来的，除了 20 人。

📍 3 天前，2027 年 1 月 10 日，"111 潮汐事件" 18 小时前，栾屏地下实验室，西川，中国

"胡闹！"坐在轮椅上的郭宇童青筋暴起，攥紧了拳头。

洪伯贤俯下身子，蹲在郭宇童的身边说道："郭老，您先别着急，如果观测情况属实，其他国家一定早就上报了也说不定，现在您的处境这么敏感，要不……咱就别做出头鸟了。"

郭宇童气得发抖："什么话！敏感、敏感，什么都敏感！失联的 6 个意识现在信号非常稳定，尽管数据显示他们还没真正苏醒，但这铁一般的事实就是瓦西里把 20 项目组办不到的事办成了！那可是 6 条人命啊！人家瓦西里也把所有信息毫无保留地同步回来了，我不懂还有什么可质疑的！我自己知道，我现在身体越来越差，大抵是撑不了多久了，我不会再陪着他们瞎胡闹了，再这样不知好歹，我们只会亲手毁了自己！"

"哎哟我的亲祖宗，您可小点声吧！"洪伯贤连忙示意郭宇童的助理把实验室的门关上，他继续耐心地小声劝着这个越老越固执的老爷子，"我都给您捋了多少遍了，现在的情况就是'2063 年出现大规模自发感官意识觉醒现象，2105 年发生意识与主体剥离、异体互换'的未来可能性叠加概率没有改变，事情还在向可怕的方向发展，而不管瓦西里做了多少努力、救回来多少人，他都无法证明这个趋势不是因他而起，也不能证明他救人、回传信号等看似伟大的行为不是在'猫哭耗子'和笼络人心。那对于人民来说，瓦西里现在仍不是可信任的，甚至危险的。组织也就是看您岁数大，威望高，不敢动您，您去看看那些年轻的后辈，哪个支持搞统一战线的人没被抓走调查？

真要是抓走,那还回得来吗?您当年拿拐棍捅我让我闭嘴的清醒劲儿哪儿去了?您把我教育好了,怎么自己还糊涂回去了?大局为重啊郭老!"

"我就是在以大局为重!当年的沉潜是,现在的激进更是!3天前咱们就发现了那层可疑的未知沌太开始靠近地球,各地实验室都把观测结果上报了联合国20项目总部,可总部呢?无动于衷!直到今天,地球沌太都被人家包裹住了!尽管无法相融,可我们的沌太被压得越来越致密!现在各地的实验室又都发现两种沌太已经形成了明显的断层,外侧的压力还在继续!我们无法预估可能造成的后果,全球各地一遍一遍地'上书',可总部那个主席斯雷登就像没看见,工作中心仍放在'打倒异己'!我都怀疑他不是不做应对措施,而是根本不知道该怎么干!好在还有那个副主席康斯坦丁在,虽然他科学基础要差一些,可确实是个明白人,他成立了专项团队收集汇总数据,不停开研讨会听取大家意见。那现在,咱们栾屏地下实验室已经测算出了地球沌太最容易突破的位置,时间紧迫,为什么还不允许把数据上传卜算子?就算怕瓦西里接管了卜算子造成不可控的局面,那也不能放着不用吧?毕竟除了卜算子我们没有其他可用能力了!抓紧重启是唯一的出路了!我真的无法理解为什么连你们也要拦着我,再晚,咱们就真的来不及了!"

洪伯贤小声嘟囔道:"在托管系统被符号控制后,斯雷登一派就把托管系统和卜算子视为眼中钉,您之前直接也好,旁敲侧击也罢,提过4次重启卜算子了,哪一次不是碰了一鼻子灰……"

"这一次,我就是豁出我这条老命,也一定要做对的事!推我去联络部,我要给其他国家的实验室同步数据,最后一次一起'上书'!"

犟不过郭宇童的洪伯贤只能由着眼前这个老头子折腾,好在,其他国家实验室也发现了这个问题,大家一致认为目前的人类确实需要卜算子及托管系统的介入,可在4个国家的实验室准备联合"上书"时,他们的会议系统被强制中断了。

当天下午，郭宇童与其他几个参会的国家参会人，被全副武装的联合国20项目总部人员以进行"方向研讨"的理由带去日内瓦了。

桼屏地下实验室乱作一团，大家忧心忡忡，没人知道将会发生什么。

📍 2027年1月10日晚，"111潮汐事件"12小时前，中国20项目总部基地，新疆，中国

听闻桼屏地下实验室的郭宇童被抓走，中国20项目总部基地里也是人人自危。为保证人员安全性，SE发射任务全部暂停，他们根本不敢靠近地球外侧那层不断压过来的未知沌太。

"联合国20项目总部还不发布全球通报？"

"发了也没用，正常社会的老百姓缺乏对沌太的基础认知，发布通报只会产生恐慌，况且……如果这次的未知沌太真会对世界造成毁灭性打击，那我们任何人都无法避灾。"

"在斯雷登的指令下，全球的所有暗物质直接、间接探测设备、高能粒子加速器和对撞机全面关停，说是不知道瓦西里会用那东西做出什么事，这不就意味着科学停摆吗？"

"重启卜算子势在必行！未知的危险只会比瓦西里更可怕！"

"斯雷登那天居然说如果没有瓦西里，世界还会和几年前一样，人们每天平静地生活，没有半点异样。这可真是耸人听闻，自我安慰！"

"这个思路清奇、保守愚昧的老东西！不知道怎么当上的20项目的联合国主席！按照他的思路，20项目就该原地解散！大家各自回家等疯等死好了！"

人们聚在大厅，盯着屏幕上"星眼"实时回传的沌太景象，你一言我一语地讨论着。似乎在这无助的时刻，唯有聚集在一起，才能获得更多安全感。

突然，毫无征兆地，全球各地所有 20 项目的设备上开始显示从 9 到 0 的倒计时，硕大的数字伴随钟声一下一下地冲击着所有成员的心脏，人们喧闹不已，乱作一团。

终于，随着倒计时数字 0 的到来，屏幕一黑，全球的 PL 共同响起了同一个男人的声音："喂？喂……战友们，20 项目组全球互联已完成！我成功黑进了系统权限！为了正确的人类方向，让我们共同呼吁——斯雷登下台！重启卜算子！斯雷登下台！重启卜算子！"

大屏幕上开始轮放全球各地 20 项目基地的实时画面，无一例外，各地聚集的人群都开始躁动，大家通过屏幕面面相觑，不知所措，PL 中的声音持续了很久。

直到，第一个响应的呼声在人群中响起："斯雷登下台！重启卜算子！"

人群终于开始沸腾，应和人数越来越多、声音越来越大，渐渐地，不同的语言表达的同一句口号响遍了全球各地的 20 基地的会议大厅。

大屏幕的镜头一转，画面切换到了此刻的斯雷登，他正站在日内瓦的 20 项目总指挥部的台上听着人们震耳欲聋的口号而不知所措。与此同时，屏幕上又显示出一句硕大的文字——"捉住他！一起上！"

日内瓦大厅中的空气似乎静止了 3 秒，随后，在场人们如同一场狂欢一般一拥而上，把斯雷登压倒在地，大家喊着口号，把他关进了日内瓦 20 项目总部的安全审讯室！

在全球 20 人的欢呼声中，大屏幕中开始滚动播放各地信安部的图像，同样屏幕上又显示出一行字——"打开权限，重启卜算子！"

随后，屏幕上又是 10 秒的倒计时。是的，在数字 0 出现后，在救出 6 个失联意识后便被强制停用的卜算子，开放了全球各地的权限，它终于重启了！

人们欢呼着，沸腾着，手舞足蹈着，仿佛迎来了新的世纪。

一个戴眼镜的中国男人，默默关上了全球通报的语音设备，满意地笑了，没人知道他是谁，也没人知道他为了这一天付出了多少夜以继日的努力，但这是他人生中最勇敢的一次，也是最正确的一次。再过不久，他在20项目中认识的三个让他铭记一生的哥们儿，就要回家了。

可还没等他回味这一切，PL中一个熟悉的声音响起了："大家好，我是瓦西里。我终于可以再次与大家联络了，首先我要告诉大家一个好消息，6个不小心被'粘鼠板'捕获的意识，已经被意识志愿者成功地救回来了，并且我们以目前来看最稳妥的方式阻止了试图理解人类文明的弗雷格……"

人群中又是一片欢呼，20人终于可以名正言顺地振臂高呼瓦西里的名字，这真是20项目中值得铭记的一天。

"可是，大家也看到了，另外一种地外文明的沌太正在靠近我们，短短几天时间，便完成了对我们的文明包裹，这段时间由于执行救人任务，我分身乏术，救出人后卜算子又被强制关停，符号也无能为力，那我们接下来只有一个选择，那就是直面斗争。"

人群变得鸦雀无声。

"符号已经操作卜算子以最快的运算速度测算出了接下来可能发生的事……是的，这次，我们晚了，已经完全没能力阻止他们降临。

"这种入侵的沌太来自格什鲁文明，他们拥有非常强的沌太控制技术和极强的学习能力，他们探索宇宙的方式就是利用沌太作为感觉器官获取信息，把其他文明蕴藏在沌太中的智慧为自己所用。不过请大家不要过度恐慌，格什鲁文明虽然喜爱探索和学习未知文明，但从未发起过侵略战争，他们的群体意识更乐于规避斗争和长线发展，也就是说只要不受到威胁，他们会在被入侵文明没有察觉的情况下'悄悄变强'和'学完即走'，起码历史事实如此。"

"格什鲁的降临会对人类造成什么具体影响？"人群中突然响起一个声音。

瓦西里停顿了一下，继续开口说："在过去的短短一年多的时间里，人类逐渐认识到了沌太，能通过它获取部分信息，并初步、浅显地实现沌太控制。尽管在我们眼里，这已经是人类文明的历史性飞跃，但我们不得不承认，我们现在对沌太的理解，仅仅触及皮毛，而目前的初代卜算子也没有加入宇宙其他文明沌太的活动运行规律，对未知外来物很难准确评估。也就是说，我们现在只了解自己，也只能了解自己。

"我们唯一能看到的是，现在的地球沌太已经被格什鲁压得越来越致密，预计在 1 月 11 日凌晨，格什鲁文明的沌太就会把我们的沌太压到临界点，逐渐降临到我们身边，这期间将会对地球生物的思想情绪产生很大的影响，社会可能会产生大规模暴乱，因此，20 项目组现在必须立即将此事上报给联合国安理会，以最快速度应对危机！

"而为了确保安全，接下来，我将为所有佩戴 PL 的 20 人增加沌太膜，最大程度屏蔽沌太变化造成的影响，一旦遇到了危机，能拯救世界的，只有我们了！接下来，请各地实验室及监测中心做好准备，如有异常随时通报！"

第二十七章

"这下，我们终于能名正言顺地观测到了……"

📍 2027 年 1 月 11 日，"111 潮汐事件"当日，地球

前一日接到 20 项目组的警报后，全球范围内所有的实验室停止了一切工作，所有国家也以最快速度做出了响应，并通过新闻媒体和气象播报向社会发出了预警，预警借用的理由是"地球将迎来 3000 年来的最大潮汐，可能造成气象灾害，请民众提高警惕。同时，潮汐可能对人类心智造成极大影响，多愁善感、暴躁易怒、莫名悲伤等情况颇为常见，请大家注意休息、调整情绪。"

起初，老百姓只觉得这次的事件会和往常的日食、月食等天文现象一样平常，直到一觉醒来，人们发现自己越来越无法控制情绪。

短短一天的时间内，地球沌太逐渐被压得越来越致密，所有智慧生物都在不明所以的情况下感受到了前所未有的巨大压迫感，在这种影响下，每一种情感和意义解读都被无限放大，人们的情绪也膨胀到了极限。

有的人开始莫名其妙地号啕大哭，有的人手舞足蹈，有的人恍惚狂叫，有的人冲进办公室把老板压在地板上一顿暴揍，愤怒的反社会暴徒们冲上街

头打砸抢烧，压抑已久的减肥者像饿死鬼托生般暴饮暴食，胆小的弱者躲在角落哭泣，任何一丝风吹草动都让他们颤抖不已……

人们一边用"潮汐影响"的借口安慰着彼此，一边用尽全力处理着自己的情绪。一些人们刻意保持独处，甚至用舒缓类药物试图缓解症状，更有甚者索性吃下安眠药准备睡个"马拉松长觉"。互联网社交媒体上到处充斥着极端性的言论，相互谩骂引起的愤怒导致更多的连锁效应。仅1天时间，亚洲国家的自杀人数就达到了1万人以上，能统计到的刑事案件更是达到了8万起，本该处事不惊的警察们焦急而愤怒地奔走在各处，处理着斗殴、抢劫、强奸、杀人种种触目惊心的事件，心理医生的电话犹如忙线的客服，连街上的猫狗都一改往日的乖巧可爱，到处横冲直撞，撕咬打架。城市的交通瘫痪了，商业停滞了，学生殴打老师冲出校园，上班族砸烂了电脑奔向街头，这个人类社会，似乎扛不住了。

除去情感上的无限放大，人们也在到处提问、搜索、探求各种想不明白的事物，无数服务器过载而出现问题，可没人此刻能静下心来处理工作，只得任由互联网在狂躁中瘫痪。人们便冲进图书馆和书店，四处搜索答案，他们遇到志同道合的人，便手舞足蹈、激情澎湃地交流。

事后有人回忆说，"111潮汐事件"是人生中最突破认知的一天："我无法压抑自己的情绪，更无法控制自己的思维。在行为上，我觉得自己似乎变成了野兽，被原始的欲望和情感支配。我真的控制不住自己，当时正在路上走着，我瞟到了便利店门口贴的巧克力广告，我便冲了进去，我不知道自己为什么会那样做，毕竟当时我已经保持健身习惯1年多了，巧克力这种东西我从来都不碰，但我的的确确买光了便利店里所有的巧克力！

"我拎着袋子坐在路边，疯狂地撕扯着巧克力的包装袋，把它们一块一块送进嘴里，囫囵地吞下，我到现在还记得那感觉，太可怕了！可我当时的思维绝对是完全清醒的！那是我这辈子最清醒的一天，我仿佛变成了智慧的天才，我坐在那里一边吃着巧克力一边思考，先是理清了困扰在我眼前的研究课题，当时遇到了让我懊恼很久的卡点，可就在一瞬间，所有问题如开窍一般迎刃而解，课题中有些内容需要很复杂的运算，而我好像被打通了任督二脉，想一下就知道那复杂的运算结果是什么！

"我太振奋了，独自在街上惊呼大叫，根本不顾别人的眼光。然后我便开始思考世界，那一天我思考内容的深度、广度令我现在想起来还心有余悸，我的思想仿佛用一天时间就变成熟了，那思维奔逸的感受实在太恐怖了！我坐在那里逐渐理清了这世界万物的架构脉络，也理清了身边的爱恨情仇，我开始激动地大哭，对，就是号啕大哭，哭声响彻整个街区。

"我记得想到最后，我开始无比思念我的妈妈，因为研究繁忙，我已经两年没回家看她了，我哭着站起身来，打车去了火车站，尽管那天的出租车司机也怒吼了一路，满嘴脏话，但还是帮我赶上了最快的一班高铁回了家。回想起来，那天的世界太疯狂了，它充满了极端的情绪，也让大家的思想都在自己的领域有了一个质的飞跃，真是神奇又可怕的感受！"

在"111 潮汐事件"当日，唯一清醒而冷静的就只有被沌太膜保护着的 20 人了，大家精神战栗地观望着外面世界的躁动，更关心着大屏幕上"星眼"回传的沌太实时景象。

在全世界都疯了的这一天中，地球的沌太熵辇值虽然得到了快速提升，但人类社会也付出了惨痛的代价。

终于，格什鲁的沌太似火山爆发一般顶破了地球的沌太层，降临到了地面上的人们身边。它们在着陆后开始疯狂挤压自己，以极快的速度贴着地面蔓延开来，高度仅保持在几厘米左右。

"他们是在尽量让自己不被人类发现。"瓦西里解释道。

在格什鲁沌太全面降到地表后，浮在格什鲁沌太上面的地球沌太终于恢复了正常，人们的情绪也平静了下来。

这次所谓的"潮汐影响"，对人类社会造成的损失无法估量。

清醒过来的人们恍惚地望着一地狼藉，对自己做出的种种恶行后悔不已。可人类社会的自愈力也真的令人震惊，人们快速修复了网络，恢复了通信，孩子回到校园，大人重返工作岗位，人们互相安慰着彼此，讨论着令人心有余悸的"111潮汐事件"，并格外珍惜往后的每一天。

此时"星眼"回传的图像中，格什鲁沌太包裹着地球表层极速流转，像一片无边无际的湍流，淌在人们脚边。地上的蚂蚁、蚯蚓等昆虫开始受到影响，他们像被定住一般愣在原地，失去了目的，找不到方向。不少人发现家里的宠物只要趴在地上就好像变傻了一般，目光呆滞，失去活力，被抱到沙发上、柜子上则恢复了正常。

躺卧在车底的汽车维修工人也受到了影响，有一位亲历者回忆，当时他躺在车底一动不动地瞪大双眼，原地定住了两个小时。

他回忆说："我不知道怎么回事，躺在车底后，我的大脑突然开始一片空白，同事说发现我已经在那里很久了，便来叫我，可我没有任何反应，他们就拽着我的腿把我揪了出来。据同事描述，我当时手中拿着工具却一动不动，眼睛瞪得很大，除此之外面无表情，这把同事们吓坏了，人们扶起我来，拼命摇晃，就在一瞬间，我缓过神来，一脸茫然地问大家怎么回事，因为在我的感知里，我完全失去了'空白'期间的所有记忆，我觉得从我下到车底到睁开眼，似乎只过了一秒。"

大家都在猜测着地球表面对人类的影响一定是"111潮汐事件"的后遗症，也许过不了多久就会消失。但可怕的一切才刚刚开始。

📍 2027年1月11日，"111潮汐事件"当日，欧洲量子研究中心，日内瓦，瑞士

此时日内瓦20项目总部一片混乱，在斯雷登倒台后，本该接受调查的

郭宇童被国际安全部的人员送到了会议大厅。他和人们聚集在一起，盯着大屏幕和"星眼"回传的数据，议论纷纷。

"必须要重启强子对撞机，这是让世界认清结果的唯一机会了。"郭宇童想着。

他离开人群，找到一个隐蔽的洗手间，到处观望，确定没有人后，自己转着轮椅艰难地挪到了一个隔间里。

"瓦西里！瓦西里！"他像个疯子一样对着空气压低声音叫着，"我们必须启动现在关停的大型强子对撞机！数据一定会说明一切！瓦西里！你听得到吗？"

"我不能鼓吹人们做这样有风险的决定。"郭宇童的耳朵里响起了瓦西里的声音。

"但你知道这是对的，不是吗？"郭宇童急促地低吼。

"我现在的处境很特殊，尽管20人对我救回意识俘虏一事表示肯定，但我仍没有取得人民的全部信任，他们只是不满斯雷登，但并没有站在我这边，此时提出这个敏感的事情，只会让20项目的处境更难，地球上的一切都会更加混乱。"瓦西里答复道。

"事已至此，我们别无选择！这将是人类探索世界的里程碑！人们不能永远生活在自己愿意相信的世界中！"

瓦西里一阵沉默。

"年轻人，你不要害怕，我有办法，你帮我控制这里的人员启动对撞机，剩下的我来搞定！"

瓦西里开口道："现在20人已经失去了领导，如果我还在非自愿的情况下控制他们，只会让我也受到质疑，20项目的未来怎么办？"

郭宇童执拗到了极点："你把有风险的事情都赖到我身上！所有的坏事都是我这个老头子一个人想出来的！都是我一个人做的！和你无关！我一把

年纪了，剩不了几天了……求求你，为了人类的以后，也为了我这个搞了一辈子科研的糟老头子能给自己终生的执念一个圆满的结局。我知道，你也知道，卜算子一定也算出来了，这是最好的路，也是我们必须要走的路。"

"我不能这样做，这对你不公平……"

"别说了！意识志愿者回来了吧？让他们过来帮我……我去设备控制中心入口等你！"

这个固执的老头子用自己苍老的手艰难地摇着轮椅，挪出了洗手间，穿梭在来来往往的人群中。终于，在走过艰难而漫长的路程后，他来到了对撞机控制中心的入口，这里被人员层层把守，他把轮椅摇到那入口的正前方，一边转动轮椅向前冲一边用尽全部力气大喊："让我进去！"苍老的声音响彻整个通道，"我死在这，还是死在里面，你说了算！"没人知道这沙哑的怒吼声是给谁听的。

郭宇童被一拥而上的安全守卫从轮椅上揪了下来，按到地上搜身，他苍老干瘪的手被压在身后，强烈的按压让他不能动弹、呼吸困难，他的脸色逐渐苍白。如果他不再做出格的行为，他会被扭送到安全中心，而后经历漫长严肃的调查，再被关进永无天日的监狱，而如果他反抗，面临的可能是被击毙。

可很明显，这个固执的老头子在用尽全身力气试图袭击安全守卫。

千钧一发之际，压住郭宇童的人们，突然没了力气，像泄了气的气球一般躺倒在他身边。

"我知道你不会眼睁睁看我把生命这样白白浪费……"郭宇童的嘴唇微微颤抖，喃喃自语着，露出一个意味深长的笑。他缓了好一阵，艰难地从地上撑起身子，但他的身体实在太过虚弱，完全没能力爬上轮椅。

"在那！"

"快快快！"

过了好一会儿，终于，两个外国研究员模样却说着中文的人从控制中心里面跑了过来，把郭宇童扶了起来。

"你们……是中国 20 基地的意识志愿者吗？"郭宇童有气无力地说着，灰色的眼眸努力打量着身边的两个人。

"是，郭老，您好。我们是中国 20 基地 SE 研究员，我是何军岳，旁边这位是王敬民，我们……终于回来了！刚刚到地球就接到瓦西里的任务过来帮您。"

"真好，年轻人……我知道你们，"被扶上轮椅的郭宇童紧紧攥着身边这两个看似陌生的人的手，"你们在新疆天山小区自己偷偷搞接入的时候，还是我们西川帮忙传的信号哩……"

何军岳愣了一下，顿时眼眶湿润了起来。

"你们几个小伙子，生死危机的关头还知道保持清醒，知道要做对的事，是咱们以后的希望……"

"郭老，我们刚刚回来，还不知道发生了什么事，瓦西里说时间来不及了，让我们先'夺舍'再听您慢慢讲，我们能怎么帮您？"王敬民一边推着郭宇童大步进了控制中心一边说着。

"是啊，爷爷，我俩没搞过这玩意，这什么刚子对撞机是干吗的啊？"何军岳也一脸疑惑地问道。

这个年轻人的话，终于把面前这个百感交集的老爷子逗笑了："这孩子，还'刚子'？这叫强子对撞机，核心原理是让带电粒子束在高真空场中受到磁场、电场力控制加速运动，运动速度可达到光速的 99.99%，目的是为了撞碎它，或者撞出其他粒子，被誉为'上帝粒子'的希格斯玻色子就是这么发现的。

"你肯定要问了，那这个粒子被加速到这么快，那还不一下就跑了，咱们怎么检测它？那咱们就给粒子束加上磁场让它受到洛伦兹力做圆周运动。

也就是说，咱们用电场给粒子加速，用磁场让它绕圈，跑不出这点范围。所以你看咱们现在所在的对撞机实验中心就是圆形的，这周长足足有 30 千米呢。

"而随着这个粒子束越来越快，想让它做拐弯运动就更难，就需要更高的磁场电流，那电流太大了，导线就容易烧坏，这时候咱们就想到了使用超导材料，也就是材料的电阻为 0。这超导的实现需要接近绝对 0 度的低温，现在的粒子加速器的超导线圈就是用液氦把温度给降下来的，一会儿你进去就能听到巨大的声音，这便是在降温。"

"我知道了……爷爷，那这玩意除了撞出那个什么玻色子还有什么用啊？"

郭宇童搞了一辈子研究，如今看到眼前这个孙子辈的孩子那清澈透明而充满求知渴望的眼神，突然开始留恋起了这个世界，他灰色的眼睛涌出了泪水，轻轻摩挲着何军岳的手，耐心地回答道："孩子，我跟你讲，你要记住……这沌太依存的暗物质，早先我们不知道它里面有什么，探测方法有直接探测、间接探测和加速器探测。

"像我之前所在的西川地下实验室，就是希望测量暗物质粒子直接碰撞普通物质引起的反冲核的数量和能量。

"间接探测就是去找暗物质粒子发生衰变或者湮灭消亡之后产生的稳定高能粒子，这类探测通常是在高空或者太空进行的，像咱们国家 2015 年发射的暗物质探测卫星'悟空号'就是干这个用的。

"而加速器探测，就是利用咱们今天所在的这种加速器，将标准模型粒子加速到高能之后对撞，通过测量对撞丢失的能量来反推暗物质的各种性质。

"之前我们不了解沌太的性质，这三种方法都多少带着点儿'守株待兔'的意味，因此测量出的结果非常少。那今天，咱们就要一起完成一项伟大的任务，让这对撞有个惊人结果，让瓦西里看起来不再像骗人的。"

"那我们一会儿需要做什么？"

"你们用权限把实验大厅所有的门锁打开，让我可以无障碍通行……然后把强子对撞机打开，让它继续执行之前的对撞任务。"郭宇童尽量克制自己的一切情绪，轻描淡写地说着。

说罢，他最后攥了攥两位年轻人的手，转动了轮椅，朝着实验大厅深处的通道去了。

这漫长而孤独的一路，郭宇童的脑子里回想了一生中的所有事，年迈虚弱的他，终于在无人的过道中像个孩子一般放声大哭，是的，换作谁，也不可能平静。

终于，他来到了接触探测器前的最后一扇门，他用尽全力推开了这道重重的门，缓缓地挪了进去。

他轻轻靠近粒子束将要通过的轨道边，从口袋里拿出了栾屏地下实验室负责人手中的最高权限设备——PL控制器，他把控制器调到了PL卸载模式，贴到了自己的眉心。

一瞬间，抽离感迎面而来。

此刻的他，没有了感官增强，也没有了瓦西里的沌太膜，又变回了那个原本的普通人。

这个普通的小老头撑着轮椅挪动身子，跪到了地上，也跪到了那层薄薄的格什鲁沌太中。

他闭上眼睛，思念着世间的一切，把头缓缓叩在地上，一瞬间，格什鲁的沌太包裹住了郭宇童的头，这个老头趁着失去意识前的一瞬间，用双臂使出了最后一丁点儿力量，撑起身子趴在了粒子束通过的轨道上！突然，一团比一千个太阳还要亮的光从他的眼前一闪而过，击穿了他的头，也撞到了残留在他头上的格什鲁沌太！

1978年，苏联普罗特维诺高能物理研究所的员工阿纳托利·布戈尔斯基就在一次意外中被高能粒子束击穿过头部，幸运的是，布戈尔斯基活了下来，伤痛痊愈后还取得了博士学位。可不幸的是，今天，这个用同样方式致敬人类研究历史的郭宇童没能撑住。

在他清醒的最后一丝意识中，他用那苍老但清澈的灰色眼眸，看到了在粒子束迎面撞击而来的一瞬间，格什鲁沌太产生了无数细小至极的白色纤维。

刹那间，控制中心数据结果激增！这数据也在第一时间同步给了全球的实验室。这一次，这钢铁一般不可动摇的数据事实，将再也没有办法被20项目组保密和私有，它将正式告知全人类——我们终于找到了暗物质。

也正是在这撞击的一瞬间，郭宇童给了整个世纪里人类的暗物质探索之路一个交代，并把会抛给先驱者的所有敏感和质疑，统统锁在了自己完结的生命里。

"这下，我们终于能名正言顺地观测到了……"

第二十八章

"要么长出新的感官，让信息维度跨阶增长，要么找到另一种合适的文明做同伴，二者沌太耦合，共同实现文明跃迁！"

  此刻的 20 人一片哗然，没人知道究竟发生了什么。他们只知道，等到明天，全球各地将会爆出一个惊天动地的大新闻——一个年迈的疯子科学家私自与外星生命意识联系，并自作主张重启了对撞机，让高能粒子撞击了外星不知名物。而这次撞击解释了为什么人类之前探测不到暗物质，也让人类恰巧发现了暗物质真正的存在方式。

  实际上，格什鲁沌太在高能粒子撞击下产生了保护机制，他们类似于人类下意识反应般地实现了形态变化，利用沌太控制技术将自己的形态化作一个个细丝般的结晶，以降低自己沌太的空间占有率。产生细丝的位置旁，便又可以充满地球沌太，也正是因为这样，地表的小昆虫们，又恢复了正常生活。

  随后，我们的世界逐渐被这"有形无型"的纤维体覆盖。

📍 2027 年 1 月 13 日，"111 潮汐事件"两天后，栾屏地下实验室，西川，中国

  此刻的全世界都在讨论和研究纤维体，栾屏地下实验室也不例外。

尽管很多同伴都对忽然打开的未来研究方向抱有无限的希望，可在孤独的 20 项目生涯中，洪伯贤早就变得没了心气，他总在质疑自己前半生的研究方向是不是一直在故步自封，而今天科学世界真正迎来了盛世，自己却也上了年纪。

之前的他总和张敏说，在 20 任务中张牙舞爪地做什么都没用，因为谁也摸不清未来的方向，活着也就够了。

他最后的精神支柱便是郭宇童，大多数时间，和研究相比，他更乐于花费精力照顾郭宇童的生活起居，更在意这个老头的健康和心情。在他看来，讲一个看似倒反天罡的笑话逗逗这个老头，要比发射意识发现什么新星体还要重要。可这个他真正愿意五体投地佩服崇敬的老头，也在两天前，永远离开了他。

洪伯贤把自己关在一个没人的储藏室里，孤独地坐在角落，望着身边半透明的纤维体，无暇驱赶它们，只是丢了魂一般地枯坐着。

他打开了角落里一台陈旧的老式检测仪，心不在焉地摆弄着它，他把自己口袋中的 PL 主机拿了出来，鬼使神差地放在了布满纤维体的老式检测仪上。

突然，洪伯贤接触到检测仪的手触到一股极强的电流，在一阵震颤中，他晕了过去！

在一片虚无中，洪伯贤感受到了自己空白的意识仿佛置身在一种不知名的东西之中，此刻的他没有视觉、听觉，没有任何感官，只有意识。他在被溶解，被侵蚀，并慢慢弥散，与不知名的一切融为一体。

等再缓过神来，他发现自己躺在西川第一医院的病床上，此时已是深夜，趴在他病床边的是自己的同僚张敏。

洪伯贤的身体一阵疼痛酥麻，可他顾不上那些，猛地坐起身来，惊醒了身边的张敏。

"嗯？嗯……我睡着了……哦豁！老洪，你醒了……大夫！"

"嘘嘘嘘！小点声！"他一把拽住了想要起身找医生的张敏，"走，老张，时间不够了，带好东西！咱俩必须马上去新疆！"

"新……新疆？去新疆干啥子哟！你遭了电流，身体怕是还没得恢复，你快些躺好嘛！"张敏睡眼惺忪地给洪伯贤拽了拽被子。

"我什么事儿都没有！身体要多正常有多正常，快，时间不够了……你开车来的医院吧？咱们直接去西川的精细结构航站楼，我到车上再和你详细说！"洪伯贤一把扯开被子，套上外套，拉着张敏蹑手蹑脚地往病房外走。

好在，值班的护士睡着了，两个人没有被发现。

等到二人坐上了吉普车，洪伯贤绷着的这股劲儿终于得以释放，他激动地攥着张敏的胳膊，两只眼睛闪烁出前所未有的光芒："老张！我知道格什鲁文明是怎么回事了！"

"你知道格……格什鲁文明怎么回事？你在说啥子哟？"

"我在触电失去意识之后似乎融进了格什鲁文明的沌太中！那感觉太奇妙了，不像是人类的清醒状态，也不像是在做梦，我完全无法用语言描述！他们的世界没有符号！但沌太里确实蕴含了很多信息！我了解到了他们的历史！如果……如果用人类可以理解的语言描述大概是这样……哎？你别管我，你快开车！"

张敏明显被搞得摸不着头脑，被洪伯贤猛地推了一下才缓过神来发动汽车。

"我跟你讲，用人类的理解翻译，这个格什鲁文明，起源于拉尼亚凯亚超星系团中的矩尺座星系团的格什鲁星系，他们的文明存在方式和人类完全不一样，你看瓦西里说地球生物是靠个体的基础感官感受世界形成信号，这信号最终会汇聚成含有地球生物集体意识的沌太对吧？但格什鲁这种类型的

'生命'则不同，沌太就是他们的感觉器官，他们完全无须通过语言、符号作为载体进行交流，所有信息都是共享的，或者说，他们本身就可以看作是一个整体！他们可以通过沌太与世界发生联系，改变我们眼里所谓的可见物质！正是因为这种存在方式，人类文明中的可控核聚变、高能物理在他们面前都不值一提！

"按照人类的理解方式，格什鲁可以说是一种星际文明，他们探索宇宙的方式不再受限于困扰人类的高强度材料和能源等物质条件，只要分拨离散出部分沌太到宇宙的不同地方即可。

"可如今的他们已经失去了自己的全部家园，只剩下了一小部分沌太，他们之所以沦落到这种境地，也和之前试图侵犯我们的弗雷格文明有关，就是之前夺走地球上那6个意识的那个文明！格什鲁在离散探索过程中，也被弗雷格的'粘鼠板'捕获，而侵略者在了解了格什鲁文明、提升了自己的沌太熵辇值后，选择摧毁格什鲁的家园。这种摧毁方式，并不是人类认知中的用高能武器轰炸攻击，而是通过改变格什鲁沌太中的因果关系制造一种类似病毒的'酵母'，发回给格什鲁星系，使他们的沌太被全面感染，因果混乱，自己走向了毁灭。因为，没有人比自己更了解如何毁灭自己！

"而另一小撮远去朝圣的格什鲁'巡游者'在这次毁灭性的灾难中得以幸存，他们在完成朝圣后返回家园，看到的是一片废墟，为了防止自己被残存的因果病毒感染，他们只能选择离开。他们像被遗弃的、没有利用价值的孤儿，试图靠近任何沌太文明时，都会被驱赶甚至攻击，只得孤独地游走在茫茫宇宙，直到现在，遇到了正在觉醒中的地球文明。"

此时天边已经微微亮起，洪伯贤目光坚毅地盯着公路尽头，低沉地继续讲述："关于降临地球的具体目的，要从沌太文明的运行机制讲起，之前瓦西里对我们说过，衡量文明发展情况的基本指标是沌太的熵辇值，瓦西里能自己理解这些内容并翻译给人类，实在是太伟大了！

"而这次我真正认识了格什鲁这种高阶文明后,更具体地了解了其中的原委。即我们之前在瓦西里的全球通报中了解到的沌太的熵辇值,其实是沌太广义熵辇值,也就是一个文明含有信息量的丰度和复杂程度。对地球文明来说,就是地球所有生物感官下可以获得的所有信号的合集。

"而这里存在一个'沌太熵辇悖论',即任何生命都无法消除本生命存在模式下的思维方式和内容上限,这句话有点拗口,用人话翻译一下就是人类无法想象出已有感官信息以外的任何事!就好像不同的文明都是一个个封闭的盒子,第一个盒子里有圆球、立方体、圆柱体、圆锥体的石膏,另一个盒子里是一盆海水,生活在第一个盒子里的人,觉得这世界上就只有石膏体,做梦也想象不到海水究竟是什么。所以就算我们把含有混乱的、无逻辑的信息质点发给了弗雷格,就算他们看了之后不明所以,也能了解到在人类的眼中这个世界是什么样子,也就是了解到地球文明的广义熵辇值!

"而沌太的狭义熵辇值,则是含有逻辑的、包含文明发展脉络的完整信息的情况。所以,普通人类口中的'发展文明',其实就是增加地球文明中沌太的狭义熵辇值!

"所以,只要时间够长,弗雷格一定可以研究、推演出地球生命的存在方式和文明逻辑!弗雷格对我们的威胁并没有解除!不过不论如何,瓦西里救回了6个意识俘虏,并为人类面临的文明斗争争取到了宝贵的时间!

"而现在地球文明已经在向着沌太文明初步过渡,引来了危险。人类要想跳出碳基生命存在方式给自己带来的信息茧房,增加沌太的广义熵辇值,只有两条路——要么长出新的感觉器官,让信息维度跨阶增长,要么找到另一种合适的文明做同伴,二者沌太耦合,共同实现文明跃迁!"

张敏眉头紧皱,此刻的他终于明白为什么他的同僚老洪刚刚醒来便展示出如此疯狂的状态。

"格什鲁来到地球,难不成就是出于这个目的?"

"没错！他们的目的不是侵犯和战争，而是想与我们共同实现文明跃迁！同时，不排除……"洪伯贤转过头盯着被这可怕信息搞得脊背发凉的张敏，一字一句地说，"不排除格什鲁想复仇！"

"呜……"

突然，幽深的天空中逐渐变大的轰鸣声拽回了洪伯贤和张敏的思绪。是的，20项目组的意识发射任务终于重新启动了！

"我不知道瓦西里是否已经了解了这些！现在栾屏地下实验室人手已经够了，那我们马上去新疆，接下来一定是一场硬仗，那我们就去支援战斗！郭老说的没错，我们要奉献出全部的生命去追求真理，去做对的事！"洪伯贤攥紧了拳头，狠狠地捶在了自己腿上。

📍 2027年1月14日，中国20项目总部基地，新疆，中国

短短一天时间，在20基地山的旁边，竟凭空多出了一个巨大的灰色椭球形建筑。巨蛋呈现出奇异的雾面质感，下半部分是个中间凹陷的立方体，作为建筑的底座。

这颗怪异的巨蛋是格什鲁沌太在了解了地球文明后，用沌太控制物质而快速建设的。起初，中国20项目总部基地大楼里的人都被吓坏了，因为在他们眼里，基地山旁，纤维体快速聚集，密密麻麻，相互搅动，形成了一个巨大的纤维球，格外壮观。

20基地马上派出了小型飞行器近距离探测其中的奥秘，可纤维体太过致密，什么也观测不到。

安全部集结火力，尝试用小型武器攻击纤维球，可发射的子弹被全部弹射回来了！

"纤维体不是'有形无型'吗？它怎么可能如此致密，竟能抵挡人类的

武器！还是说这层纤维之下还有什么致密结构？"人们议论纷纷。

正当 20 人被这可怕的巨蛋搞得一头雾水时，纤维体已经将这建筑完工了！短短几秒钟的时间，密布在建筑表面的纤维体迅速撤到地面上，质感奇异的灰色巨蛋出现在人们的视线中。为了向人类文明示好，建筑顶部还打了个人类礼物中最常见的巨大红色蝴蝶结。是的，在短短几天的时间内，格什鲁已经可以理解并运用人类符号与地球文明进行交流了。

随后，瓦西里对 20 基地的人员率先做了集体接入，科普了格什鲁文明的来意，人们绷紧的心，终于得以放松。

而格什鲁给人类的第一份献礼——这个巨大的"松花蛋"——成了人类首次实现星际交流的里程碑。

人类与地外生物的首次交流大会在中国 20 项目总部基地举行，全球各国 20 项目总部的领导都聚集到了一起。纤维体通过控制物质，在显示屏上传递出文字信号，与人类进行了初步交流。随着目前的局势逐渐明朗，人群沸腾了，大家对格什鲁生命体抱有好奇与渴望，同时也伴随着担惊受怕。

像当年人们对瓦西里的态度各异一样，20 人随之分裂出几个派系，展开了热烈的讨论。面对派认为我们应该直面人类文明真正的存在形式，进一步探索未来的发展方向，并将一切公之于众；保守派认为我们不能轻信格什鲁文明，应该用最稳妥的方式和平拒绝他们的文明耦合；反对派认为人类应该打击格什鲁，用尽一切方式让他们撤出地球，并对外部无关人员严格保密；中立派则正在观望，表示无法做出决定。

此时，康斯坦丁已经取代了斯雷登，成为联合国 20 项目总部的临时主席，刚刚上任的他便面临了这个人类有史以来最突破想象的事件。

"20 人终究都是普通人，因此我们在信息不对等的条件下做出的任何决定都不作数，我们甚至没有资格去抛出论点、具体论证。"大会结束后，康斯坦丁站在大屏幕前向全球 20 人发布通报，"而我们现在可用的第三方工具只有卜算子，那问题就转变成卜算子是否真的公正？我们到底可不可以信任卜算子？尽管我们已经上线了托管系统去约束和操纵它，但我们仍不能片面地给出答案。

"所以，我们必须要认识到，现在在这个伟大的人类文明节点上，亟须我们回答的问题不应该是'要不要信任瓦西里''要不要信任格什鲁''要不要信任卜算子''要不要信任我康斯坦丁'，这些问题都没有意义，因为甚至连我自己都不能百分之百地保证我做的决定就是正确的。"

此时，20人的PL里传来了瓦西里的声音："是的，未来我们需要的人类领袖，不是要找到那个智商大赛的冠军，也不是选出谁最会运用计谋，而是要找到一个可以服务人民、辅助人民看清世界真相的人，当人能看清世界的全貌，便不再需要无脑地信任他人，因为，真理和正确的道路将毫无保留地展示在我们面前。"

康斯坦丁站在台上，露出了感动而欣慰的笑容。

是的，终于在这一天，20人与瓦西里真真正正地站在了一起，形成了统一战线。

康斯坦丁继续说道："接下来，我将宣布一个重要决定，作为20项目目前的最高负责人，在这个人类历史上最重大的变化节点，我将率先以身试法，将自己的意识接入托管系统并把融合后的实时信号同步给20项目组，这样一来，变成'半人类半沌太生命'的我就可以成为格什鲁与人类的交流媒介，希望我的转译能力加之瓦西里的沌太控制技术可以共同推动人类做出正确的决策。"

台下一片哗然。

"也就是说，康斯坦丁是要把自己变成一个文明翻译机？"

"不仅是翻译机，他也变成了一个文明之间的缓冲器！"

"这康哥可真是条汉子，作为最高负责人，把全部的压力和风险都压到自己身上了。"

"这样的话，我们还有什么理由不团结起来呢？"

……

"康斯坦丁！康斯坦丁！……康斯坦丁！"

20人的世界被人们致敬的呐喊声笼罩，因为大家都知道，对于康斯坦丁来说，他本也是个普通的人，本可以度过自己平静而完整的一生。

而在感受到人类文明中个体与群体意识的伟大联动后，格什鲁文明也意识到，地球，这个暂且收留了自己的伟大文明，值得自己做出同样的奉献和努力。这史诗般的文明联合，对于格什鲁这种刚刚学会感受人类感情的物种来说，像极了奔赴一场跨越星系和文明的爱恋，惊心动魄又带着倔强执拗。

第二十九章

"当初用在我们身上的因果武器，用同样的逻辑打到了地球上。"

📍 2027 年 1 月 15 日，中国 20 项目总部基地，新疆，中国

何军岳在一阵眩晕后睁开了双眼，他们所在的位置，正是被时空标记过的巨蛋建筑中。

"老王，老许……"

"我在这……"

"我们……我们终于回来了！我一时还受不了这耦合态，不过……回到自己身体里的感觉真好！"

醒来的三人抱作一团，泪如雨下。

"哎！你们干吗的！怎么进来的！出去出去！"负责进一步完善巨蛋内部设备的工人从远处径直走了过来，把还没有缓过神的几人赶出了巨蛋。

一瞬间，冬日晴朗天空中的暖阳照在他们身上，这真实的感受让何军岳一阵恍惚。

"你看这地上！"王敬民蹲下身来，用手轻轻抚着土地，"这层'白毛'是什么玩意！咱们在日内瓦执行完任务后坍缩回肉体的这段短短的时间里，

到底发生了什么!"

他们加快脚步跑进了 20 基地的大楼,此时楼里的人们全都激动万分,有的振臂高呼,有的相互拥抱。人们聚集在医务中心门口,田邵波、罗伟、马谦等 6 个人在意识消失几个月后,终于苏醒了。

在众人的搀扶下,马谦缓缓起身下了床,在一片欢呼声中颤颤巍巍挪动了脚步,这是 20 基地有史以来最振奋人心的一天。

"他……他们救了我……"马谦抬起被扶着的胳膊,缓缓伸出一根手指,指向了人群中的许释贤。

人群的目光聚集在许释贤、王敬民、何军岳身上,人们这才反应过来,当初在守夜行动中毅然决然地投身于危险中的意识志愿者们也都回来了。

大楼里人潮涌动,20 人欢呼雀跃,把凯旋的意识志愿者举上头顶。此刻,所有的生活琐事、钩心斗角、苦闷怨恨全都被抛到脑后,每个人脸上的笑都那么真切,大家沉醉在这难得的团圆的时光。

突然,毫无征兆地,随着攒动的人群欢呼的何军岳一个趔趄差点跌倒!他只觉得头脑一沉,身边的一切都突然安静了下来。等他缓过神来,发现身边的一切事物都像被按住暂停键一般定在了原地!被人群抛起的王敬民和许释贤一高一低定在了空中,身边的 SE 同事的笑脸凝固在空间中,远处奔跑过来的陈辰满脸兴奋却一动不动。

"我天,怎么回事!我可刚刚回到自己身体里啊!就不能让我消停会儿吗!"何军岳一脸惊恐地穿梭在人群中,他试图推开身边的人,可摸到的却是虚无。

他加快脚步跑到了窗边,向外看去,空中的飞鸟停在了原地,天边的云、密密麻麻的飞行器,还有应该在流转搅动的沌太全都静止了!

他尝试着摸窗户和玻璃,有触感!他再次尝试摸身边的人,还是没有!

"好家伙!别吓唬我啊!瓦西里!老瓦!"何军岳惊声呼叫着心底里唯一

还让他抱有一丝希望的名字。

"我们……我们在毫无预警的情况下被因果武器击中了！"瓦西里声嘶力竭地喊道，"完了！全完了！"

何军岳从来没有见过瓦西里有如此激动的情绪，他在 PL 里的信号似乎已经破音。

"因……因果武器？怎么回事？"何军岳咽了下口水，心脏狂跳。

"你站在窗边，千万不要动！现在每个人的视角都像你一样！他们都觉得万物全部静止了！正在看似暂停的世界中崩溃着！"瓦西里带着哭腔说道。

"每个人的感受都像我一样？"

"是的！弗雷格开始反击了，我们根本没有想到他会这么快！我们明明已经把对他们来说地球文明中最有价值的逻辑部分搅乱了！这样他们根本无法了解地球文明中沌太的狭义熵辇值情况，如果他想做文明侵略增加他自己的熵辇值，现在绝对不是最好的机会啊！毕竟地球文明的狭义熵辇多么珍贵啊，他没理由放弃……"瓦西里继续悲伤地念叨着。

这时，PL 中响起了一个声音，这声音是那么熟悉却又陌生，来自已经接入托管系统与格什鲁共生的康斯坦丁："弗雷格的这次袭击确实非比寻常，正如瓦西里所说，他们居然放弃追求地球文明中最重要、最宝贵的文明逻辑，在了解了广义熵辇后就选择摧毁地球文明，当初用在我们身上的因果武器，也在今天，用同样的逻辑打到了地球上。"

"所以，你现在是格什鲁？"瓦西里绝望而震颤的声音中夹杂着一丝希望。

康斯坦丁继续用听起来没有感情的语气说道："对，我是格什鲁。因为咱们二者的文明还没有耦合，所以此次针对地球文明的因果武器，对我们不适用……瓦西里，请你不要怀疑自己，你当初所做的一切都没有错，包括你救意识志愿者的方法，也包括你用混乱的假质点去'狸猫换太子'，那是你们在历史时空中唯一的选择,你们已经拼尽全力了。可正是这份优秀,这份团结与智慧,让弗雷格决定就算不去获取地球的狭义熵堃,也一定要彻彻底底摧毁你们!"

"那我们……现在该怎么办?只能等死了吗?这个时间静止什么时候才会结束?还是说我会一直被困在这样的世界中直到死去?"何军岳焦虑地盯着身边的一切,颤颤巍巍地问道。

"等到 8 分钟后,时光会再次启动,那时会在一瞬间发生这 8 分钟内的所有事,然后便又是静止。"康斯坦丁的口吻依旧看似平淡,可一字一句都在袭击着何军岳心底最后一丝防线,"地球生物的所有行为都在以 299792458 米每秒的速度传播着因果!对,就是用你们口中光的速度。光速本质上是地球生物信息传播的速度上限,在你们这类生物的视角中,从宇宙诞生之初便是这样。而你们的广义熵堃中,包含了这个信息,这就是地球文明的根本,所以弗雷格的因果武器,就是干扰你们对信息的感知速度。

"弗雷格实际上无法真正改变光速,只能通过干扰你们的感受,来达到改变因果的效果,所以现在的你眼中的世界是静止的,可以理解为地球的因果进程发生了卡顿,这个卡顿会在 8 分钟后刷新。也就是说,等到 8 分钟后,时光再次启动时,在人们的视角里会在一瞬间发生这 8 分钟内的所有事……

"据目前我对地球人类社会文明的了解,最先崩溃的,会是交通。驾驶员高速行驶汽车,在卡顿的一瞬间,他会以为全世界除了他的汽车都停止了,而一直向前开的车又感受不到障碍物,所以他大概率不会马上刹车,但可怕的是在客观世界中,实际上他已经撞上了前车!每个人在自己的视角中都这样认为,你想想这会有多可怕!所有的交通事故都会在 8 分钟后展示本该有的结果,这会死很多人……所以,有的人目前的生命其实已经结束了,但他们意识不到。"

听到这里,何军岳一个字也说不出来,他倚靠在窗台边上,浑身战栗,不知所措。

康斯坦丁，又或是格什鲁的声音继续说道："我们现在只有一条路可以走，就是让所有 20 人的意识脱离肉体，然后……"

康斯坦丁话还没有讲完，在一瞬间，何军岳只觉得身体各处都受到了猛烈的撞击，他在窗边的身体出现在了刚才走过的楼道，瘫坐在墙角的地上！他回过神，身上是经过了无数人的推搡和踩踏的痛感，似乎在一瞬间，他就变得鼻青脸肿，疼痛万分！同时，在这一瞬间，他耳边的声音震耳欲聋，再也不是庆祝意识志愿者回归时的欢呼声，而是所有人的痛苦和号叫聚合在一起的声音！他眼前静止的图像变了，再也没有 20 人满脸欢笑的景象，也没有悬在空中的何军岳和许释贤，而是人们横七竖八地摔倒在楼道里，每个人的面容都痛苦、扭曲而狰狞。

第一个 8 分钟到了！

在时间再次停顿的时刻，正如格什鲁所说，普通百姓的世界，已如人间炼狱。"刷新"之后的静止图像中，高速路上血流成河，连环爆炸的火花定格在空间中；城市中的车辆撞进了商店，房屋倒塌；人流密集的交通枢纽到处都是踩踏事件，尸横遍野；危重病人得不到及时救治离开人世；饭馆里正在打火的燃气灶被火星引燃，火光冲天；打靶场乱射的子弹四处乱窜，死伤多人……

"毁掉这个世界，也许只需要 8 分钟。"

何军岳强忍着疼痛，小心翼翼地试图跨过身边的人，挪到了一个看似没人的墙角："所以，在这前几个 8 分钟幸存的人，该是会逐渐意识到需要摸索到一个绝对安全的地方避灾对吧？"

"是的，孤独地避灾，苟延残喘地存活在只有自己的缓冲世界中。即使这些人不选择自杀，地球文明也会在这一个个的 8 分钟之中急速退化，迅速消亡。"康斯坦丁继续说道，"所以，我们现在只有一条路可以走，就是让所有 20 人的意识脱离肉体，再用沌太中的意识造物摧毁它。"

"不是……我没懂啊！什么意思？用意念？还造物？我们再怎么说也是人啊！你让我们左脚踩右脚原地飞升，然后用意念消灭敌人？这不是妥妥的封建迷信吗！你们外星人也搞封建迷信啊！"蜷缩在角落里浑身是伤的何军岳此刻还不忘贫两句嘴。

"我们负责输出地球感官中的物理原理，格什鲁负责用沌太控制技术造出沌太武器！"何军岳的 PL 里传来瓦西里的声音。

"没错！没有时间了，让我们现在就出发！"康斯坦丁一字一顿地答道。

瓦西里的声音中终于又出现了他该有的坚定："我将帮助 20 人在下一个 8 分钟前将意识全面切出肉体并载入飞行器，随后立即包裹沌太膜！"

格什鲁借用康斯坦丁的声音应和道："我将分模块与地球沌太耦合！这样我们就可以共同实现造物了！然后，就看我的吧！那场亘古的文明清算就让我们亲手完成！"

还没等何军岳反应过来，熟悉的感觉再次迎面而来。"不是吧？又来这套？"没等何军岳抱怨完，他只感觉异常沉重，仿佛在把他的灵魂向下拉扯，那种真切的坠离感再次让他完全不知所措。他再次对时间失去了感知，仿佛这痛苦无穷无尽，他眼前叠加在真实的楼道景象的蒙版越来越乱，就在他快要撑不住的时候，他的世界中从左到右再次驶来了一个冲浪板形状的平台，停在他前面，冲浪板散发着耀眼的颜色，像极了在无忧无虑的童年午后悠然躲在屋中看到的窗外的阳光，灿烂热烈却又温暖安宁。

"老瓦，咱们能不能改改这个把肉体安置在安全时空中的技术啊，这真的太难受了，别说我这一百几十斤的体格了，骆驼都禁不住你这么折腾啊！"艰难地贫完这句话，何军岳的意识已经在痛苦中丧失了大半，他只隐约觉得，只要到这个冲浪板上，痛苦就会消失，他用尽了自己最后的力量，纵身一跃，跳了上去。

一刹那，何军岳所有的痛苦突然全部消失了，迎面而来的释放感让他瞬间松懈。他再次感到极致的舒适，只觉得身体轻飘飘的，一直在向上升，刚刚的痛苦挣扎让他十分困倦，可执念让他快速保持清醒，开始观察身处的环境。他低下头看到了自己趴在发光冲浪板上的身体，而此时的意识视角则悬浮在肉体上方 1.5 米左右，仿佛变成了一个只有意识的点。他和自己的身体随着冲浪板朝前方飞速前进，从周围环境流转变化的速率中，他猜测此时应该是在弯曲的时空中穿梭。

片刻之后，冲浪板穿梭时空的速率减缓，与上次不同的是，这次他的肉体停在了一片虚无混沌的景象中。

"我说老瓦，这回你又给我们放哪儿了？"

"由于我们不了解外部文明的沌太情况，所以这场战役无法预估结果，我们看不到时空中的最大概率像。"

"也就是说，这一次，我们不知道能不能赢？"

瓦西里还给何军岳的，只有一阵沉默。

随后一瞬间，何军岳 PL 里再次传来熟悉的声音："CNSE11001018 接入识别，何军岳您好，您将接入 110006894 号飞行器，3.95 感官模式开启，历史性叠加展示 20%，可能性叠加展示 60%，沌太展示 100%，自由驾驶模式开启……"

他再次停在 20 基地的飞行器库里，似乎停在一个时间合集里。

他再次感觉到了宇宙与时间的穿梭，亘古至今。他想感知的时间越具体，身边的"电影"景象就越具体。

他再次看到了这片土地上的日出日落，生物的出生、生长、死亡、死后的骸骨腐烂、干枯、风化，随后在剧烈的地质变化中和地上的岩土融为一体，甚至如果拉近视角锁定在一个生物的一寸皮肤上，他可以知道这寸皮肤被哪只秃鹫吃进了肚子了，如何消化吸收，如何又弥散地融入世界，长成哪一朵鲜花。

何军岳想起了自己第一次来到 20 基地、第一次在 SE 执行飞行任务时的自己，那时的他，脑子里还期待着什么时候能回到北京，再次站上 livehouse 的舞台演出。可这短短的几个月，他似乎已经经历了几个世纪，又或是已经看过了人类文明中物理世界的全部景象。

"老何，我右边是你吧？"何军岳的 PL 里响起了熟悉的声音。

"老王，是我！"他努力地应和道，只不过这一次，他的声音是那样百感交集，"老王，你看啊，我还会亮灯……"何军岳挤出所有情感，让飞行器侧面的灯朝着王敬民冒傻气地闪了两下。

没人知道，这次出发，他们将面临什么结果。

一瞬间，所有的飞行器密密麻麻地驶出基地仓，朝着宇宙深处的弗雷格文明飞去了。

并肩同行的还有在飞行器上的乘客——格什鲁沌太。

第三十章

"在与人类沌太耦合后，他们实现了利用人类意识形态造物？"

在何军岳的视野中，在 100% 沌太展示模式下的宇宙绚烂而斑斓，原本四面八方都幽深恐怖、让人失去方向感的空间，布满了颜色各异、形态超乎想象的沌太。

有的星球周围的沌太像不断扩散的水波纹，每一层的波纹颜色都不同，它们以奇特的频率向外流淌扩散，扰动着高维时空；有的区域中，灰褐色的沌太风暴凶恶猖狂，没有规律地来回乱刮，让静止的星系仿佛置身地狱；有的区域，沌太呈现栅格状分布，不同颜色的栅格似乎在换位、交错，引得何军岳一阵晕眩；有的区域，沌太像极了融化的彩色冰激凌，包裹着远处的星体；还有的自由沌太像鬼魂一般在宇宙中飘荡。在经过宇宙的不同区域时，何军岳能明显感受到不同的氛围，那感觉根本无法用语言形容。

何军岳非常紧张，他一直控制自己的注意力与前进方向一致，因为只要不注意向下一望，无尽延伸的空间和搅动的颜色就会让他极度晕眩，需要很长时间才能缓过来。

"幸好 PL 将我们的感受形态变成了飞行器，让我们有固定的参考系，不然，在这样的世界中，我一定会失去方向！一定会疯掉！"他默默念叨着。

"我现在根本分不清所在的世界是幻觉还是真实，我只有一直自言自语才能感受到本体参考系下的时间，这乱七八糟的颜色比我们当年在老家'吃蘑菇见小人儿'可要过瘾个千万倍嗦。"PL里传来SE的云南同事的广域信号，让何军岳绷紧的心弦略微得以放松。

何军岳在黑压压的飞行器队伍中继续前进着，他望了望头顶，注意到几艘巨大无比的空中航母已经在执行概念耦合任务了。

他头顶上方巨大的航母"爱因斯坦号"里面加载的是20位科学家的意识集合体，在这个过程中，科学家们失去了原本个体的感受，转而以2的10次方倍的思维能力存在。

普通20人的飞行器开始逐渐靠近空中航母，将所携带的格什鲁沌太分别送至航母内。这一小撮一小撮的格什鲁沌太粒子泡，会分别在不同的航母中与人类文明完成不同内容的沌太耦合。

何军岳与王敬民接到的指令是需要把他们所携带的格什鲁沌太送到"弗洛伊德号"内。

"弗洛伊德号"是由全球各地的20位最领先的心理学家组成的意识航母，这部分内容的沌太耦合将帮助格什鲁真正了解人类思维的运作方式，以便完整顺畅地进行类似人类的思维过程。

一艘艘飞行器在前进中按部就班地执行着自己任务，完成操作后的王敬民回到了何军岳的飞行器身边："老何，这太壮观了！你看这队伍，这劲头，像不像那年咱俩上中学的时候参加的国庆大阅兵！那年，咱俩还小，你也是在我右边，一个劲儿地耍贫嘴。老何……说真的，有你在身边，哥们儿心里真踏实。"

"咱俩从小就在一起，玩了几十年了，我的人生早就不是只属于我一个人的了……老王，这次任务，我们都不知道会发生什么，连瓦西里都不知道，更不知道能不能回得去……地球上的人们现在还在不断经历着一个个

'死亡8分钟'，我都不知道我爸妈是不是还活着，没准咱俩的'老巢'安德路都被炸平了，回去也没家了……我想说，如果这次真的魂飞魄散了，但凡咱们还能在这宇宙中留有那么一丁点执念……你、我、老许、陈辰，咱们下辈子还做哥们儿！"

"哎哟，哥儿俩跟这儿酝酿感情呢？我怎么听着这里还有我的事儿呢？"许释贤的飞行器也凑了过来，"不是我'听墙根儿'啊！老何你说的理是这么个理，可你这态度可得纠正啊！你看咱这辈子的经历，多给力啊！这可是全人类有史以来最波澜壮阔的一段了吧！简直就是堪称史诗！就咱们队伍里这些人，那都是拯救世界的先驱者，回头人类的子孙后代为表达情绪都得给咱哥几个立个纪念碑，上面就写'致敬拯救世界的英雄'！这人生体验，上下五千年就属咱们最出格儿了！没白活知道吗？没白活！"

"语音接入……"忽然，他们的对话被PL的信号打断了，"各部分格什鲁沌太耦合完成，即将进行释放，请各位飞行员注意避让，安全区域已向各位同步……"

随着指令发布，所有的飞行器逐步排成了圆弧形的队伍前进，在前方让出了一大片区域。

随后，队伍最上方的所有意识航母都通过PL传来了轰鸣巨响，无数极小的格什鲁沌太粒子泡从航母内倾泻而出，它们振荡着、混沌着，毫无逻辑地聚集在了一起。

"看来沌太耦合成功了，你瞅瞅，这不是都出来了吗！知识学杂了之后肯定脑瓜子嗡嗡的，都跟那儿'哆嗦'呢！真是壮观！"王敬民望着那团搅动的粒子泡群惊叹。

"不过说真的，如果不是现在被弗雷格逼得真的无路可走，这样冒险的决定实在太不理智了！我们对格什鲁压根不了解啊！为什么就把全人类目前最顶尖的智慧和研究成果交给他们了？"许释贤在一旁小声念叨着。

王敬民扑哧一乐："这就好比俩人相亲结婚，你不把日子过到一起去感受一下，永远不知道对面什么样！咱们现在就跟刚嫁了人的小媳妇儿似的，这对象什么样，咱自己心里也没底，只能赌一把喽！"

何军岳也凑了过来："又聊'负能量'话题呢？做没做局域设置啊？张嘴就来……"

"做了做了……我这局域设置就没变过，说话只有咱仨能听见！"许释贤不耐烦地答道。

"那也有敏感词监控，你们说话都注意点吧！别一会儿还没拯救世界先掉头给你们送回去接受审查、住疗养院去了！剩我一个人我是继续往前啊，还是回去跟你们一块虚度余生啊？"

"哎哟我去，快看……"王敬民的信号打断了大家闲聊。

在队伍前方的区域，只见大量的格什鲁沌太粒子泡"欻"地分成了两半，一上一下形成了黑白两色，随后，两股沌太逐渐开始相互纠缠旋转，形成了一个极度庞大的缓慢转动的圆球！

"嚯！格什鲁学了半天学出来个太极图？还是3D的！"何军岳瞪圆了双眼盯着前方的景象。

"我……我的天哪！"许释贤也惊得说不出话来。

只见随着沌太球内部越转越快，远远看去，黑白两种颜色似乎把球分成了4份，再转，则是8份，继续旋转，肉眼已分辨不清，再转，黑白两色似乎融合成了一个整体！飞行器队伍里的意识纷纷试图转移注意力，大家已完全无法耐受眼前这庞大的旋转的沌太球！它越转越快，越转越小，最后在人们面前变成了一个急速旋转的小球，几乎消失在肉眼中。

正当所有人的心提到嗓子眼的时候，"砰"的一下，沌太小球炸开了，散发出极度明亮的光芒，洒向了每个人，也照亮了宇宙中的一大块区域。

此刻急速前进的飞行器队伍中的每个人类意识，都沉浸在了这光芒"薄

289

雾"中，人们看不到雾里的任何东西，感受不到时间的流逝和空间的变化，只觉得前所未有的平静、安宁，他们仿佛失去了所有的情绪，只化作一颗尘埃融合在了这片广阔的沌太中。

随着"薄雾"慢慢散开，人们逐渐缓过神来，只见眼前的"薄雾"分成了三层，一层清清淡淡向上方飘着，一层浑浊厚重向下沉降，随后，中间区域的"薄雾"开始围绕包裹20人的飞行器，整个前进队伍展示出了五颜六色的沌太光芒。

王敬民磕磕巴巴地开口说道："这……这难道就是……'有物混成，先天地生。寂兮寥兮，独立不改，周行而不殆，可以为天下母。吾不知其名，字之曰"道"……''道冲，而用之或不盈。渊兮，似万物之宗……湛兮，似或存。吾不知谁之子，象帝之先。'"

"老……老王，这太吓人了，你自己在那儿念叨什么呢？"何军岳已经被震惊得不知所措。

许释贤的声音也没了刚才耍贫嘴的劲头，愣愣地开口道："他的意思是……原来，这说的就是沌太与有五种感官的人耦合，形成人类视角之下看待万事万物的意识的过程。"

"哎哎哎？我感觉我发生形态变化了！"王敬民突然惊慌失措地喊道。

何军岳也应和着："对！我也是！我现在的存在状态好像完全不再是之前那种飞行器形态了！我的天……你们怎么走了？"

何军岳看到，飞行器在格什鲁沌太的包裹之下，原本如群鸟一般前进的队伍，逐渐变换了队形，拉开了间距，整体似乎呈现出一个圆底骰盅的形象，"骰盅"很深，"盅口"朝着前进的方向。何军岳的位置在"骰盅"的后半部分靠近"盅底"的部分，而王敬民在下方靠前的位置，许释贤的位置在上方，接近"盅口"。

包裹着他们飞行器的格什鲁沌太颗粒感越来越强，逐渐封住了何军岳的所有视线，此刻的他像被厚厚的彩色棉花糖蒙住了双眼。何军岳咽了下口水，注意力全部放在自己的飞行器上，他感觉他的身体被格什鲁改造得不断变大和延伸，不知什么时候才到尽头。同时，他多出了很多感受和能力。

"格什鲁在用造'巨蛋'的方式改造我们！"

"在与人类沌太耦合后，他们实现了利用人类意识形态造物？"

"我想的确是这样……我越变越大，大到无法想象！"

"我感觉现在的自己已经和旁边的人联结在一起了！"

何军岳听到同事们在交流着。

不知过了多久，格什鲁沌太如退潮般撤离，人们的意识终于可以重新感受这个世界。何军岳震惊地发现，所有的20人，已不再是一个个独立的个体飞行器，而是组成了一个与小星球一般大小的骰蛊状的飞行器！每个意识个体和飞行器的相处方式，像极了人体内细胞与整个身体的关系。

"老何！老王！咱们的意识被物质化了！咱们现在不是假的，是结结实实的物质实体！"何军岳感受到许释贤从前方远处的信号，"格什鲁实现在人类意识中造物了！弗雷格当初给田邵波、罗伟他们造的是假的像，可现在格什鲁实现了造物！这太神了！简直就是无中生有、暗度陈仓、隔空取物啊！你看这像不像小时候咱们看的动画片《崂山道士》？'要学神仙，驾鹤飞天，点石成金，妙不可言！'"

还没等何军岳反应过来，他旁边的同事却说道："不知道这格什鲁用的什么技术，也不知道这是什么材料，不过这物质终归是由原子组成的，咱们这边多了这么多物质和能量，宇宙中总会有地方少的，这不是在宇宙中偷东西吗？谁知道会有什么后果……"

身边的人叽叽喳喳地讨论着，何军岳只听了个大概，因为现在，他的注意力正放在如何能调整位置，换到自己的哥们儿身边去。可他使出了全身力气，尝试了无数次，仍然被困在原地。

无奈的他只好给他的两位哥们儿发起了局域信号："哎？我说哥几个，咱们现在就相当于一个超大的宇宙飞船上附了成千上万个灵魂吧？这不是闹了妖精了嘛！这要是让哪个捉鬼的道士看见了，不得给他吓哭了？话说这鬼也没听说过不允许换地儿啊！我这旁边有俩老学究，上面这人不爱说话，下面那个还一直哭，他们还都不开局域信号，乱得跟'蛤蟆坑'似的，咱们可是在执行全世界最伟大的任务，可咱们这些人，多少让我觉得这'骰蛊'飞行器像个草台班子，我想过去找你们去！"

王敬民的局域信号传来："老实待着吧你！咱们现在就像个'土地爷'，一人掌管一个辖区，不许串门！还有，你刚才还一个劲儿说我们呢！你自己那个嘴就没把门儿的！这世界上哪儿有鬼！相信科学知道吗？好好听听你旁边那俩老学究聊天吧，虚心学习科学知识！你再发表这种封建迷信式的言论，小心格什鲁造出一颗原子弹给你原地'物理超度'！"

还没等何军岳回复王敬民，他身边的老学究又开始议论："物质化了之后，我们的速度无法超过光速，一下子变得极慢，那得什么时候才能到达弗雷格星系啊？这样下去，恐怕等咱们到了那里，地球早就毁灭喽！"

"语音接入……"此时的 PL 信号再次响起了语音信号，"'河图号'已建设完成，下一步将为飞行员展开人像化感知。请各位完成人像化后，移步控制舱内就位，即将切换空间跳跃前进模式！"

在何军岳的视角里，他的身形仿佛真的如土地爷一般钻出了飞行器，落到了飞行器深灰色的有着奇异质感的表面。他低下头看到了自己半透明的身体，伸出手来动了动。

可当他抬眼看到身边的环境，心中却充满了无限的恐惧和费解："你们……你们在哪儿啊？这还是飞行器吗？我怎么好像到了一个小星球上？地面上全都是泳池那么大的能量发射器！除此之外，前后左右目之所及一个人都没有，似乎一眼能望到地平线！"

他的 PL 接到了许释贤的信号："咱这还真是在一个巨大的飞行器上，我就在这个像骰蛊一般的'河图号'的'蛊口'位置，前方就是深渊！你快根据信号回你辖区的操作舱里吧，一会儿该空间跃迁了！"

何军岳下到了自己辖区的操作舱，通过舷窗看到外面的"骰蛊"中部圆筒的位置，格什鲁沌太汇聚成了一个极其致密、极速搅动的巨大的沌太球，沌太球内部看上去斥着无数闪电，马上就要爆炸。

正当他琢磨着，这空间跃迁是不是又要用到当初解救 6 个意识俘虏回来时的"爆炸后闪现"原理的时候，只见那沌太球似乎起了静电一般，向四面八方延伸出无数细小的闪电般的光束，触及"骰蛊"的内壁，并快速延伸蔓延了整个"河图号"，连控制舱内部和何军岳自己也不例外。何军岳低头看到半透明的皮肤表面多了一层极细微的如电流一般的光辉，还没等他研究明白，沌太闪电球朝着前进方向极速射出一道细小的沌太流。

"同种沌太的基本属性是连续性，所以我们不可能实现凭空跃迁，射出去的这部分沌太，一定是去弗雷格星系中标记时空了。这玩意要是全速前进，速度无法想象，光速在它面前不值一提，所以理论上咱们马上就要到达弗雷格星系了，就差这一跳！"

何军岳发现一个令自己异常困惑的感受——他的"身体感官"并不局限于眼前的这个半透明身形，也不同于被放置在空间中的真实肉体，而是能感受"河图号"上他所负责的整个辖区！随着沌太粒子束射出，他开始感到他负责辖区内飞行器的每一寸物质粒子的震颤，又或者是他每一寸"皮肤"每一块"内脏"的抖动。这震颤的频率越来越快，搞得何军岳浑身酥麻，他感觉自己似乎就要散架，丝毫无法顾及旁物。

不知过了多久，随着嘭的一声，震颤终于结束了，人们缓过神来时，"河图号"已经出现在了弗雷格星系，对于每个 20 人来说，这是宇宙中最恐怖的星系。

第三十一章

"我期待已久的'隐藏关'开启了！"

"这里的星球怎么这么大！这里的星系中间是它们自己的恒星，外部一圈一圈按轨道围着许多超大星球，这完全就是一座相互联结的动态星系城！"

"每个星球间都由密密麻麻、相互交错的连接桥相联系，可又能动态配合星球的转动！这材料和实现方式，够地球人研究几百年！"

"可这里如空城一般，一点儿生命迹象都没有啊！"

"连沌太都看不到，这太奇怪了！"

"河图号"上的意识七嘴八舌地交流着，他们看到的弗雷格星系，似乎是一座空城，没有一丝生机。

这里的星球表面上用极端材料加盖了一层具备流动能力的外壳，这样，在星球位置转动时，外壳便可以调整方向灵活转动连接桥。

拉近视角，距离"河图号"最近的星球上布满了密密麻麻的悬崖般的高耸的建筑丛林，这些建筑无一例外呈现亚光的深灰色，材料极度致密，构造高度精密，接缝处没有一丁点儿痕迹，无比复杂，纵横交错，建筑间狭窄的深渊深不见底，令人不寒而栗。

与它连接的一颗星球上的建筑用了同样的材料，这里密布的、大小不一的建筑全部呈现空心锥形，锥尖过渡到后部越来越薄，直到肉眼不可见，犹如一个个巨大的喇叭朝向四面八方。弗雷格放弃传统生命形态前对光锥的研究有超乎想象的追求，他们曾经以这个星球作为专门研究不同光锥时空相互影响的基地，建筑便也建设为这种形状。它的卫星有三颗，转速极快，同样以连接桥的形式与主星相连。

何军岳注意到星系中的一颗银灰色的、闪烁着诡异灰色金属感的极大星球，这颗星球转速很慢，却延展出最多连接桥与星系中的其他星球联系。它的表面没有任何建筑，只在一侧拥有一个巨大的透视窗的结构，透视窗内一片黑暗，整体看上去像一个静置在星系中的球形飞船舱。通过格什鲁的信息同步，他了解到，这个星球被命名为"灰舱门"。

正当"河图号"上的意识被眼前这座超乎想象的星际城震惊的时候，格什鲁沌太以康斯坦丁的声音发起了信号："弗雷格在宇宙低等文明甚至无生命的遥远星系中偷了很多东西，作为自己星系的建设材料，宏观来看，这会让他们的星球不断变大，经过精密计算大小和密度，最终形成能稳定维持动态运转的状态。我们现在的'河图号'飞行器，就是我用他们的技术、他们这里的材料造的，尽管这项能力按人类的理解是缺乏道德的，可对于弗雷格文明这种灭我文明的行为，我不想考虑人类文明中所谓的道德！另外，弗雷格文明早就放弃了肉体，所以星球上没有生命迹象很正常，如果你们尝试调整历史性叠加感知，可以看到他们庞大的星系历史……"

"他们这不会是把整个星城里的星球都变成'戴森球'了吧？"

"太可怕了，如果要和这样的文明发起战争，我们完全无能为力！"

何军岳听到广域信号中科学家们的讨论。

科学家口中的"戴森球"，是传奇的英国物理学家、思想家弗里曼·戴森在1960年提出的一项理论，指的是在恒星外建设一层能包裹自身又能摄取辐射能的球形外壳，以便利用恒星做动力源形成天然核聚变反应堆，最大效率利用能源。这个理论一经发出几十年来受到了广泛讨论，还被开发成电子游戏。而现在 20 人眼前的这个弗雷格星城，要比戴森球复杂且精密千万倍，这里的每个带着外壳和连接桥的星球都有着自己的作用，以人类的视角从外部看上去，完全无法了解每颗星球内部的真实样子。

按照科幻小说经常运用的卡尔达舍夫文明等级划分标准[①]，Ⅰ型文明是所在行星能源的主人，可以灵活运用行星及其周边卫星能源的总和；Ⅱ型文明可以利用所在恒星系统的能源总和；而Ⅲ型文明可以利用所在大星系如银河系的能源。

根据这个卡尔达舍夫文明等级划分标准，在人类意识觉醒、发现沌太、瓦西里实现沌太控制技术之前，人类文明没有跨入这三种形态中的任何一种，是的，现实就是这样残酷。如果真的要用这种划分标准去讨论等级，一种说法是我们很遗憾地处在 0.73 级文明。

可今天，在发现了沌太、了解了熵辇性质，见识到了其他沌太文明的'生命'存在方式后，人们可能要用一种升维的定义方式去理解这个世界各种文明的存在方式，并在人类感官开始觉醒时，地球文明就已经越过最大的鸿沟，且在刚刚与格什鲁文明沌太耦合后，已经实现了从 0 到 1 的质变。可就在此刻，地球上正在经历"死亡 8 分钟"、连沌太是什么都不清楚的普通民众，根本没有能力，也无暇顾及这些。

的确，有些伟大的、堪称史诗的节点，其实并没有轰轰烈烈的前奏，可能只在一个老百姓眼里看似平常的时刻，就默默度过了。

骰盅状的"河图号"在这个星系的外侧显得十分渺小，它正在尝试缓缓靠近这个深灰色的机甲星城。

[①] 指一种用来衡量文明技术先进等级的方法，由苏联天文学家尼古拉·卡尔达舍夫（Nikolai Kardashev）在 1964 年设想并提出。

"弗雷格的沌太在哪里？为什么一点儿踪迹都没有？是不是都在这星球表面的外壳下？"

"这都不用想，人类怎么可能打得过他们？"

"我们用一个'河图号'的人去对付一整个星系的高阶文明？开什么玩笑？要不咱们还是返航吧，至于地球上的'死亡8分钟'，我们再想别的办法……"

大家还在七嘴八舌地讨论，何军岳越听心里越没底。

忽然，"河图号"上的人们发现，那个灰色金属质感的、类似球形飞船舱的星球"灰舱门"的透视窗内缓缓亮起光芒。正当所有人摸不到头脑的时候，突然，砰的一声，透视窗旋转开来，一股极强的沌太风暴从中间冲了出来，向"河图号"的方向袭来！这突如其来的袭击让"河图号"措手不及。

"准备！准备！发动火力！把他们打散！"随着瓦西里的信号响起，包裹在"河图号"上的格什鲁沌太发生了明显变化，厚度和致密程度均有大幅增强，格什鲁以这样的方式用尽全力保护着地球意识。

紧接着，20意识感觉到"河图号"开始剧烈轰鸣，全力启动，而自己辖区中的弹药舱迅速满舱，蓄势待发。

"注意闪避！"瓦西里吼叫着，让"河图号"极速向下驶去，一个神龙摆尾，甩开了迎面而来的弗雷格沌太风暴！

"所有人注意，按信号中同步的射击方向全力开火！"舰长瓦西里吼叫着。

"河图号"的"蛊桶"对着风暴方向，开始极速倒退，何军岳紧张万分，心脏都提到了嗓子眼，伟大的使命感化作了眼泪涌上了他的眼底，他调整了射击角度，用意志打开了炮筒，发动了攻击。

一瞬间，这些从没经历过战争的20人释放出的无数火炮裹挟着致密的、带着闪电的格什鲁沌太冲向了弗雷格沌太！

炮弹冲到了弗雷格沌太风暴前，瓦西里一声令下："所有人，炸！"

裹挟着格什鲁沌太的炮弹轰鸣着炸开了，巨大的火光映红了这片宇宙！伴随着火炮的能量，中弹的弗雷格沌太被极速高能火炮炸碎，化作了无数信息毫无逻辑的沌太粒子，随即湮灭！

"攻击有效！沌太火炮有效！"人们高呼！

"显然弗雷格没见过沌太武器，他们压根没办法应对！"

可是，与弗雷格一起消亡的，也有爆炸中的格什鲁沌太。

"天哪！格什鲁让沌太与火炮耦合后，炮弹就变成了能炸碎沌太的武器！但这样就相当于在一点点地消耗自己！格什鲁这是在搞自杀式袭击！"

"这部分当年幸存下来的格什鲁沌太规模不大，这样打，不知道能撑多久啊！"

"河图号"继续射击，高速倒退，躲避着爆炸的威力。

瓦西里继续发布着指令："持续射击！调整射击弹道！'河图号'ABCD四大区域武器集中火力向着风暴中心射击，其他区域包裹风暴外围射击！"

密密麻麻的火炮冲击着风暴，弗雷格沌太连连败退，风暴强度和移动速度明显减弱。

"他们速度慢下来了！他们想跑！冲上去！继续打！"人们高呼着。

瓦西里让倒退闪避的"河图号"开始前进追击，他继续发布信号："启动僚机！""河图号"内侧及"蛊口"各辖区的舱门打开，成百上千的飞行器出舱，贴在"河图号"的飞行器表面，蓄势待发。这些小型战斗机将由"河图号"上的部分20意识驾驶，每个人掌管10架小飞机。

"启动沌太追踪弹，从弗雷格沌太风暴的外围包抄！把它们赶到星系中的这一小块区域！然后，我们一波轰了他！"瓦西里一声令下，战斗机向着四面八方散射格什鲁追踪弹，这些追踪弹在发射之初仅由沌太组成，拥有惊人的速度，它们迅速到达预设时空位置，开始以膜网形态扩散并相互联结，形成一个巨大的沌太星系网，把弗雷格沌太笼罩其中，随后膜网开始收缩，一旦被弗雷格触碰，格什鲁沌太则会触发"化体"，转化为高能炮弹炸毁弗雷格沌太，炸毁处的膜网会从旁快速补全。

"这太壮观了！有生之年我没有想到自己能参与这么伟大的事！"何军岳在语音信号中扯着嗓子喊。

"是啊！老何！老王！我现在就在僚机上！咱哥们儿也算体验了一把真人'雷电'！"许释贤回复着，"PL！给我单独放一首《恶魔之星》①的 *Outer Space*(Level 7)②！我要'自带背景音乐'继续去战斗了！老何，老王！我期待已久的'隐藏关'开启了！"

王敬民也加入了"群聊"："我现在总算知道不同文明沌太耦合的意义了！咱们两种文明耦合制造出的沌太炸弹确实可以碾压式地精准打击弗雷格，这样一看，这弗雷格沌太也没什么可怕的！地球有救了！"

"'河图号'融沌舱内的格什鲁沌太不多了，咱们还是要小心，确保万无一失！"何军岳皱着眉头说道。

沌太膜网在以惊人的速度收缩着，将弗雷格沌太牢牢包裹，越收越紧，最后，停在了星系外侧一个空旷区域。

"膜网有缺口！有缺口！"注意到异常的人群惊呼道。

"我去看看！"张帆说着，驾驶着自己的小飞机飞向缺口区域。

就在这时，被膜网包裹住的弗雷格沌太展示出巨大的能量，顶着靠近膜网便会爆炸的伤害，开始朝着星城的"灰舱门"努力拖拽自己。

"不好，弗雷格想要撤回'灰舱门'！各部分注意！各部分注意！极速撤离到安全区域！准备开启大轰炸！一定要在弗雷格沌太撤回'灰舱门'前轰炸掉他们！"瓦西里的信号响毕，所有的 20 飞行器开始全速环状撤离，以球

---

① 一款飞行射击游戏。
② 飞行射击游戏《恶魔之星》第七关的背景音乐。

形布阵准备向中心的弗雷格沌太发动总攻。

这个命令并没有阻止张帆的前进,为保证膜网闭合,爆炸发生最高效率,张帆将靠近膜网缺失部分精准发射追踪弹。

"来不及了!他们马上就要回到'灰舱门'里了!张帆!准备撤离!所有 20 人准备!为了奉献自己的格什鲁,也为了地球!开炮!"瓦西里声嘶力竭的吼叫声传到了每一个 20 人的 PL 中,随即,万弹齐发,射向了被困在膜网中的弗雷格沌太。

"炸!"

瞬间,巨大的火光冲天,照亮了整片弗雷格星系,沌太被炸成了碎屑充斥着空间。

何军岳根本想不到,一场宏大到自己根本不敢想象的爆炸就这样出现在自己眼前,他努力地调整着感官模式,拉远视角,可仍无法消受这样恐怖的画面。

弗雷格的沌太风暴似在疯狂怒吼,它像一条烈火焚身的巨龙在痛苦中挣扎,它裹满火焰的身体在宇宙中疯狂扭动着,想要冲出爆炸圈。可格什鲁沌太越裹越紧,无数粒子组成的敢死队视死如归地一波波冲上去。

痛苦的挣扎持续了好一会儿,可"巨龙"挣扎的力道并没有减弱,双方僵持不下。

"我们的沌太能量不够!我们需要支援!单凭人类现在的火力武器技术不够啊!还有没有别的办法?"格什鲁借助康斯坦丁的声音声嘶力竭地哀号。

沌太膜网的缺口导致有一小撮弗雷格沌太侥幸逃脱了轰炸,以张帆为首的 20 人在躲避轰炸后并没有放弃任务,用尽全力追踪着它们的位置。

这时,"灰舱门"的透视窗再次旋转开来,巨大的吸力将这苟延残喘的"巨龙"吸进星球内部,同时被吸入的,还有许多 20 飞行器,其中,就有张帆意识控制的两架小飞机。在进入"灰舱门"时,张帆发现在入口处有一层类似结界的屏障，可以破坏掉除格什鲁外的一切沌太，在接触结界的一瞬间，张帆看着自己的几架小飞机在火光中毁灭，他感觉自己灵魂的一部分被抽离、撕裂，巨大的虚弱感迎面而来。他尽量让自己保持冷静，用力尝试回忆自己以前的经历，小时候的记忆还在，年轻时的记忆还在，20任务的记忆还在。"嗯，我被屏障击中了，损伤了一些意识，但我发现我的记忆都没丢，意识也清醒……嗯，看这样子，语言能力也通顺……我现在不知道会发生什么问题，我很虚弱……"

此刻，星城外部，在弗雷格沌太躲进"灰舱门"后，一片寂静。

"还能有什么办法？"

"顶尖的技术都被放在意识航母里对你们和盘托出了！"

"已经到目前人类的技术极限了！"

"怎么办？难道硬上的话我们只能认输了？"

"他们一定回去叫增援了！再来更多的火力我们一定无法应付！"

这时，PL系统内响起格什鲁借助康斯坦丁的声音："弗雷格的沌太存在于整个星城的'保护壳'下面，数量极多，靠着连接桥在星系中游走，汇成一个整体，从而展现巨大的能量，'保护壳'下面一定有非常精密的结构，而'灰舱门'是唯一的出口。所以，要想打击他们的力量，我们一定要炸掉连接桥！断掉整个星系的联系！"

"所有人员注意！"瓦西里再次发布命令，"军事战备组准备，最快速度与格什鲁沌太造出定点沌太焱弹，放发给僚机！僚机准备，将武器安置在连接桥指定位置！快！一定要在他们再次从'灰舱门'出来前安置好焱弹！"

一架架20小飞机载着定点沌太焱弹再次出动了。

这些飞行器上的20意识，以前根本没有战斗经验。僚机上各个国家的20人，在进入20项目组以前，有的是年轻学生、打工白领、装修工人，还有的是科学家、王敬民这样的研究员、何军岳这种摇滚乐手，更有外卖员、小学教师、舞蹈演员、失业的人……在这一刻，他们都化身成为这个宇宙中最璀璨的灵魂，载着对地球这个共同家园的爱，载着对亲人的思念，飞离"河图号"，执行自己的任务。有人会飞错航线，有人会迷失方向，有人会手忙脚乱地无法确定如何放置定点焱弹，但在广域信号中大家你一言我一语的互相帮助下，焱弹放置任务竟然被百分之百完成了。

的确，就像来的路上何军岳所说，这个"河图号"似乎是个临时建立起来的草台班子，但就是这样一个看似毫无经验的组织完成了地球文明最伟大的子任务。

"所有人撤离！准备轰炸！倒计时10秒！"

放置完定点焱弹的小飞机们朝着"河图号"飞奔，有的意识被吓得哇哇大哭，不知所措，被同伴推着走；有的意识一言不发，全速前进；有的意识实在经受不住压力，小飞机湮灭了，可能再也回不到生命肉体里，在这个世界永远消失了……

此刻20人的意识们焦躁而恐惧，犹如热锅上的蚂蚁。

终于，随着最后一声倒计时的到来，整个弗雷格星系如同坠入烈火一般，分崩离析，浓烟滚滚。

"我们成功了吗？"

"没有吧？我们只是把他们的连接桥炸了，这算是逼着所有在外壳下面的弗雷格沌太出来而已！"

"烟雾太浓了，我什么都看不见！"

"这可怎么办啊？"

待浓烟终于消散，20人却震惊地发现，在巨大的、燃烧着的弗雷格星城前，多了一个一模一样的自己——"河图号"飞行器。而它的"盅口"，正对着自己。

还没等真正的"河图号"反应过来，对面上来就是一炮，扎扎实实击中了"河图号"的"蛊筒"。无数无辜的 20 意识，哀号着湮灭了。

又一炮袭来，"河图号"被炸得火光冲天。

整个 PL 广域信号中充满了痛苦的喊叫。

"我不打了，瓦西里，你放了我吧！"

"救命啊！我看不见了！"

真正的"河图号"挨不住轰炸，用最快的速度完成了撤离，躲到了距离弗雷格星系较远的位置。

"许释贤！老许！"何军岳声嘶力竭地大叫，因为他的好友许释贤就处在距离被击中位置很近的区域。

"老许！你还好吗？"王敬民也用尽全力喊出声音。

"我……我没事，距离爆炸区域还有一些距离，'河图号'受损严重！'河图号'受损严重！"许释贤艰难而痛苦地答道。

"弗雷格之前没有了解过耦合后的地球文明和格什鲁文明，咱们这么突如其来的攻击确实给他们打蒙了，在刚才交战后，想必他们短期应战的思路就是变成同样的我们！因为根据'沌太熵犇悖论'，他们敢保证，我们的武器一定对自己也有效！"格什鲁用康斯坦丁的声音十分痛苦地说道。

"难道我们真的没有希望了吗？"

"我们耦合后的能力也已经到达极限了！"

20 人的意识们似乎失去了希望。

弗雷格的假"河图号"还在追击他们，真正的"河图号"如丧家之犬，一边发射着火炮一边倒退闪避。瓦西里知道，这真"河图号"与假"河图号"相比，最大区别是真正的"河图号"上面载着的是一个个鲜活生命的意识，而他们本身，是一个个平凡的生命，并不是敢死队，他们本没有义务经受这任务的痛苦。所以，这一刻，瓦西里不敢迎战，他只能尽最大的努力闪避袭击。

"大家不要灰心丧气！我们的能力并没有到极限！我们只给了格什鲁科学技术，但是，我们忘了一个内容！那就是人类文明中闪闪发光的部分！"忽然，瓦西里的声音坚定地响起。

正当所有痛苦的 20 人即将失去希望的时候，一架独立的飞行器从"河图号"的驾驶舱飞出，驾驶员正是瓦西里本人。

"我这里载的是地球历史上所有人类'不明原理'的文明内涵，包含所有失落文明和所有'有凭有据'的科学想象！也就是玛雅文明、亚特兰蒂斯文明、古埃及文明、古罗马文明等文明，还有《易经》《推背图》[1]、《梅花易数》[2]、《鲁班书》[3]等古老玄妙的书籍……以及所有人类亘古至今的所有思维幻想和科幻著作！更有我们至今无法解释的科学现象！这些内容，我们以现存的能力无法给出结论，甚至现代人都无法讲清这些符号背后的奥秘，但我敢百分之百地保证，它们本身确实能在逻辑上完成闭环！我不知道把这些内容耦合给你们是否奏效，但我们现在没有其他方法了！"瓦西里深深吐出一口气，努力让自己平静地说道。

瓦西里的飞行器开到了"河图号""骰盅"的内部，融沌舱内正在沸腾的格什鲁沌太立即吞没了它。

霎时，格什鲁沌太由原有的半透明白色变成了灿烂的五光十色！耀眼的光芒点亮了整个"河图号"，也点亮了整个弗雷格星系。

"除此之外，最重要的是，伟大的物理学家杨振宁和李政道在 1956 年提出了弱相互作用力下，互为镜像的物质运动不对称，吴健雄女士用钴 60 验证，从而明确提出了"宇称不守恒"定律。那么，今天，我们就和格什鲁沌

---

[1] 相传为唐朝贞观年间，唐太宗李世民命天文学家李淳风、相士袁天罡推算大唐气运而作的预言类典籍，内容融合了易学、天文、诗词、谜语、图画等。

[2] 相传为宋代易学家邵雍所著，中国古代占卜法之一。

[3] 是中国古代一本关于土木建筑类的奇书，据传为圣人鲁班所著。上册是道术，下册是解法和医疗法术。但除了医疗用法术，其他法术都没有写明明确的练习方法，而只有咒语和符。

太一起，用这个概念给弗雷格造出一个沌太中的宇称不守恒镜子来！"

正当所有人试图理解瓦西里口中"造出宇称不守恒镜子"的意义时，他已经脱离了飞行器，再次把自己意识压缩成质点飞离"河图号"，缓缓靠近了弗雷格的假"河图号"。

"跟上！记住，一会儿不论发生什么，一定要以我的位置为中心点，和假'河图号'的'骰蛊'呈现对称模式前进！"瓦西里在信号中坚定地向着"河图号"发出命令。

"去挨打吗？"

"我们的人员不够了！格什鲁沌太也所剩无几！"

"执行命令！"瓦西里没有理会人们的质疑，操纵着"河图号"靠近了假"河图号"。

假"河图号"的"骰蛊"面对迎面而来的真"河图号"，它上来又是一炮，在这一瞬间，瓦西里降低了所有 20 意识的时间感知，时空近乎停滞，他用最快的速度在两个"河图号"的中间打开了一面超大的、薄如蝉翼的镜子，随后，时间感知恢复正常。

在镜子中，假"河图号""骰蛊"以为对面是真正的"河图号"，射出的沌太火炮一瞬间调转方发射到其他方向，同时，隐藏在"宇称不守恒镜"后面的真"河图号"立即闪避，没等假"河图号"反应过来，融沌舱内射出了在地球历史上所有人类'不明原理'的文明内涵加持后的强大能量！这五光十色的强烈能量，化作人类可以想象的威力最大的武器，穿过"宇称不守恒镜"，直通前方，击中了假"河图号"！巨大的爆炸火光立即吞没了假"河图号"的"骰蛊"！

"河图号"上密密麻麻的僚机再次出动，拉出一张巨大的膜网把他们包围其中，狂轰滥炸。

"河图号"一路闪避，冲向星城，此刻的它融沌舱内的强大能量几乎快要让自己都无法耐受，它用尽全力射出一束绚丽的火光，火光钻入了弗雷格星城的缝隙中，推出了所有弗雷格沌太。

所有剩余的、苟延残喘的弗雷格沌太从星城的缝隙中冲出，再次化身一条沌太巨龙，朝着他们迎面而来，化作了无数的"河图号"对它发起攻击。

"我一定要告诉这时空，侵犯他人文明者，必然灭亡！"康斯坦丁的声音下，格什鲁沌太的情绪似乎已经完全失控。

这片区域出现了无数个"河图号"，人们眼花缭乱。无数个飞行器把这群沌太赶到一起，全部打开了"宇称不守恒镜"，这群弗雷格沌太在层层叠叠的镜子中根本分不清哪个是真实的自己，哪些是像，只觉得整个世界里都充满了无穷无尽的"河图号"。

"你们不是喜欢给别人造像吗？哥们儿今天也让你们尝尝被造像是什么感觉！"许释贤声嘶力竭地吼叫着。

被镜子群包围了的弗雷格完全失去了方向，根本无法辨别要袭击的目标究竟在哪里，他们朝着看似没有飞船的区域疯狂开火，可在沌太镜子中，火炮却扎扎实实击中了弗雷格自己的沌太，而在他们"自己炸自己"的时候，真正的"河图号"却趁乱撤离到安全区域。

无数放置镜子的20意识小飞机也被击中，随着爆炸湮灭，PL里充满了痛苦的声音。此时，瓦西里的心在滴血，他在想着自己可能根本不适合做什么20项目的领头人，更无法领导战争，因为，他实在承受不住无辜的人们流血牺牲。

真正的"河图号"朝着被镜子包裹的区域发起了最后的大轰炸，尽管人类意识和格什鲁沌太损失惨重，但弗雷格沌太巨龙般的身体，终于全部化作了灰烬，在这片宇宙区域中湮灭了。

"我们……成功了？"

"弗雷格沌太被全部炸毁了！"

"成功了！成功了！"

"格什鲁不仅救了我们，更救了无数被俘虏的其他文明！"

……

此刻的爆炸区域，好似在绽放一场宇宙中最宏大、最绚烂的烟花！而绽放过后的弗雷格沌太灰烬，只能随着冲击波湮灭而去。

正在紧张和绝望边缘徘徊的 20 意识居然在这场烟花中得到了一丝慰藉。王敬民心里居然想起了鲁迅先生《祝福》中篇尾的那段话："我在这繁响的拥抱中，也懒散而且舒适，从白天以至初夜的疑虑，全给祝福的空气一扫而空了，只觉得天地圣众歆享了牲醴和香烟……"

这时，PL 响起了语音消息，声音来自镇守在地球的符号："语音接入……告诉大家一个好消息，此刻的地球已恢复正常时间感知秩序，你们成功了！"

20 人的脸上，有笑，有泪，有后怕，有感慨，欢呼声不绝于耳。

"我们成功了！感谢格什鲁沌太的奉献，你们是这宇宙中永远的英雄！"

"致敬英雄！"

可正当战争幸存的 20 人和格什鲁一同沉浸在胜利的喜悦中时，突然，弗雷格星系中的光锥星球上密布的喇叭形建筑开始疯狂转动，向四面八方射出了不知名的鞭状恐怖射线！距离星球最近的僚机来不及躲避，被来回转动的射线扫中，射线没有对僚机的物质本体造成任何影响，可却扫下了僚机上加载的 20 意识，PL 中顿时充斥着 20 意识们的惨叫。

"这是弗雷格设置的在文明毁灭时同归于尽机制！所有人放弃飞行器，压缩成意识质点躲避鞭挞！"

可光锥散发的射线实在太密集了，20 意识们根本来不及逃脱，随着射线的极速转动随波逐流，被拍在了星城上。

"老王！老许！你们在哪？你们在哪啊？"何军岳发出痛苦的声音。

"我在星城上，在一片如陡峭悬崖般的建筑丛中，这里被炸烂了，黑夜，全部是黑夜，没有一丁点儿光……我现在只有恐惧……"王敬民传来了信号。

许释贤的信号也响起："我也被拍到了星城上，可我看到的景象和你完全不一样，我这里的一切全部是暗红色的，我站在一片空地，面前只有一片片茫茫的沼泽……我看到身后是个建筑！很破旧的白色的楼，像个医院！这楼怎么那么像地球上的建筑！我要过去看看！"

"我死了？"突然，一个广域讯号传来，来自 SE 的田邵波，"我不想死！我不想死！不要啊！"

"邵波，你别吓唬自己，你没死！你看你还能接收到我们的信号！"

田邵波继续哭泣着："我就是死了！我到了地府！我在地府门口，身上戴着镣铐！牛头马面压着我！不要啊！啊！他们拿鞭子抽我……这里刀山火海，哀鸿遍野，到处都是残胳膊断腿的人……啊！不要……你们救救我，救救我！"

"啊！"另一个 20 人的声音也响起，这声音声嘶力竭，"救命啊！救命！全……全是蚂蟥、蛇、蝎子、毒虫！我要被吞没了！我全身都是蚂蟥！它们在吸我的血！"

"啊！求求你……我不上去！"这时，冯岚绝望到极限的哭声也响了起来，"救我，瓦西里！救我！他们要拿我做实验，来测试人体极限，救救我，我不要……我不要啊！"

"不好，我好像知道怎么回事了！"何军岳说道，"我们怕不是又被分别造像了！每个人所经历的都是自己内心里最深的恐惧景象！我的造像时空中也来人了！他们抓我到了一个刑场，到处都是种种酷刑刑具……我去！我看见我爸妈了！啊！不要啊！"

许释贤的声音响起："我这里是'脑髓地狱'……混乱……叠加，没有逻辑，没有记忆，错乱，痛苦……无边无际，只有痛苦……我们可能……真的走不出去了……"

在王敬民的世界中,他从巨大的建筑缝隙中看到海啸即将到来,百米高的海浪正在黑压压地靠近他,此刻的他心里充斥着极端的恐惧与绝望,他已无处躲藏,不知所措。

此时,弗雷格星城废墟犹如一座真实的人间地狱,每个意识都在经历自己的恐怖极限,而弗雷格希望的,是试图毁灭自己的人在宇宙无限的时空中永远经历这份痛苦。

第三十二章

"因为……我们毕竟都是凡人哪……"

20人的意识就这样被囚禁在极限的痛苦之中，无穷无尽，每一秒都度日如年，生不如死。

在地球生命终于恢复正常的时间感知后，人们发现亲人死去、家园被毁，辛苦了大半辈子努力营造的美好生活，全都付之一炬，地球上只剩下了一片狼藉。

幸存的人们错愕地怀疑着宇宙中的物理规律，末日说、唯心说、阴谋论等流言四起，大家惶恐不安，到处都在发生动乱。符号犹豫了很久，最终入侵了所有的电子设备，将关于沌太、20项目、意识俘虏、格什鲁文明、弗雷格文明的信息向人们科学地、客观地和盘托出，人们震惊无比，却也终于在知晓了实情后暂且得到了一丝安宁与慰藉。

而在人们知晓拯救了自己的20人和格什鲁沌太现在还被困在弗雷格星系时，流下了揪心而激动的热泪，人们不知道能做些什么，只能成群结队地自发前往各地的寺庙、教堂、圣地，又或者只是跪在自家窗前的地上，双手合十，长夜跪拜。

"我们不知道能做什么,也不知道祈福是否有用,但我们真切地希望拯救地球的英雄们可以早日脱离苦海。"人们说着,虔诚地祈祷着,一个个体意识汇成了人类的群体意识,汇聚在天上,搅动着、改变着地球沌太,那力量是那样强大!

符号出发了,带着地球的沌太,也带着地球文明中特有的东西——全人类的感恩和爱。

这一路,没有格什鲁沌太的帮忙,符号走得孤独而漫长,他用尽全力朝着弗雷格星系狂奔,在其他星系生命的眼里,他也许只是一颗闪烁的沌太流星,但对整个地球文明和格什鲁文明来说,他就是那个最后的救赎。

"战友们,"不知过了多久,终于,20 人一直充斥着痛苦哀号的 PL 信号中终于响起了一个熟悉的声音,"我来了,来接你们回家了。"

符号让地球沌太向着星城进发,包裹住整个星系,光锥射出的鞭子把这些沌太抽到了星城表面。

PL 里痛苦的呻吟声逐渐小了。

每一个 20 人都看到一道金光划破了幽暗恐怖的天空,撕裂了地狱般的造像时空,身边的痛苦之像渐渐变得越来越淡、越来越模糊,随后,消失了。

"老王,老许……"何军岳抽泣着,"天晴了……"

"地狱"中的意识终于挣脱了苦难的束缚,在一片金光的包裹中,体会着安宁与祥和,飞向了天空。

这些意识越升越高,终于突破了造像泡,猛地缓过神来!

"快!回到'河图号'上去!"

"走走走!上飞船!"

20 人终于再次各就各位,"河图号"和僚机再次全速启动!

"快跑吧!我们回家!"

正当人们准备调转飞行器的方向撤离这个恐怖的星城，PL 信号中传来了格什鲁沌太通过康斯坦丁传达的声音："地球文明真的很伟大，这份伟大不仅仅是熵辇值可以轻易描述的。谢谢你们，让我们学习和体会了这些，帮自己的文明报了仇。不过……星城如果一直在这里，还是会有风险，让我们用最后的努力，永远将它毁灭！"

20 人再次感受到了飞行器能源和弹药迅速满舱，仅剩不多的格什鲁沌太在用尽最后一丝力量展示出电流的状态，包裹着飞行器。

"不行！不能这样做！再打下去格什鲁沌太就会全部消亡！弗雷格星城已经是废墟了，你这样做不值得！"瓦西里大喊。

"启动格什鲁全面控制权限！沌太靶向发射模式已确认，状态预警！"PL 信号里播报着，20 人失去了控制权限，化作原始的飞行器形态，在一瞬间，被全部弹出了"河图号"，被极速推向了回家的方向，根本无法停止。

瞬间，无处从弗雷格星系外部转移而来的高能粒子裹挟着格什鲁沌太，逆着 20 飞行器的方向，朝着星城中的光锥星球冲去！

"格什鲁想要制造黑洞！"

在 20 意识的视角下，不断缩小的光锥星球上的重型粒子聚得越来越多，将星球紧密覆盖，外侧被格什鲁沌太牢牢包裹，不断加压！简并压力渐渐无法对抗不断而来的力量，星球中心的核聚变准备开始了！人们在倒退中目瞪口呆地盯着遥远的星城，看着那置身水深火热的格什鲁沌太，他们还在星球外侧不断加压！

按照史瓦西半径公式，格什鲁沌太需要顶住所有的爆炸把光锥星球压缩到一个足球的大小才可以制造黑洞，这需要很长的时间和极其苛刻的条件！但倔强的格什鲁不会停止，也根本不可能停止！

"这是我们的使命！我们背负了种族的仇恨！"PL 信号最后响起了格什鲁沌太的声音，"我们不知道这次能不能成功，但就算成功了，我们的文明也无力回天，我们把自己最后一点有价值的内容全部给了地球文明，希望你们在沌太文明等级中好好发展下去，你们有执着、感恩，还有爱，一定可以好好活下去，也是替我们……活下去！记得，你们按照来时的路，很快便会到家，再见了，朋友们……"

"信号断了！格什鲁失联了！"

被飞速弹射返程的20飞行器沿着来时被标记过的路瞬移着，可每个人都放不下心底的那份感情，那人类才有的独一无二的感情。

"为什么？原本他们可以和我们一起回家的……"

"他们为了我们以后的安宁，居然放弃了最后的求生机会……"

"也许，这就是他们文明中的信仰吧……"

劫后余生的20意识们啜泣着，不甘着，惋惜着。

这次战争让将近一半的20意识灰飞烟灭，再也无法回到自己的肉体中，他们在这个世界中存在过的证据，也只有沌太中相识的人的记忆罢了。

此刻的何军岳闭口不言，压根顾不上忧伤，他半透明的飞行器中，驾驶位右手边的小仓斗紧紧地关闭着，一丝都不肯放松。那里放着许释贤在马谦的造像时空中给他的护身符。

终于，在20人的视角下，银河系的星盘出现了，它是那么绚烂，那么让人踏实。

此刻的20意识全部化作了SE人，他们每个人都在向地球用尽全力记录回传着感知信号，为了让人类可以更好地认清这片宇宙。

"我看到家了！那是太阳系！"

"回家了！"

"那是熟悉的地球沌太！比以前更美了！"

"所有人注意，飞行器速度将逐渐调整，请各位适应地球时空速率……"语音播报响起。

说,"你说这个人活着,究竟有什么意义啊?我问了很多人,他们的答案都不一样。"

"这事儿啊,还是让咱们王老师回答你吧!他有文化!"何军岳贱兮兮地笑着。

"没有意义,创造你自己的意义,便是你活着的意义。"王敬民拿起服务员递过来的啤酒分给大家,"就像你喜欢音乐和朋友,那明儿继续开你的JUNGLE GYM。我和老何、老许,这两天探亲结束,继续回新疆上班。陈老师回去继续搞他的技术!这都是做自己喜欢的事,创造自己的意义!"

"那你们说,你们都经历过那么惊心动魄的事了,都超了维度、接触外星人了,还和外星人打仗了,现在为什么还要每天上班挣钱啊?"

"因为……我们毕竟都是凡人哪……"何军岳说。